D1622400

LA MAISON DES PLUIES

DU MÊME AUTEUR

chez le même éditeur

Le Messie de Belém, roman [1996], collection «Territoires»,
2005.

Un garçon de compagnie, roman, 1997.

Il était une fois une ville, roman, 1999.

Catastrophes, roman, 2007.

Arabesques, roman, 2010.

chez d'autres éditeurs

Alibi, essai autobiographique, Leméac, collection «Ici
l'ailleurs», 2000.

Lettres crues, en collaboration avec Bertrand Laverdure,
La Mèche, collection «L'Ouvroir», 2012.

PIERRE SAMSON

La maison des pluies

roman

LES HERBES ROUGES

Les Herbes rouges remercient le Conseil des arts du Canada, ainsi que le Fonds du livre du Canada et la Société de développement des entreprises culturelles du Québec, pour leur soutien financier.

Les Herbes rouges bénéficient également du Programme de crédit d'impôt pour l'édition de livres du gouvernement du Québec.

L'auteur remercie le Conseil des arts du Canada et le Conseil des arts et des lettres du Québec, pour leur soutien à l'écriture de ce livre.

Catalogage avant publication de Bibliothèque et Archives nationales du Québec et Bibliothèque et Archives Canada

Samson, Pierre, 1958-

   La maison des pluies

   ISBN 978-2-89419-346-4

   I. Titre.

PS8587.A361M34 2013   C843'.54   C2013-940393-0
PS9587.A361M34 2013

© 2013 Éditions Les Herbes rouges
Dépôt légal : Bibliothèque et Archives nationales du Québec,
              Bibliothèque et Archives Canada, 2013
ISBN : 978-2-89419-346-4

À Masakazu Matsuoka

Votre désir est que je dise un conte. Or ça, j'ai bu un coup de bière forte ; par Dieu, j'espère vous dire une chose, qui, comme de juste, soit à votre goût. Car, si moi-même suis homme très vicieux, je puis cependant vous dire un conte moral que j'ai accoutumé de prêcher, pour le gain. Or, faites silence ! je vais commencer mon conte.

GEOFFREY CHAUCER
Les contes de Canterbury

— Ainsi, poursuit-il, la langue est la représentation sensorielle d'un consensus ou, mieux dit, d'un code assis sur des millénaires d'expérimentation et de cueillettes de données empiriques. La linguistique est une science cognitive avec, pour objet, un matériau en évolution incessante. Avant que vous ne protestiez véhémentement, j'insiste sur le vecteur sensoriel dans l'émission et la réception d'un tel code : ainsi, certaines collectivités font appel à l'olfaction et à des stimulus tactiles, et la plupart ont recours à une gestuelle au champ sémantique très étendu. Pensons à ce que nous désignons erronément par *langage* le système de communication des malentendants ou, si vous les préférez, les gesticulations truculentes des coaches et des lanceurs de baseball. Comme nous le verrons, d'autres groupes ethniques, culturels, voire criminels, ne sauraient se passer d'une syntaxe gestique, allant du complexe, par exemple la chironomie propre au chef d'orchestre, au simplissime.

À ce moment précis, Benjamin dresse un majeur vers l'hémicycle tapissé de soixante-dix et quelques visages, pour la bonne part juvéniles et boudeurs. Il

peut ainsi mesurer le degré de désintéressement préliminaire de la meute de chasseurs de crédits universitaires écrasée devant lui. Les rires venus exclusivement du fin fond de l'auditorium, qu'il a baptisé pour lui-même l'ourlet des nuls, lui promettent un trimestre éprouvant pendant lequel lui-même devra batailler contre l'ennui et repousser le détachement propre au sannyasin dans lequel il pourrait être tenté de se réfugier.

Au fil des semaines, la salle s'éclaircira à partir du milieu, comme la raie sur le crâne d'une danseuse de flamenco sur son retour d'âge, et seuls les irréductibles peupleront les premières et les dernières rangées : à l'avant, un essaim de forcenés dénués d'humour jetant mille notes, sténodactylos graphomanes téléportés d'une époque révolue ; à l'arrière, des tire-au-flanc franchement rigolos qui rêvent de glaner un B-, au minimum un C, en tutoyant le professeur, au courant de la politique institutionnelle nouvelle mouture qui rend techniquement nul le risque de récolter un D, sans parler d'un F, puisqu'un avenir radieux promis à chacun ayant acquitté ses droits de scolarité ne tolère aucun échec. Disséminés comme de rares pépites dans un champ aride, des esprits curieux qu'une soif de savoir suffit à animer.

Trois heures durant, et ce, hebdomadairement, il luttera contre les soupirs d'exaspération et ne prêtera nulle attention aux retardataires ; il se fera violence pour ignorer les tablettes écritoires pivotantes et repliables en mal d'huile, et les assises de fauteuil que des allocutaires à la vessie impérieuse – en général des dames en quête tardive d'émancipation et des vieux beaux nouvellement retraités et à la prostate déglinguée –

laisseront claquer négligemment derrière eux. Il distillera sans se démonter le suc nourricier qu'il a réussi à tirer de longues années de recherche écoulées aux quatre coins du globe.

Au Mozambique, la malaria l'avait miraculeusement épargné alors qu'elle décimait son équipe. Il avait échappé sain et sauf à trois agressions à main armée : à São Paulo, une meute d'enfants enguenillés les avait dépouillés, lui et son chauffeur de taxi, leurs machettes luisant dans le tunnel de l'avenue Paulista comme des sémaphores funestes ; à Jakarta, deux jeunes Néerlandais aux pommettes saillantes l'avaient soulagé de son portefeuille, le plus frêle lui chatouillant les côtes avec une fourchette ; dans une rue serpentine de Lisbonne, une jolie femme se révéla irrésistible, parée d'un colt qu'elle tenait en tremblant de tout son corps.

Il s'en était tiré, certes hirsute, mais indemne d'un vol d'Aeroflot empestant l'urine, ou était-ce la peur, qui avait redéfini à jamais l'expression «montagnes russes». Il avait survécu à l'irritabilité cataclysmique du chef d'une tribu malaise, dernier dépositaire d'un dialecte effacé depuis du grand magnétophone planétaire et gardien jaloux de ses quatorze concubines. Il avait multiplié les bakchichs à Chennai, à Manille, au Caire et, une sinistre fois, à Windhoek sans savoir que, au même moment, sa propre maison de Sabrevois, bourrée de livres époussetés amoureusement à chaque solstice, prenait feu pour égayer la morte Richelieu une nuit durant ; il avait dormi dans des huttes immondes, le havresac sur le ventre pendant que des rats gros comme ses deux poings galopaient sous son grabat.

Il avait développé une résistance aux principaux antidiarrhéiques et s'était vidé les intestins à Bangkok, à Manaus, à Ouagadougou devant l'ambassadeur du Nigeria. Il s'était craché les poumons à Alice Springs, conclusion d'une syphilis *made in Italy* contractée deux ans plus tôt, et il avait subi, penché au-dessus d'un évier de cuisine, des injections carabinées de pénicilline réchauffées au préalable de ses propres paumes de martyr dans l'officine empoussiérée d'un pharmacien en stade intermédiaire de Parkinson. L'homme avait eu la délicatesse de balbutier une excuse avant chaque piqûre et Benjamin, malgré les larmes et le strabisme provoqué par l'accès de douleur, pouvait voir dans le robinet de métal le reflet distendu du vieillard se débattant avec sa seringue et ses cartouches d'antibiotique.

Insolations comme engelures, accidents, détournements, mésententes, collègue bienveillant d'université états-unienne métamorphosé sous un tropique en gnome perfide, suant et acharné, morsures infectées, sangsues à salive urticante, parasite candiru – dit «poisson cure-dents» – s'immisçant dans le pénis jusqu'à l'urètre, enflures monstrueuses, fièvres, hallucinations, empoisonnement suivi d'une paralysie temporaire des extrémités, guide assassiné, fillettes au ventre gonflé trop affaiblies pour tendre une main prête à casser, mille dangers et épreuves offerts en sacrifice aux dieux ingrats de la linguistique et, plus précisément, de la recension, de l'analyse, de la fixation et de l'approfondissement d'une misérable fraction des quelque six mille langues et idiomes qui meublent notre boule de roc et d'eau sous toutes leurs formes, de terre, de tissus et de

sang. Oui, il avait disputé ce terrible marathon à obstacles pour, une fois le fil d'arrivée rompu, s'échouer lamentablement sur un continent de magistrale, de stérile et, si la chance vous sourit, de joviale indifférence.

Ils contemplent donc son médius à l'ongle rongé et aux articulations surlignées par des plis aussi marqués et noirs que des crevasses, attendant, semble-t-il, la suite de son exposé de présentation de «Linguistique moderne : Langues en péril». Ils patientent, l'air franchement ovin avec leurs gueules renfrognées, leurs mentons baissés, leurs regards vitreux dardés par en dessous, leurs paupières en pleine extension, leurs cils trop longs et fournis. Ils bêleraient, en effet, qu'il n'en serait aucunement surpris.

Il prend une profonde inspiration, déplie les doigts et cloue son lutrin de plexiglas de ses deux mains, à croire qu'une tornade miraculeuse va balayer la salle d'une seconde à l'autre pour emporter loin là-bas, jusqu'à Nerverland, sa vieille paire de lunettes et le détachement de conscrits bivouaquant devant lui.

— Rien ne nous interdit de supposer que, au cours d'une de nos rencontres, l'ultime praticien d'une langue indigène rende l'âme et que s'effacent avec lui des millions d'heures de collecte d'informations, de développement et de fixation d'un savoir. D'ailleurs, le contraire me surprendrait.

En y réfléchissant bien, certains lui font plutôt penser à des carpes, avec leurs lèvres pendantes et le léger frétillement que le balancement des chaises mobiles imprime à leurs corps. Donc :

— S'il se trouve un ou deux ichtyologistes parmi vous, leur curiosité sera piquée par l'exemple suivant : prenez

le spécimen baptisé «porte-enseigne». Qu'apprend son nom aux francophones que nous sommes? Qu'il porte vraiment une enseigne, tel un poisson-sandwich? Non, tout ce que nous pouvons déduire de cette appellation, c'est qu'il peut ressembler à l'un de ces soldats d'une autre ère chargés d'exhiber les couleurs du régiment, que ce soit sous la pluie, le soleil ou les salves d'une armée ennemie. Par contre, quiconque pratique l'hawaïen le désigne par le terme *kihikihi,* c'est-à-dire «qui nage en zigzag». Qui, entre nous et le pêcheur autochtone, a les meilleures chances de l'attraper?

Il observe une pause, chausse ses lunettes et assène, solennel :

— Perdre une langue, c'est tamiser la lumière de l'esprit.

À première vue, la formule registre zéro au compteur QI. Il sait qu'il est injuste envers son auditoire, composé pour les trois quarts d'étudiants du premier cycle à peine réchappés de l'adolescence. Hormis les parasites des dernières rangées et quelques chercheurs en herbe, ils ont sans doute élu son cours par désœuvrement, recalés par un Département difficile à intégrer, mais invités à faire leurs preuves avant de tenter leur chance à nouveau. Ceux-là atterrissent devant lui davantage motivés par leurs propres performances que par la matière elle-même, attirés peut-être par un thème qu'ils interprètent comme vaguement nationaliste, car parler d'une langue en péril fait vibrer l'*ichigenkin* politique, la cithare à corde unique des Québécois.

D'autres se présentent à lui, les pauvres, convaincus que leur exposition quotidienne à une émission de papotage sur la chaîne de radio publique leur aura

servi de solide introduction en matière de culture. Ils se figurent que la consultation régulière d'un de ces hebdomadaires gratuits a gardé leurs neurones en parfait état de marche, qu'ils sont nécessairement à l'affût d'informations qu'ils pourront absorber sans problème pourvu que les textes ne soient pas trop longs et qu'ils suintent les bonnes intentions.

Il dénombre aussi trois grands-mères rescapées d'un mariage et fedayins de l'ère du Verseau, aux cheveux gris et métalliques laissés libres sur la nuque, qui le contemplent avec, dans les yeux, l'éclat fiévreux d'opiomanes grattant à la porte d'une fumerie. Elles boivent ses paroles, trop contentes de troquer leurs rêves trahis pour des notions nouvelles et parfaitement spécieuses, comme des touristes bourrant leurs valises de guides de voyage en prévision d'une traversée des continents entiers avec le nez fourré dans leurs livres.

Un quinquagénaire, incapable d'abandonner son habit de comptable, le contemple, ceinture à la hauteur du plexus, avec cet air de « on ne me la fait pas » avant de glisser un regard carnassier vers la nuque d'une rousse dodelinant de la tête, sûrement bercée par le souvenir d'un rap patient dans son iPod. Là et là, des étudiants donnent l'impression d'être allumés par la matière exposée : ils sèment leur calepin de hiéroglyphes, une fois les subtilités du discours bien déposées au fond de leur crâne grâce à une savante décantation des phrases prégnantes et signifiantes. En fait, suspecte-t-il, ils remédient habilement à un état de saturation et se délestent des données excédentaires sur un cahier de sténographie ou sur une mémoire artificielle.

Mais ces porteurs d'avenir rose, comme de passé incolore, comment décriraient-ils le spécimen barrant la ligne de flottaison formée de dos pareils aux leurs et ployant devant eux?

Un homme long qu'ils qualifieraient de maigre n'étaient-ce son port athlétique et une vigueur de boxeur dans les mouvements coulants entrecoupés d'un occasionnel secouement d'une main pour pimenter un argument. Une asperge, donc, aux yeux si foncés qu'on dirait des pupilles géantes, deux *o* majuscules cerclés de poils également noirs, comme les sourcils, d'ailleurs, drus, mais gardés courts par le coiffeur, qui prend aussi la peine de les rabattre avec une gomme spéciale, ce qui confère au professeur un air de chiot triste. Son nez, droit, solide, effilé, se dresse, eiffelesque sur sa barbe complète, bien fournie et entretenue, au milieu de laquelle éclot une bouche aux lèvres riches et purpurines, charmant écrin pour un jeu d'ivoires massifs et immaculés.

Il garde les cheveux en bataille. Il s'applique à les pétrir dès qu'un doute l'assaille, c'est-à-dire chaque minute, et de minces guirlandes d'argent égaient sa belle tête quand il pose sa sacoche molle sous les spots braqués sur le lutrin. Ses mains ont déjà été admirables, mais leur exposition à tous les soleils possibles les ont tannées et les retours d'hiver, craquelées. Ses poignées de main, fermes sans être trop viriles, offrent en prime un chapelet de cals, témoins de travaux et de creusages fréquents sur les sites de fouille, entretenus depuis par des visites régulières à la salle de gym, commandées par une discipline de fer qu'il porte au compte d'une lutte contre la sédentarité, mais en fait une faiblesse

que ses rares amis ont identifiée depuis longtemps : la vanité.

En effet, il ne s'offusque jamais des regards concupiscents que ses étudiantes et quelques étudiants vrillent sur son cul d'adolescent éternel quand ils se croient eux-mêmes hors de son champ de vision.

La cuisse appuyée sur le petit pupitre, les poignets croisés devant lui, l'œil animal, il fascine aisément ses victimes qui, en retour, le terrorisent. Il a l'impression de s'offrir en pâture à des vampires récemment admis au royaume noir des immortels, des assoiffés qui ne cherchent qu'à lui soutirer son suc vital : ses maigres connaissances. Il est conscient de la fragilité de son savoir trop pointu pour véritablement servir à quoi que ce soit d'utile en ces temps d'efficacité optimale et de sauvagerie calculée.

Il gémit, intérieurement s'entend, pigeon d'argile maintenu en suspension par la force des mots pendant qu'il essuie, lui le thanatologue des cultures, le tir nourri d'une meute affamée de naissances. Il les envie, de fait, et considère sa propre existence comme un ratage dès qu'il passe la porte d'une classe et se charge de distiller ses conjonctures calamiteuses sur l'avenir de la pensée : si la tendance s'accentue, l'éventail des idées, d'ample et aérien, se contractera pour ne former qu'un cromlech hideux composé d'un ramassis de menhirs cariés et vissés dans un désert. Une gencive d'octogénaire.

Il se questionne sur ce que signifie cette obsession pour les agonies et autres déclins qui le taraude depuis aussi longtemps qu'il s'en souvienne. En quoi traduit-elle son passé, sa vie, sa destinée à lui, l'homme perpétuellement en deuil ? Est-ce qu'ils devinent, songe-t-il

en contemplant ses poussins, à quel point il tremble pour eux? Ressentent-ils, réfugiés derrière la patine du chercheur patenté, l'affection sincère qu'il leur voue, l'émerveillement qui le saisit à chaque manifestation de leur gourmandise, de leur entêtement, l'envie violente qui lui malaxe les tripes de prendre dans ses bras l'étudiant qui baye aux corneilles? Oh! le glorieux spectacle de l'indifférence candide et triomphante!

Captent-ils le pur amour fraternel qu'exsude son être engagé dans un processus de racornissement, approuveraient-ils son désir de les embrasser l'un après l'autre? Finalement, comment réagiraient-ils s'il cédait à la démangeaison de leur avouer ses doutes sur la pertinence de ses recherches, s'il partageait avec eux le sentiment de s'être résolument trompé de chemin et, accablé par une incessante incertitude, ralenti par le souci d'exhaustivité, alourdi par celui de l'absoluité, l'angoisse de se retrouver prisonnier d'un savoir coagulé?

Pourtant, il surfe sur ses deux heures trente de plaidoyer, en réalité une pathétique imprécation qu'il aurait pu résumer en un mot : revenez. Il n'ignore pas que ses voyages en subjuguent beaucoup. Il multiplie donc les anecdotes surprenantes, pique son monologue de gousses au parfum touristique, mentionne quelques-unes des six cent trente-six peuplades qu'il a frôlées, croisées et autopsiées : Wayampi, Chuckchee, Chipewyan...

— Les!Xoon? lance une brunette en faisant claquer sa langue d'une façon experte : les k'onk-ksoun?

Elle est sûrement brillante et intéressée par la matière et il se dit : celle-là, il faut la détourner du mauvais chemin. Le grincement des tablettes le tire enfin

de sa dissertation et il leur donne rendez-vous pour la semaine prochaine.

– N'oubliez pas de ramasser le corpus de textes photocopiés à la coop, leur crie-t-il en bouclant sa sacoche.

Il se précipite vers la porte, allergique aux minauderies usuelles des traînards et autres glaneurs de chouchouteries de tout poil : prorogation de délai, exemption de travaux, indulgence pour les maladresses d'ordre syntactique et bêtement orthographique, adjonction machinale d'un plus aux notes accordées pour des raisons qui n'ont rien à voir avec la matière, avec lui, avec l'université, voire avec la société au grand complet.

Le couloir est sinistre, malgré ses murs blancs où volettent, fichés au babillard, des appels à la mobilisation étudiante, des dizaines d'offres de services divers, des demandes de chambres à louer, quelques propositions d'atelier, des recherches de manuels, rédigés, tapés, calligraphiés sur des feuilles aux teintes et aux formats variés. Ce patchwork hétéroclite d'affichettes racoleuses qui frémissent au passage de chacun l'attriste, puisqu'il recueille des preuves irréfragables, quoique naïves, du funeste affaiblissement de la parole pure. Les mots ne suffisent plus, noyés qu'ils sont dans l'amphigouri universel et hystérique d'images et de sons. Il fut un temps… se met-il à songer, puis il se ravise, s'interdisant les élans de nostalgie.

Au bout du corridor, une fenêtre flamboie. Août agonise donc au soleil, après une longue vie grise et froide.

En effet.

Il se plante devant le panorama d'une ville ragaillardie par un été retrouvé au finish. À gauche, le mont

Royal lui propose un vert irlandais, chamarré des premières gouttes d'or ; à ses pieds, l'oratoire Saint-Joseph déroule sa scala-santa, déserte exception faite d'un illuminé s'y démettant les genoux ; droit devant et à droite, c'est-à-dire vers l'ouest et le nord, l'épaisse catalogne de duplex et de triplex de briques rouges, nervurée de longues et grises coutures d'asphalte, une rude étoffe sanguine que lèche, nerveuse et étamée par les rayons déjà obliques du soleil, la rivière des Prairies. Seul sur la toile bleue, un petit nuage mauve progresse vers lui, comme soutenu par un faisceau de baguettes de pluie noire, minuscule nimbus décidé à troubler la fête à Hélios, attiré sans doute par cet immobile cousin planté derrière la vitre. Oui, il reconnaît là-haut un alter ego vaporeux, mais implacable, annonciateur malvenu de lendemains déplaisants : il pleuvra bien un jour, tout finit par s'épuiser et par disparaître. Ce rôle pénible de rabat-joie, Benjamin Paradis l'assume, si tel est le prix à payer pour défendre la vérité. Il inonde la terre d'un savoir dont nul ne veut, il grêle sur des auditoires avides de joies.

– Et « nuage », ça se dit comment chez les !Xoon ?

La brunette s'était glissée à côté de lui et elle suit son regard. Il capte son reflet dans la vitre et elle semble flotter sur un bon quart de la ville comme un spectre gigantesque et souriant, auréolé de bouclettes taillées dans un bois dense. Il se rend compte à quel point le fantôme est joli et, comme mû par un réflexe de survie, il reporte vivement son attention au loin. Il prend tout son temps avant de laisser tomber une réponse lapidaire sur un timbre étouffé, comme s'il craignait

d'embuer la vitre sur laquelle se précipite en tambou-
rinant une volée de gouttes.

Et avant qu'elle ne lui pose la question suivante,
il traduit pour elle le magma de sons gutturaux qu'il
vient d'émettre, mais cette fois d'une voix grave et
franche, presque radiophonique :

— La maison des pluies.

Avec ses cheveux follets blonds et roux ligués contre le gris qui flottent sur son crâne de géant livide, conjugués à sa petite taille et à sa démarche carrée, comme si les genoux refusaient de se ployer, il évoque un chérubin bourru et frappé d'hypertrophie. Quand il sourit, il découvre son amalgame de prothèses dentaires ancrées à une demi-douzaine de dents saines, survivantes miraculées de désaccords musclés. Il vous prend alors en étau dans ses gros bras en miaulant un rire perçant et, vous asphyxiant dans cette forteresse molletonnée et chauffante, vous vous rappelez son surnom : Big Daddy.

Son véritable nom, seuls quelques privilégiés le connaissent et Benjamin compte parmi les élus depuis leur rencontre, alors que le géant bénéficiait d'une dentition exemplaire.

– C'est ironique, non ? avait-il dit en glissant à l'anglaise sur le *r*. Tu t'intéresses aux langues en voie de disparition et moi, je suis sans aucun doute le dernier mâle sur terre à se faire appeler Shirley.

Son nom de baptême, il le devait au culte que vouait sa mère à un lutteur des années 1950, Shirley Crabtree,

un colosse de près de deux mètres et de «vingt-six stones et neuf livres». Impatiente de l'engraisser, madame Swettenham avait sevré trop tôt le nourrisson pour le bourrer de bananes en purée et de céréales broyées et délayées dans le gros lait, voire dans de la crème. Selon le docteur Bellingsey, le gavage du poupon avait favorisé l'épanouissement des furoncles douloureux qui privaient de sommeil la maisonnée et une bonne partie de Moreton-on-Lugg, autrement paisible village à trois kilomètres de Hereford et naguère apprécié pour sa gare creusée dans Eve, un chêne centenaire.

Hélas, les efforts de madame Swettenham s'étaient soldés par un échec. Malgré les pommes de terre quotidiennes, le ragoût de mouton, le *corned beef and cabbage* à l'irlandaise, les déclinaisons du pouding vapeur, malgré les suppléments diététiques, les exercices de renforcement, le petit Shirley refusa de se développer selon les ambitions de sa mère, du moins verticalement.

– Disons que j'ai pris de l'expansion, aime-t-il résumer en écartant les mains.

Il cultive son accent british comme d'autres entretiennent leurs ongles, c'est-à-dire en le recouvrant d'un léger vernis de *r* lisses et de *a* un peu mous, mais soutenus. Néanmoins, il doit son français impeccable à sa lecture des classiques en version originale et à la radio française captée d'abord sur ondes courtes, puis sur Internet.

Leur rencontre remonte à la nuit où Benjamin, la vingtaine fraîche, avait mis les pieds au Lézard, une boîte qui comptait pour élément essentiel de décoration une interminable guirlande de tuyaux de sécheuse

en vinyle blanc dans lesquels brasillaient des lumignons de Noël. Le jeune étudiant en linguistique avait commandé une Guinness et la barmaid, un elfe aux cheveux de jais, s'était esclaffée, prenant à témoin la masse de graisse et de muscles accoudée au zinc.

– T'as entendu, Big Daddy ? Monsieur veut une Guinness. Pourquoi pas une Blanche de Bruges ?

– Dans ce cas, osa le candidat à la moquerie éternelle, si vous avez une pilsen, je préférerais.

Elle avait décapité une Bleue, l'avait posée délicatement sur le comptoir en pinçant le goulot, ses yeux, au beau vert crépitant de malice, vissés sur ceux du gorille, puis les laissant dériver vers lui :

– C'est sur le bras, Votre Altesse.

Elle était passée à une autre victime, payante celle-là, pendant que le bloc blond modulait un rire étonnamment aigu pour un spécimen de son calibre.

– Te fais pas des idées avec la bonté de Patricia, avait-il lancé d'une voix redevenue grave. Les patrons sont colombiens. Ils ne tiennent pas un inventaire des alcools parce que, tu vois, c'est pas vraiment leur fonds de commerce.

Shirley y sévissait à triple titre : videur colérique, garde rapprochée du distributeur de poudre et meilleur client de ce dernier. Il patrouillait dans la salle les muscles tendus, la mâchoire verrouillée, les yeux injectés de sang et, comme aimait le dire l'un des propriétaires, il aplatissait les difficultés dès qu'elles se pointaient. En hiver, les employés s'amusaient à dénombrer ses victimes en comptant les orphelins, à savoir les manteaux laissés au vestiaire après la fermeture : Big Daddy avait l'indélicatesse d'envoyer en orbite les

indésirables sans s'assurer de leur confort avant de les emboîter dans une congère de la rue Saint-Denis.

De façon presque naturelle, il avait pris le nouveau venu sous son aile, en admettant que cela lui fût physiquement possible vu que son protégé le dépassait d'une bonne tête. Le long garçon, agrippé à sa Bleue, et le videur, rond, massif et pâle comme un navet trop jeune, évoquent encore à l'esprit de ceux qui s'en souviennent l'un de ces tandems comiques des années 1950, Abbott et Costello, mais unis dans un silence féerique dont la faune, en transe permanente sur la piste de danse et trépignant à sa périphérie, était exclue.

Benjamin ressemblait à un explorateur infiltré dans une tribu de guerriers en pleine cérémonie d'initiation et nul ne se serait étonné de découvrir dans sa main un calepin ou un magnétophone plutôt qu'une bière tiédasse.

Shirley, lui, faisait figure d'ours albinos fixant un totem, un grizzly format réduit que ni INXS, ni New Order, ni les Pet Shop Boys ne seraient parvenus à distraire d'une soudaine quête mystique : détecter un mouvement chez le sphinx longiligne attaché au bar. À l'occasion, il interrompait sa contemplation pour aplatir une difficulté, ce qui revenait souvent à réorganiser un faciès, sinon pour aller dessiner des rails de poudre compacte sur un couvercle de toilette, machinalement suivi par une armada de mannequins aux joues caves et maquillés en ratons laveurs. Les filles lui tournaient autour, mais la plupart hésitaient à l'approcher, comme s'il les avait aimantées et leur présentait tantôt son pôle attractif, tantôt l'autre, chacune réagissant

différemment selon son penchant : charmée par sa massivité bouddhique, révulsée par elle ; tentée par son visage de poupon malfaisant, effrayée par son air de démolisseur taciturne ; méprenant sa tension permanente pour une vigueur exceptionnelle, détectant la dégradation que le perlimpinpin opérait sur ses nerfs. Mais immanquablement, il s'en trouvait une, à l'occasion même deux, pour se faire harponner par sa force de gravitation et il la ramenait tranquillement, sans à-coups, jusqu'à la longue pièce du fond qui faisait office de bureau, de loge pour la *drag-queen shooter-girl,* de salle d'empaquetage des stocks les mardis après-midi, de guichet automatique pour les policiers, de sniffodrome occasionnel et de baise-minute pour le *staff* en général.

Le mastiff était fasciné par ce grand intello de dix ans son cadet et maître de ses émotions qui s'élançait sur la piste de danse quand, le temps d'un morceau moins apprécié de la clientèle assoiffée, ne s'y tortillaient qu'une poignée d'irréductibles défoncés au nitrite d'amyle, à la coke, à ce nouveau truc, l'ecstasy, que le DJ introduisait en douce de New York et, pourquoi pas ? aux trois à la fois.

Le totem se déhanchait contre le rythme et sur un mode résolument saccadé, comme s'il désobéissait aux commandements d'un robot percussionniste. Cette résistance naissait au niveau des épaules pour irradier de façon inégale sur tout le corps sauf le cou, qui avait adopté une rigidité de bayadère fraîchement arrivée du Kerala. Puis, une nouvelle musique supplantait l'autre sans accroc grâce au magicien des platines et de la E,

le troupeau désertait l'enclos, comme pris de panique par l'allumage du stroboscope, et Benjamin retrouvait le poste que Shirley avait jalousement gardé pour lui.

Mado, la *drag-queen,* lui offrait parfois l'une de ses redoutables mixtures, un B-52, un Kamikaze, un Hard Nipple, un Belly Up, dans l'espoir de décrisper le beau brun et, qui sait, de lui planter la langue jusqu'à la luette, mais en vain : même généreusement arrosé, Benjamin ne se départissait jamais de sa contenance de vigie des mœurs locales et réservait, du moins au Lézard, ses amygdales à leur rôle de défense immunitaire. Au bout d'une minute, Big Daddy jetait à la *shooter drag-queen* un regard lourd de menaces et elle s'éloignait en sautillant, dans la mesure où ses bouteilles le lui permettaient.

Les deux hommes ne se voyaient qu'au Lézard, jusqu'au jour où Shirley proposa à son protégé une tournée des snifferies qui recueillaient les aficionados de la neige divine dès deux heures du matin et ne les libéraient qu'à l'aube, souvent bien au-delà.

Sur l'avenue des Pins, à deux pas de l'arsenal des Fusiliers Mont-Royal, une porte anonyme s'ouvrait sur l'arrière-boutique d'un dépanneur désaffecté si vous y tambouriniez le bon code. Une lumière bleuâtre baignait le grand cube aveugle et vous blêmissait davantage. Des sofas mous, des chaises dépareillées, une ottomane de cuir bordaient des tables basses en verre sur lesquelles des zombis alignaient leurs joies et les aspiraient à la paille ou à l'aide d'un billet de vingt dollars flambant neuf qui, roulé serré, agrémentait l'expérience d'un parfum d'encre fraîche. Dans un

coin, posté à côté d'un siège de toilette rose, le dealer se dandinait en se mordant les joues, l'ouïe aux aguets, prêt à se délester de sa cargaison dans la cuvette et à actionner la chasse d'eau advenant l'irruption des bœufs. Un *ghetto blaster* distillait une musique planante, tempérant le sentiment d'urgence qui étreignait les hôtes et un nuage permanent glissait dans le local, comme porté par la puanteur, un cocktail olfactif de sueur, de tabac, de vomi et de cocaïne brûlée.

Benjamin y croisa des médecins, des dentistes, des avocats en costume trois-pièces et aux yeux fous, mais Shirley préférait la compagnie des artistes et l'entraîna vers un banc de jardin où bivouaquait un quatuor.

— Elle, c'est Dominique, fit Shirley. Une prof d'école secondaire qui tâte de la poésie. Le grand blond, c'est un danseur russe. Les deux autres, pas idée.

Dominique leur jeta un coup d'œil noir, grogna ce qui ressemblait à une salutation d'usage, et retourna à la besogne qui requérait toute son attention et qui hypnotisait ses compagnons de reniflette : la confection d'un vortex en poudre. Ils admiraient son labeur avec des regards de biais, leurs nez légèrement tournés vers le mur, évitant ainsi de souffler malencontreusement sur l'œuvre et de la dissiper. Dominique récitait une prière, semblait-il, le menton calé contre la poitrine, ses pupilles géantes fixées sur le tourbillon qu'elle achevait de dessiner à l'aide d'une lime à ongles.

— Quant à Hegel, poursuivit-elle, c'est un has been total avec son histoire à majuscule et son esprit absolu de loser fini. «Tout ce qui est réel doit être rationnel», qu'il a dit, ce qui ne tient plus debout en 1988. À qui le tour ?

Le danseur leva gracieusement la main, un petit tube de métal fiché entre l'index et le majeur. Il se pencha sur la trombe et, accompagné d'une bruyante aspiration passant du grave à l'aigu, il nettoya la table, sa belle botte de blé tournoyant de plus en plus rapidement au-dessus de la vitre.

– Dis, fit Shirley en tendant deux billets, tu nous fais chacun un huit couché?

Elle haussa les épaules et, d'une secousse du menton, les invita à s'asseoir.

Une fois l'infini bien calé dans les sinus, et deux fois plutôt qu'une, le tandem retrouva l'avenue des Pins. Benjamin n'arrivait plus à tenir sa langue : il piaillait comme un oisillon affamé réclamant Saussure et Jakobson. Le gorille, lui, se frottait en silence les battoirs avec une frénésie de schizophrène en contact avec Uranus, recréant avec ses paluches, et sans pouvoir s'interrompre, les lemniscates poudreuses dont il venait de se bourrer les naseaux. Prochaine étape : un restaurant espagnol où l'on pouvait, à prix d'or, se requinquer en jouant de la carte de crédit tout en coudoyant des vedettes de télé en pleine séance d'inspiration. La dérive les porta ensuite jusqu'à un bar sans alcool, rue Saint-Denis, où un gratteux de guitare semait les premiers élancements migraineux.

Une bordée de neige, une vraie, avait matelassé chaussées et trottoirs. Un vent yukonnais sévissait et des vagues de flocons fins comme des grains de sel zigzaguaient sur le bitume. Big Daddy et Benjamin se laissèrent pousser par les rafales, capuchons relevés, poings dans les poches, le long de la Catherine qui

avait revêtu des atours de carte de Noël : ouate immaculée, vitrines multicolores, feux diffus des lampadaires
sous lesquels dansent, comme des mouches folles, les
flocons excités par la bise, silence surréel, qu'on jurerait palpable, rares passants recoquillés sous des couches de fibres synthétiques et de tissus variés, leurs
manteaux, leurs tuques, leurs foulards, leurs gants aux
teintes criardes et dépareillées illuminant l'artère
commerciale. Ne manquait qu'une carriole tirée par
son bouleux.

Les deux hommes se réfugièrent au restaurant
Crystal, les joues endolories par le froid, la lèvre supé-
rieure chapeautée d'une moustache de morve gélifiée,
les cils scellés par le mucus et les larmes calcifiés, le
cœur bouillant.

– Allô, mes bébés.

De sa voix virile, grave et brûlée par les Benson
& Hedges, Jojo accueillait les clients qu'elle trouvait
sexy, c'est-à-dire la moitié des malheureux qui passaient la porte. Elle naviguait pesamment entre les banquettes comme un paquebot qui file sur l'Atlantique
Nord en bousculant les icebergs. Son corps ramassé, ses
cheveux décolorés, souvent jaunes, son visage ravagé
par les excès, tuméfié, aurait-on pu penser tant le maquillage était maladroit, ses dents pourries, son froc
bleu poudre, ses godasses roses lui conféraient cette
allure de nain de jardin à la fois sympathique et terri-
fiant, un korrigan armé de club-sandwiches et de hot-
chickens qu'elle posait sans délicatesse particulière
sur les tables de formica. Elle le faisait en minau-
dant, toutefois, en chasseresse experte des pourboires

généreux qui lui permettraient de s'offrir les opérations providentielles qui feraient d'elle une femme laide à faire peur, gauche, misérable.

– Entière et intégrale, précisait-elle à qui voulait l'entendre. D'abord, je me fais revirer la pomme d'Adam. Après, c'est *chop-chop*.

Jojo expulsa trois minets de leur banquette installée en vitrine («Enweillez, mes bébés : vos clients attendent dehors») et les deux hommes s'y attablèrent, smoked-meat médium, BLT, café, café.

On pouvait comprendre pourquoi Jojo aimait tant son lieu de travail : comparée au décor, elle était presque jolie. Les néons nuageux, comme touillés par un vent largue ; les miroirs usés et recouverts d'une patine de gras ; les banquettes de cuirette rose et agonisante, sèche, craquelée, qui mordait les cuisses en été et amorçait, l'hiver, des échelles dans les bas de nylon ; les murs verts qui donnaient à chacun un teint maladif ; le plancher de tuiles jaunes, veinées de crasse ; le trancheur de viande poilu, huileux, suant au-dessus du bac à *coleslaw* ; les dosserets de vieille tôle qui diffusaient une lueur morte ; le faux plafond beige aux bouches d'aération cerclées de rides noires et poudreuses ; les épaves nocturnes arrimées à un Cherry Coke et espérant l'aube ; les assiettes ébréchées, les fourchettes tordues, les verres Duralex que des années de tripotage et de lavage à l'eau bouillante avaient givrés pour l'éternité ; bref, un trou où, malgré la réalité crue, surnageaient une certaine forme de gaieté et une serveuse cadrant dans le décor.

Là, s'étant carré dans son siège flasque, avec ses yeux rougis et son cheveu caca d'oie sous les tubes de

lents gaz ondoyants, l'amas de fibres cocaïné se détendit enfin et, timidement, courte phrase par courte phrase caressée par son accent british, il laissa son être se déployer et s'épanouir, révélant des trésors : il avait lu, et beaucoup. Il connaissait Shakespeare, *of course,* quoique périphériquement, c'est-à-dire qu'il pouvait situer répliques et personnages dans telle ou telle pièce, quatrains et tercets dans leurs sonnets, sans avoir vraiment touché à une seule œuvre du barde : il savait tout sur lui, mais n'avait jamais pris la peine d'assister aux mises en scène de ses tragédies et de ses comédies. Il récite ses poèmes par cœur, mais dans le désordre.

Par contre, des auteurs négligés par l'histoire, sinon résolument oubliés qui, par leur timide miroitement, avaient rehaussé, tels des capitons de soie brute, l'éclat du dramaturge de Stratford-upon-Avon, il avait compulsé toutes les compositions, du moins les moins obscures. Marlowe, Middleton, Fletcher, Kyd, Peele, la horde des deux siècles chevauchés par William the Great ne recelait pour lui aucun secret. Comme si cette particularité ne suffisait pas, il avait accumulé et nourri un savoir quasiment encyclopédique de choses parfaitement futiles : au royaume des bagatelles, il régnait sans partage. Il se postait chaque soir avant le travail devant son téléviseur et il répondait aux questions de *Jeopardy!* à la vitesse de l'éclair. Selon ses propres calculs, s'il avait pu participer à l'émission, il aurait été couronné champion dix-neuf fois sur vingt, mais un détour fâcheux sur son itinéraire politique lui interdisait à jamais l'accès au paradis états-unien et à ses studios d'enregistrement.

– «Terre de liberté», qu'ils se désignent eux-mêmes sans honte aucune, ces crétins. Et ils me qualifient d'indésirable parce que, dans les années 70, j'ai serré la main d'un communiste hongrois pendant une manifestation contre la décimation du Vietnam à Londres-la-putain. Puis ils nous ont arrêtés. J'avais à peine quinze ans! Tu te rends compte?

Refoulé à la frontière, il s'était installé à Montréal à demeure : il s'y était senti chez lui dès qu'il y avait posé un pied remarquablement petit pour sa corpulence. On en venait à se demander comment il s'y prenait pour tenir debout, alors qu'une seule de ses mains de gorille suffisait parfois pour recouvrir le visage d'un futur édenté qui avait coupé la file d'attente. Ce corps massif, mais, d'une certaine manière, capricieux, correspondait au tempérament du propriétaire.

Il s'y cheville encore aujourd'hui un esprit carré, immuable; il s'orne d'une émotivité frôlant la sensiblerie du puceau.

– Les pires, fait-il en se trémoussant de rage sur la petite chaise bistro du café du Village gai, ce sont les cerbères d'aéroport, aux *States* comme ailleurs, qui vous strip-teasent avant de passer aux rayons X. Chaussures, ceintures, clés, monnaie, hop! au panier! Et qu'ils vous toisent comme le rat que vous êtes, potentiellement explosif. Ils vous reniflent sous tous les angles. Ils vous monteraient comme une chienne en chaleur qu'on ne s'en étonnerait pas!

«Et qu'ils tournent et retournent votre ordinateur, et qu'ils vous trifouillent le sac, et qu'ils vous repêchent un tube d'onguent et vous crachent, un rictus de hyène imprimé sur le museau : "C'est quoi, ça?"

Des Mussolini en puissance, ceux et celles-là, souvent hauts comme trois pommes et moches à faire pleurer, donc trop contents d'assouvir enfin une vengeance ruminée depuis leur adolescence boutonneuse sur les spécimens normaux qui ont le malheur de les croiser à moitié nus, eux, les squadristes, les gestapistes à la batte magnétique et hurlante. "Préparation H! *Was ist das?*" qu'ils vous lâcheraient, mâchoire tendue, avec leurs barrettes et leurs cordons de pacotille sans le moindre grain de poussière, un spot braqué dans les yeux jusqu'à vous illuminer l'épiphyse, mais, non, *Scheiße!* ils condescendent à vous laisser passer, déçus, mauvais, avec, cette fois, un air de blaireau enragé. »

Il reprend son souffle, saisit sa tasse en tremblant, arrache un bout de son croissant en agitant la tête comme un rottweiler sur un mollet d'enfant, avale une lampée de café, repose sa tasse sans précaution aucune et poursuit sous les regards irrités des autres clients.

– Des nuls en uniforme qui, ultime joie, vous contemplent vous rhabillant. C'est Sobibor et Auschwitz à l'envers! Ce qu'ils apprécient par-dessus tout, c'est votre raie poilue éclosant pendant que vous relacez vos chaussures. Ils jouissent si vous vous débattez avec votre ceinture, d'autant plus que le cheptel qui trottine derrière vous, suant et terrorisé, vous pousse au train.

« Une fois le Schtroumpf brun assouvi, vous pouvez ramasser vos clés, votre portefeuille, votre monnaie, votre sac, votre crème pour la rondelle irritée, l'ordinateur portable, vous faites trois pas et, patatras, une chemise noire vous arrête : palpation. Il vous demande si vous êtes chatouilleux à certains endroits,

comme pour éviter de déclencher un hiatus de plaisir, et c'est reparti ! Ils auraient le temps, ils vous ficheraient un entonnoir dans la gorge et vous bourreraient d'huile de ricin : "Attendez là, au fond à droite, devant le Duty Free. Et la tête en bas. *Schnell !*"

« On aurait aimé les voir en 1940, ceux et celles-là. Des fascistes, des collabos, des SS-Totenkopfverbände ! » rugit-il maintenant, assis non pas au Crystal, mais à La mie matinale, vingt-trois ans plus tard, le foie prométhéen, le sinus libre, les mèches rabattues sur la tête et maintenues en vie par une entourloupette thérapeutique : un quart de comprimé de finastéride.

– Grâce à ma vanité, j'ai le cheveu en sursis et la prostate lisse comme un crâne, aime-t-il répéter chaque fois qu'il surprend Benjamin à contempler le lichen tricolore qui tapisse son gros caillou de cyclope.

Shirley n'a rien perdu de sa lividité slave, trahie par un halo cuivré qui, sous le soleil d'été, s'effrite en s'éloignant de la supernova : son nez épaté. Il a l'iris toujours aussi bleu, mais baignant désormais dans une mer de lait, alors que, naguère, ses yeux évoquaient des lapis fichés dans des œufs mollets arrosés de ketchup. Il a gardé ces oreilles miniatures et mobiles, qui montent et descendent au rythme des idées qui assaillent son cerveau, une formidable cocotte-minute où mijotent sans se fatiguer hormones, enzymes, lipides et tout le bataclan spongieux de la grandeur humaine. Il s'est aminci et sa dégaine de gorille d'alors a muté en une démarche oblique à la John Wayne, comme si les genoux obéissaient désormais aux deux grosses vis osseuses et matelassées qui lui tenaient d'épaules.

Quelque chose d'autre chez l'homme avait changé pendant la longue fuite de Benjamin vers les confins de continents déjà lointains. Le Big Daddy qui accumulait les conquêtes féminines s'était transmué en homosexuel de première, un dandy maladroit emmailloté en hiver dans un frac impeccable avec, en guise de calice ridicule et immaculé, un jabot de zéphyr. Pendant les mois tièdes, il se pavane en pantalon de lin et en saharienne beige délavé, et dès qu'on remarque ses mains couvertes de taches de son, on se demande si l'ocre s'est échappé des manches pour semer des gouttelettes de rouille sur les battoirs blancs et charnus.

Autour de ce parfait *Englishman* tiré d'un roman d'Agatha Christie évolue Tito, son amant empressé, de son vrai nom Augustín Rivas, rescapé à six ans du Salvador et haut comme trois pommes, cinquante kilos de viande fine et de muscles délicats agglutinés sur un squelette de chat.

– Les psychologues sont des charlatans, tu sais, avance Shirley. Ce sont des curés, le goupillon et les mains baladeuses en moins. Celui que j'ai consulté après mon mariage, une erreur pour elle comme pour moi, s'était mis dans la tête que je buvais et que je reniflais pour étouffer mon homosexualité. Bobards : il a tout vu de travers. La vérité, c'est que les femmes me torturent et qu'elles me poussent vers la bouteille, sinon pire. Je m'adonne exclusivement au touche-pipi dans le but de rester sobre.

– Par Dieu! roucoule Augustín. Tu dois avoir un foie de calcaire et des sinus en acier, parce que, depuis, tu y mets les bouchées doubles, *Pelón*.

– Tito, tu me donnes soif.

Depuis son retour qu'il qualifie de définitif, Benjamin se repaît de ces interminables diatribes entre amants que viennent adoucir un chuintement, une onctuosité propres aux anglophones et un battement des *r* typiquement latino-américain.

À chaque rencontre, il envie davantage à Big Daddy son puits sans fond de connaissances présentées en une macédoine parfumée de faits, de légendes et de raisonnements sinon inattaquables, pour le moins divertissants. La moindre nouvelle déclenche chez lui un mécanisme de réflexion imparable, comme une locomotive folle sortie de ses rails et filant, pourtant, en droite flèche vers un mur caché dans la nuit : la vérité.

– Ah, mon ex, Irène. Devine ce qu'elle est devenue. Tu te rappelles ses frasques psychédéliques, des timbres de LSD qu'elle consommait comme un apôtre extrémiste d'Aldous Huxley ? La fille complètement déjantée est désormais, tu sais quoi ? Une jusqu'au-boutiste d'Herbalife ! Il y a vingt ans, elle était tout acide, champignons et cocottes magiques ? Eh bien maintenant, dites bonjour au guarana, au bidon de thé et aux décoctions multivitaminiques. Elle vous dévisage avec des yeux de derviche à peine sorti de sa transe pendant qu'elle agite son baril de poudre amincissante sous votre nez, puis elle insiste pour vous infliger les photos de son séjour dynamisant à Puerto Vallarta où la secte s'était regroupée avec pour mission secrète de terroriser d'innocents vacanciers à grands coups de chants guerriers et d'exercices de solidarité dignes des camps de vacances pastoraux. D'ailleurs, je la suspecte de se considérer comme une oblate de la santé

universelle : elle a vendu jusqu'à ses derniers meubles. Depuis, elle vit à la petite semaine, maigre comme un clou et délirante de félicité nouvelle.

Régis, le propriétaire du café, toussote derrière son comptoir en leur faisant ses gros yeux de poupée courroucée. La clientèle les dévisage, interrompue dans sa lecture des quotidiens par cet ogre vociférateur au gazon moisi sur le coco.

– Tu dois toujours parler aussi fort ? ne questionne pas vraiment Augustín.

Big Daddy s'ébroue, balaie l'objection d'une main et reprend sur un registre plus grave, mais sans baisser le volume.

– N'empêche, tu vois où nous en sommes rendus ? Il y a un quart de siècle, c'était l'anarchie, mon gars, l'ecstasy qui débarquait avec, en renfort, son alphabet de psychotropes, Spécial K et autres. En prime, ça jouait à se boucher tous les orifices autour des cuvettes malgré le VIH et la syphilis galopante, et aujourd'hui, ça entonne l'hymne du salut universel par une consommation plus ou moins pondérée des merdes officialisées, antidépresseurs, iPhone et jus d'échinacée inclus. Mieux encore, ça répond fidèlement aux sondages crétinisants au meilleur de ses maigres connaissances, comme un pauvre diable trop content de ne pas se sentir méprisé pour une fois, et ça fait l'effort d'absorber, sous forme de livres si la chance vous sourit, sa dose de témoignages propres à abrutir l'esprit le plus vigilant.

Régis soupire derrière son comptoir, Augustín laisse passer un grognement d'exaspération, Benjamin sourit à s'en cramper les zygomatiques et l'autre poursuit :

– Maintenant, tu regardes ces épaves qui se tatouent jusqu'au rectum et tu te dis : oh là là là là ! le grand Bélial fasciste doit se frotter les griffes. Ça doit se bousculer à son portillon. Car voilà vers quoi nous nous dirigeons, mon ami, et à une vitesse vertigineuse. Quand le grand peuple ne croit même plus en lui-même ni aux institutions qu'il a construites de ses mains, quand il fait pfft ! si vous avez la mauvaise idée de sonner l'alarme et de vous offusquer de la crapulerie régnante, attachez vos ceintures, il y a un méchant coude sur la droite et personne n'a prévenu la dame à la voix calmante cachée dans votre GPS. Alors, un jour, un rigolo à moustachette, psychopathe et loser à répétition, pétera son câble en public, sur Internet, tiens ! et là, mon homme, à ce moment, les millions de bestiaux blasés que nous sommes en train de devenir vont le trouver *rafraîchissant*. À moins que ce ne soit une bonne femme.

« Ça ne m'étonnerait pas une goutte, moi, de voir rebondir une Margaret Hilda Thatcher nouvelle mouture, mais avec un sourire de bonniche. Tous ces hallucinés survitaminés et multitatoués, je les vois se mettre aussitôt à fouiller avec leur gros groin pour débusquer le gibier de potence, le Juif, l'enturbanné, sinon la tapette. Et là, ils vont nous l'arranger, notre mariage de mauviettes, je t'en passe un papier. »

– Qu'est-ce que tu as contre le mariage, *Pelón* ? fait Augustín en exhibant un annulaire où brille une alliance beaucoup trop imposante pour être prise au sérieux. Puis, les lèvres ramassées en une moue d'adolescente à qui papa a ordonné de se démaquiller, il se

lève d'un bond et trottine jusqu'au comptoir où tiédissent les cafés.

De son côté, Shirley tourne la tête vers la vitrine en se suçant les joues d'un air distrait, comme s'il contemplait sa bourde qui traversait la rue pour se réfugier dans le sauna d'en face après lui avoir envoyé la main. Il pousse un soupir d'exaspération et profite de l'absence momentanée de l'intéressé pour répondre, très discrètement :

– Rien, si ça peut te clouer ton petit bec de pinailleur une bonne fois pour toutes.

Il glisse alors vers Benjamin des yeux de husky penaud surpris à pisser sur son traîneau. Le traîneau en question rapplique avec trois tasses de café fumant qu'il dépose, un, deux, trois, sans en perdre une goutte. Il reprend sa place à la table en souriant tristement à Benjamin, indifférent à la montagne de taches de rousseur sur la chaise d'à côté, qui lui est désormais, semble-t-il, invisible.

– Tu m'excuses, mon petit *Nene,* hein ? lui serine Shirley en enfouissant son nez dans son oreille. Tu sais comment je suis quand je me laisse emporter.

– Un gros couillon ?

– Un *huevo* de rhino, confirme Big Daddy en effleurant la tempe d'Augustín de ses longs cils presque blancs.

Et la paix est conclue.

– Oh ! Parlant de rhinocéros ! enchaîne Shirley sans relâcher sa quête de truffes dans le tympan de l'autre. Il y a ce type énorme qui m'a posé un tas de questions à ton sujet. Es-tu de retour ? Qu'est-ce que tu deviens ?

Tu vis où? Un vrai souillon, soit dit en passant. Comment vous dites déjà? Un robineux. D'ailleurs, tu crois que ça vient de *rubbing alcohol*? Eh bien lui, il devrait s'en asperger d'urgence.

– Un clochard qui demande de mes nouvelles. Tu es sûr que ce n'est pas mon chef de Département avec un torchon en guise de cravate?

Augustín repousse Big Daddy en s'esclaffant et Benjamin ne parvient pas à décider si Tito l'a trouvé spirituel ou si le groin dans son oreille le chatouillait au-delà du tolérable.

– Une montagne humaine, reprend l'autre en se curant discrètement une narine à l'aide de ce qui lui sert de petit doigt. Avec des tresses qui tiennent toutes seules et un poivron rouge au milieu de la figure, sans parler du clavier de piano qui vous envoie des relents de charogne quand il vous fait l'honneur de vous adresser la parole. Michel, si ma mémoire est bonne. Il a séjourné à Québec, qu'il répète, mais je suspecte un passage en prison, ce qui revient à la même chose, et depuis son retour, il gravite en face, autour du parc du Désespoir, tu sais, ces cercueils de grès noir qui célèbrent notre combat glorieux contre le sida.

À l'époque, se rappelle Benjamin, le Michel en question faisait la navette entre le Lézard et les Foufounes, sans négliger l'occasionnelle halte technique en désintox. Il revoit son visage gras de bouledogue et sa démarche de brontosaure fatigué.

– Allez, souviens-toi, fait Shirley. Il buvait de la Laurentide à même la grosse bouteille, glou, glou et hop! barman!

– Il est gai? demande Augustín en remuant son cappucino.

– Qu'est-ce que j'en sais? fait Shirley. De toute manière, je crois qu'il est rendu *beyond that point*. Et chercher son machin sous les plis de graisse en découragerait plus d'un. Et je ne mentionne pas la crasse. Reste qu'il n'est pas trop bête. Quand il ne se gèle pas les fesses sur ces tombeaux affreux, il les réchauffe dans l'hideuse boîte de kleenex explosive, *you know darling,* la Bibliothèque nationale. Savez-vous comment identifier une architecture de parvenus? C'est celle qui est passée du cuivre au verre trempé, comme on glisse sans s'en rendre compte de l'ambition à la prétention. Donc, notre sans-abri. Il a beaucoup de lecture, comme on dit, mais c'est souvent le cas avec trop d'intellectuels autoproclamés : ils semblent tomber chaque fois sur un seul et même livre peu importe les titres qui figurent sur les couvertures. Bref, il a une conversation d'animatrice culturelle.

– Donc, il n'est pas de la famille, dit Augustín avec une moue dépitée. C'est vrai, quoi! Franchement, vous avez essayé d'avoir un mot intelligent avec un *maricón* de nos jours? C'est comme frapper une *piñata* avec un cure-dents. Bonne chance. Comment appelez-vous ça, déjà, cette histoire débile qui pollue les conversations? L'air du temps, c'est ça? *Puta mierda!* Prends Barack Obama. Le Sauveur, qu'ils chantaient, symbole vivant de l'émancipation des victimes de l'esclavage. D'ailleurs, il est mulâtre. Je ne crois pas me tromper. Sa mère est hyperblanche, si ma mémoire est bonne. Alors, pourquoi disent-ils qu'il est noir? Par sexisme,

parce que Madame ne compte pas, ou par racisme, comme si son sang aryen avait été souillé par l'autre ? Qu'est-ce qu'il fait dès qu'il emménage dans la Maison-Blanche ? Il s'entoure de crapules de Wall Street. Reste le fait que les tapettes se fichaient un macaron sur la poitrine avec le piercing en dessous, comme un grelot. On les entendait traverser la rue. Ensuite, Lady Gaga, même combat, même opération de relations publiques.

– *Indeed,* je ne suis pas sûr qu'ils lisent, *Nene*. La réputation des homosexuels en ce qui concerne la culture est gigantesquement exagérée, si vous me passez l'expression. S'ils vont au musée, c'est pour draguer ou, comme les banlieusards, pour éprouver un kit qui, une fois accessoirisé à neuf, est sensé faire la transition entre l'été et l'automne sans que les voisins soulèvent les sourcils. Pour ce qui est des livres, c'est le désert. En passant, tu me distrais avec tes digressions, surtout que tu n'es pas Marcel Proust. Et encore moins Laurence Sterne.

Benjamin ne peut s'empêcher de sourire devant leur ping-pong d'amoureux querelleurs, s'imaginant leurs soirées intimes composées, nul doute permis, de piques assassines et de baisers brûlants.

– *Zafio !*

Shirley secoue les épaules comme pour en chasser une plume et arbore une moue blasée, bras croisés.

– Pour en revenir à ce qui ressemble à mes moutons, dit Benjamin, il t'a demandé de mes nouvelles. Qu'est-ce qui lui a pris au juste ?

Big Daddy se délie comme un anaconda et plaque un coude sur la table en laissant balancer sa main dans le vide.

– C'est justement ça qui est curieux. Je cite notre Bouddha en chair et en loques : je ne suis que la courroie de transmission. Quoi, il est sous l'emprise d'un mécano céleste, maintenant ? Je te jure, ces épaves, c'est comme si la mystification était leur dernier recours pour se rendre intéressantes ! N'empêche, ce qu'il a dit signifie qu'une tierce personne se passionne pour ton cas, pas vrai ?

– Tu ne m'as rien dit là-dessus, *zafito,* s'étonne Augustín, radouci après avoir vidé sa tasse.

– Pourquoi je l'aurais fait ? Si je devais te répéter toutes les niaiseries qu'on m'adresse ! Et puis ça m'est sorti de la tête, un gros clochard qui métaphorise à la légère. C'est un autre mal de notre époque, parler dans l'abstrait pour exprimer des trucs basiques, quoi ! Avec la litote, ce n'est pas une sinécure d'y comprendre quelque chose dès qu'ils s'ouvrent la trappe ou vous envoient un courriel bourré de fautes. D'ailleurs, j'ai constaté une chose, Ben, en surfant sur GayXpress.

– *Porco !* Qu'est-ce que tu fais là-dessus ?

– La même chose que toi, LatinoBTM. J'ai reconnu ton petit cul et ton slip Superstein, va !

Cette fois, Augustín s'étouffe de honte et de colère, et ramasse ses lèvres en un *o* minuscule, violet et ridé. Shirley reprend :

– Je disais : j'ai remarqué que plus la facture des textes de présentation des candidats à l'éjaculation garantie est lamentable, moins l'auteur fait preuve de pudeur. On pourrait en déduire que l'absence de cognition dans les domaines grammatical et orthographique résulte chez lui d'une précipitation dans la formulation d'un message, ce que tout mâle en

chaleur perpétuelle comprendrait, qui n'a rien à voir avec l'anticipation d'un plaisir, mais qui tient d'un mépris de sa culture, donc de soi, et qui se manifeste par une tendance à se réifier.

– Je ne saisis absolument rien à ce que tu racontes, fait Augustín.

– Ça nous change, lâche l'autre.

Shirley se penche sur la table, coudes écartés et poignets croisés, comme si la bêtise humaine lui était devenue trop lourde à porter sur ses épaules de cyclope.

– Tu me connais, Ben, tu sais que je me suis dévoué corps et âme à la cause de la langue de Molière. Je me tape même TV5 et France Culture à longueur de semaine. Putain, j'envoie des lettres de protestation à Radio-Canada qui passe la grammaire à la tronçonneuse. Le français, moi, *I love it*! Mais eux, c'est-à-dire les candidats aux coïts télécommandés, ils ne contrôlent ni leur syntaxe ni leur amour-propre. Ils se présentent comme des objets, de simples symptômes de leur humanité potentielle. L'offre et la demande, version partouze. Ils ne deviennent qu'une queue à tripoter, qu'un sphincter à distendre, qu'une peau de zèbre ou de rat musqué à pétrir avec une amabilité parfaitement optionnelle. Sans parler de leur vocation de support à tatouages lambda. Et leurs petits boniments, à prétentions philosophiques dans le pire des cas, sont parfaitement incompréhensibles. C'est comme lire ces quotidiens gratuits qu'on vous fourgue dès que vous avez le malheur de vous approcher d'une bouche de métro : les photos en disent plus long que le reste. Ça représenterait un bon projet de thèse, pas vrai, pour tes étudiants : Niveau de langue et amour-propre.

– Ils sont au bac, je te ferai remarquer. Au reste, qui sait si certains d'entre eux ne sont pas les plus court vêtus sur la divine toile ?

Shirley grimace son assentiment, et Augustín rompt le silence, n'y tenant plus.

– Alors, il te cassait les *huevos* avec sa courroie de transmission pour quelle raison, exactement ? Il te l'a dit ?

– Il a tenté de résister, mais tu me connais, hein, Tito ? lâche Shirley sans quitter Benjamin des yeux. Information à tous les intéressés : pour trouver de la Laurentide, de nos jours, il faut y mettre de la volonté. Et ça, j'en ai à revendre. Je te jure, notre Michel à nattes, notre Bouddha allégorique, a été à deux doigts crottés de pleurer quand je lui ai tendu la bouteille. Au final, tu ne devineras jamais ce qu'il a fini par avouer en rotant son houblon.

Les deux autres patientent, laissant à Big Daddy le plaisir de goûter au suspense.

– Eh bien, tu ne me croiras pas : il paraît, mon chum, que tu as un fils et qu'il veut tout savoir sur toi.

Et il éclate de rire, bientôt imité par Augustín et, plus discrètement, voire plus tristement, par Benjamin.

Août est bel et bien mort, mais une tiédeur résiduelle subsiste tant que le soleil pointe. Benjamin laisse derrière lui *Pelón, Nene* et leurs incessantes passes d'armes d'amoureux pour arpenter la rue Sainte-Catherine qu'égaie le flamboiement précoce d'érables maladifs sous une coupole d'un bleu spectaculaire, c'est-à-dire pur, profond, ourlé d'une soie blonde. Histoire de se délier les jambes et de profiter du soleil, il prend à droite, au lieu de regagner la bouche de métro Papineau pour y grimper dans l'autobus De Lorimier qui le déposerait à Rosemont. Il adopte une allure vagabonde pour croiser le parc de l'Espoir et ses longues, ses déprimantes boîtes noires. Il coule un regard neutre sur le site et l'essaim d'hommes à peu près cinquantenaires qui y papotent en reluquant les passants. La plupart portent la barbe du dimanche, ce qui désormais signifie hirsute et empestant la cigarette, et la chemise à carreaux, motif idéal pour camoufler les vieux cernes de transpiration.

Parmi les flâneurs réunis en grappes – là des fumeurs, là des aficionados du cuir, plus loin des ours poilus et triomphants – errent quelques solitaires, des

réprouvés réfugiés sous des couches de haillons cras- seux, déjà prêts pour l'hiver. Et pour le printemps. Toutefois, nulle trace de ce Siddharta à tresses accro à la Laurentide, parti sans doute trimballer sa sagesse malodorante sur Saint-Hubert ou sur Ontario. Une brise vivifiante allège le pas et la rue se déroule de plus en plus rapidement à mesure que Benjamin, sour- cils à peine froncés, s'enfonce dans la foule et dans ses pensées.

Cette histoire de rejeton imaginaire l'asticote et il suspecte une facétie d'étudiant désœuvré, à moins qu'il ne s'agisse d'une de ces initiations débiles à la vie uni- versitaire, d'un de ces rituels d'humiliation publique censés instiller dans la cervelle des malheureux pré- tendants au savoir universel un esprit de corps dévoyé.

Si c'est le cas, songe-t-il, pourquoi avoir élu une intrigue à dormir debout pareille? La paternité, quand même! La concrétion observable chez les jeunes adultes d'aspirations, intellectuelles et légitimes, en un mono- lithe de conformité dont la Révolution tranquille au- rait dû les libérer ne suffirait pas à expliquer un tel choix. Un fils prodigue, n'auraient-ils pu faire mieux? Oui. Les humiliés et leurs tortionnaires auraient concocté une rumeur formidablement plus scabreuse et, tant qu'à parler de filiation, ils y auraient injecté une bonne dose d'inceste ou, tabou inoxydable, de pédophilie. Ou des deux. S'ils avaient, comme lui, visité les Karajá du Rio Araguaia, et supporté d'être impudemment pelotés par un gamin d'à peine six ans sous l'œil bien- veillant de ses parents, auraient-ils également adopté leur rite initiatique: trois mois d'isolation, de chasse, de pêche et de ligature du prépuce?

Donc ? La question tourne dans sa tête comme une roue de hamster. Il emprunte la rue Berri sans même jeter un regard aux dealers en fonction autour de la bouche de métro.

Un descendant.

Très tôt dans la vie, il avait convenu de, comme il aime encore le formuler, *fossiliser l'arbre familial*. Ses années d'expéditions sous tous les cieux possibles et la constatation de l'étendue de la misère humaine l'avaient conforté dans sa résolution. Par conséquent et selon toute vraisemblance, aucun rejeton ne devrait bassiner les oreilles des clochards avec des considérations d'ordre généalogique, sauf qu'un doute était permis, surtout en tenant compte des histoires qu'il avait lui-même recueillies sur les grossesses inexplicables – miraculeuses, dirait la jeunesse d'aujourd'hui – malgré l'usage de la capote et la prise de contraceptifs éprouvés.

La solution à son dilemme se présente à lui dans sa terrible massivité : la boîte de kleenex nationale, son avalanche de livres et ses habitués, dont le Michel en question qui pourrait la hanter malgré le soleil glorieux et le souffle léger électrisant la ville. Pendant que la structure glisse au-dessus de sa tête, tel un cumulo-nimbus, menaçant, angulaire, hideux et vert mousse, Benjamin ne peut s'empêcher d'entendre à nouveau la diatribe de Big Daddy contre la bibliothèque explosive :

– Je ne suis pas un architecte, ni un ingénieur ni un entrepreneur avec un gouvernement dans sa poche, mais dès que ces parvenus de la culture avec un gros cul nous ont annoncé que, par mesure de sage économie, ils allaient remplacer les plaques de cuivre des façades par du verre, une clochette au fond de ma

cervelle s'est mise à tinter, bof, un drelin à peine audible. Et puis, voilà, au fil des heures, c'est devenu un carillon, cette histoire, un tocsin trois étoiles : du verre, maintenu en place par du métal ; janvier à moins trente degrés, juillet à quarante. Il me semble que, bing ! bang ! sortez la balayette, non ? *Indeed !* Résultat ? Nul n'est responsable, mises à part la physique et sa sœur, la chimie. Un architecte, un ingénieur ou le même entrepreneur avec le gouvernement bananorépublicain en bandoulière sont rameutés pour construire des auvents de défense aérienne, des parapluies antitessons pour éviter l'admission en urgence de bibliomanes déchiquetés par le temple du savoir déflagrant. Maintenant, parlons du Quartier des spectacles et de ses brosses à dents jetables pour cyclopes analphabètes…

Benjamin croise le peloton de fumeurs déchaînés à l'entrée de l'édifice, des jeunes, surtout, cheveux gras et blue-jean mou, qui tripotent un cahier de notes, réorganisent l'intérieur d'une sacoche bourrée de documents ou maltraitent l'écran d'un iPhone, rouleuse à la commissure des lèvres, l'œil vitreux. Il passe la porte tournante, monumentale et d'une lenteur quasiment hiératique, comme faite pour décourager une meute de désespérés de se ruer vers le trottoir, et il se questionne sur le sort des gestes simples, pourtant éprouvés, tels que saisir la poignée et pousser la porte.

L'intérieur est plutôt avenant, un narthex tout bois, béton et plexiglas. Un café sans fenêtres a remplacé la boutique de souvenirs : qui a besoin d'un bibelot pour se remémorer une orgie de lectures ? Un garde observant une concentration cerbérienne est posté à la sortie et jette des regards soupçonneux aux visiteurs qui

croisent, les yeux rivés au tapis comme des pénitents tancés par leur confesseur, les détecteurs magnétiques. Un aéroport du savoir, dirait Shirley.

Le vaisseau proprement dit baigne dans une lumière parfaite en cet après-midi de jeune septembre, mais les éléments de bois, agencés en énormes volets fixes, confèrent à l'ensemble une atmosphère de gymnase abandonné. Benjamin se donne cinq minutes pour localiser Bouddha et, après un coup d'œil vers les terminaux de recherche bibliographique, il opte pour l'escalier.

À l'étage, quelques forcenés occupent chacun une table encombrée de livres, de cahiers, de havresacs et d'étuis à crayons, certains aussi gros qu'un tiroir de commode. Benjamin élit plutôt les rayons Romans, bien fournis, dans lesquels patrouille ce qui ressemble à des zombis hypnotisés par les coiffes des volumes qui zigzaguent au rythme de leur déplacement. Il avise la grande verrière qui offre une vue imprenable sur un symbole additionnel de la splendeur nationale : l'îlot Voyageur, horreur architecturale dont l'érection avait été interrompue in extremis par un sursaut exceptionnel de probité, pourrit sur son socle de béton. Devant le tableau édifiant, quelques tables basses et leurs chaises moyennement confortables, et dans l'un de ces fauteuils, une masse de gras et de guenilles feuillette un bouquin semblable aux autres posés sur la table, avec une couverture blanche, sauf pour la base ornée d'une illustration hideuse et le centre, où s'étale le titre, lui-même couronné du nom de l'auteur : Paulo Coelho.

Michel médite donc à la sous-brésilienne.

Il a, fiché sur la tête, un torchon immonde, quelque chose entre la mitre multicolore et le *gorro* inca empesé par la crasse et le sébum, qui laisse fuser par-ci par-là des nattes miniatures décorées de bouclettes cramoisies donnant à leur propriétaire une allure de Gorgone cancéreuse avec, en guise de tumeurs malignes, deux petits kystes luisants vissés profondément dans la masse gélatineuse qui leur sert de visage. Les ombragent des sourcils pires que broussailleux, sylvestres, deux jungles ocre et gris unies par un vallon herbeux et ridé s'évanouissant brin par brin jusqu'à la proéminence centrale, le mont Betterave, strié de ruisseaux écarlates, presque bleus et nourris, sans nul doute, par une nappe phréatique invariablement alcoolisée. Le buisson sauvage, qui court sur ses joues, criblé de trous livides où bourgeonnent des petits points de croûte rouge vif, tente de cacher, en vain, un gouffre noir cerclé d'un velours mauve où apparaît, au fil des phrases lues à mi-voix par Bouddha, le célèbre clavier de piano aux ivoires noirs et caca d'oie.

L'homme est de format king, un possible quart-arrière de football que des décennies de laisser-aller ont empâté jusqu'à créer un gros patapouf désormais avachi dans un fauteuil trop beau pour lui, une outre passée au stade de citerne molle et malodorante, emmaillotée dans des couches et des couches de tee-shirts, de chemises et de débardeurs chiffonnés puis fourrés dans une salopette kaki piquée de minimarguerites en plastique. Un Coluche cloné, mais sévèrement dégradé sur une quinzaine de générations. Une paire de lunettes dernier cri pendent sur sa bedaine, retenue par une courroie de faux or nouée sur la nuque.

Il absorbe Paulo Coelho, donc, et laisse échapper des grognements brefs de béatitude ou de bonne intelligence avec l'auteur, yeux dramatiquement chavirés à la recherche, dirait-on, d'une minuscule vérité cachée quelque part au-delà, derrière, voire sous son bonnet crotté. À moins qu'il ne lutte contre le sommeil ? Ses grosses mains, roses, impeccablement propres et constellées de bagues à cinq sous, caressent les plats du livre lentement comme un amant paresseux songeant à sa prochaine conquête.

Il semble heureux.

Benjamin le contourne pour prendre place de l'autre côté de l'autel coehlien, feuilletant le registre prodigieux qui lui tient lieu de mémoire à la recherche du pachyderme affalé broutant quelque part dans sa vie d'errant solitaire. D'entrée de jeu, il doit décider s'il doit opérer un travail de reconstruction ou le contraire : s'agit-il d'effacer les marques que les années et les abus ont gravées ou, plutôt, de greffer des attributs associés à une jeunesse universelle sur un visage ravagé ? Peut-on reconstituer fidèlement une langue éteinte à partir des traces qu'elle a parcimonieusement semées sur son passage, empreintes que, par surcroît, les siècles se sont employés à brouiller ?

Un visage est un roman.

Michel se trémousse sur son trône, sans doute remué par une perle ésotérique du pope carioca, à moins que ce ne soit une pépite de crotte séchée emprisonnée dans sa raie sûrement herbue. Il dégage des relents vinaigrés de vieille sueur et de poulet barbecue. Il détache ses petits yeux de porcelet des Saintes Écritures et croise ceux de Benjamin.

– Ah ben, tins ! pousse-t-il en guise de salutation, comme si son voisin s'était fait attendre au-delà des convenances.

Il possède une belle voix de baryton, riche et ronde, et le retour en arrière s'opère automatiquement, un fantastique morphage mnémonique. En réalité, c'est comme si le visage et le corps de l'épave malodorante caressant distraitement un bouquin se reconstituaient à partir du pharynx. Un ravalement éphémère, soit, mais saisissant. Benjamin le retrouve intact, non pas tel qu'il l'avait croisé à maintes reprises ancré au bar du Lézard, mais en adolescent boutonneux et morose qui contemple le prof de maths d'un air absent, pour ne pas dire épouvantablement blasé, en se grattant le plexus.

Il affiche deux bonnes années de plus au compteur que ses camarades de classe qui, eux, font au moins l'effort de quémander la note de passage. C'est un garçon qui semble renfermé, voire timide à l'excès, et quelques filles parviennent à s'émouvoir en le voyant traîner sa graisse juvénile dans la cour d'école et sur le parvis de l'église de la Nativité, poings fourrés dans des poches chargées de joints roulés avec art : de vraies torpilles fuselées, mais veinées comme une queue de film X.

Dès qu'il daigne vous adresser la parole, vous réalisez en moins de deux secondes que l'énergumène aux yeux rougis que vous croyiez plongé dans une rumination philosophique ne cultive qu'un sujet de conversation : sa petite personne. Autour de ce point huileux gravitent les injustices de la vie, à commencer par celles qu'on lui a infligées, la cruauté des humains, enfin ceux qui s'obstinent à le voisiner, l'incompréhension

généralisée qui le torture, son hypersensibilité au froid en hiver, la touffeur, la moiteur, le soleil brûlant de juillet, particulièrement pour des êtres comme lui.

À l'école, déjà, Benjamin l'intrigue parce qu'il se tient à distance, manifestant un inintérêt glacial et inexplicable, bien sûr, à son endroit ; parce qu'il lit des tonnes de livres empruntés à la bibliothèque ; parce qu'il excelle dans les sports qu'il juge exotiques, tels le volley-ball et les anneaux ; parce qu'il ne fume ni la cigarette ni la camelote que Michel fourgue à prix d'or aux autres élèves ; parce qu'il dit préférer le vin à la bière ; parce que les filles comme les enseignants lui font de bien belles manières, mis à part le professeur de morale, qui qualifie ses questions d'indues ; parce qu'il parle italien en compagnie de la magnifique Giovanna Romano, y allant d'un peu de grec avec le concierge ; parce qu'ils sont voisins ; parce qu'il est mignon en plus d'être élégant jusque dans sa démarche même s'il descend d'une tribu aussi humble que la sienne. Bref, il le jalouse. Ça, les raisons susmentionnées et, en prime, le fait qu'il « ne lui aime pas la face », Michel le lui confesse d'un coup, badaboum ! après l'avoir rejoint sur le trottoir. Réponse ? Commentaire ? Développement ?

– C'est ton problème, réplique Benjamin.

Et leur amitié est mort-née.

Ils se croisent de nouveau au Lézard, Michel harcelant la barmaid pour qu'elle lui « *fronte* une bière » jusqu'au premier du mois, autrement dit qu'elle lui en fasse don, car l'homme a la mémoire longue, soit, mais de la variété propre aux nombrilistes, c'est-à-dire religieusement sélective et peu portée sur les dettes

contractées. Ce culte braillard du soi lui a permis de traverser les années cahin-caha, réussissant parfois à attendrir les cœurs les plus coriaces, dont celui de Shirley, qui a l'amabilité de l'inviter à sortir de la boîte plutôt que de l'envoyer valser dans les escaliers. Il transporte ensuite sa petite misère et son âme mécaniquement dolente jusqu'aux Foufounes électriques, où un autre Michel garde l'entrée et lui offre, par pitié, une grosse Laurentide.

– T'es disparu de la carte, mon homme. T'étais où ?

Benjamin se demande s'il doit lui débiter la liste de ses destinations, histoire de surligner le contraste entre sa vie de globe-trotter et son existence de traîne-savates.

– Disons que j'ai voyagé, d'accord ?

L'autre acquiesce :

– Nous sommes tous des passagers de notre destinée, paulo-coelhoïse-t-il. Tu as parlé à Big Daddy, hein ? T'as vu ce qu'il est devenu, avec sa *cucaracha* mexicaine ?

– Augustín est né au Salvador. Il a grandi en Argentine et, en plus, c'est un brave type.

– Brave type, hein ? répète-t-il comme s'il se mettait en bouche des mots étrangers. Tu sais, moi, je ne juge pas, en vérité. À chacun son affaire, la vie est tellement lourde, *anyway*. Je t'ai dit que j'ai fait une phlébite en juin de l'année dernière ? Non, c'est sûr, ça fait un siècle et trois quarts que j't'ai vu. J'aurais pu me taper une pneumonie, que la docteure m'a annoncé. J'ai pris des antigoculants.

– Coagulants...

– Ouais, bon, j'ai saigné du nez et j'ai perdu deux autres dents. C'était l'enfer.

Il s'interrompt, comme étranglé par l'air imperméable de son interlocuteur, qui envisage la possibilité de le planter là avec ses tresses, ses guenilles, son Paulo, sa spiritualité de bazar et basta ! avec ce délire de fils à la manque. Mais l'autre flaire la menace d'abandon et, la voix encore plus grave :

– Quand le jeune m'a approché, j'ai cru que j'hallucinais. C'était toi, mais en moins grand et avec un petit quelque chose d'ailleurs, si tu vois ce que je veux dire.

Cette fois, Michel a tapé dans le mille, car, en effet, l'homme qui se tient devant lui avec la bouche entrouverte a connu plusieurs aventures sous un nombre impressionnant de méridiens et auprès d'élues des cinq continents. Les questions affluent à son cerveau comme une meute de chiens affamés déboulant dans un abattoir et Benjamin a besoin d'une poignée de secondes pour les mettre en ordre et lâche la première, histoire d'occuper son interlocuteur.

– Bof, répond l'autre, i'a à peu près un mois ? Il faisait chaud, en tout cas, et je ne me sentais vraiment pas bien. Avec la rue Sainte-Catherine bourrée de terrasses et gardée *busy* par les improvisations artistiques *full pin,* je ne trouvais plus un coin d'ombre. Si t'ajoutes les junkies et les vendeurs qui prennent toute la place qui reste… Et puis les ivrognes, ils vomissent partout, dans les entrées, sur les bancs, à côté des poubelles. Ça, c'est s'ils se soulagent pas par les autres bouts. Moi, je descends bien une bonne Lau' de temps

en temps, mais je me retiens jusqu'ici, au moins. Sinon, je vais à l'Université du Québec, au CLSC, des fois à Radio-Canada pour faire mes petits besoins, parce que, t'sé veux dire, c'est payé avec nos impôts, ces affaires-là! conclut-il sans l'ombre d'un sourire.

Benjamin, indifférent à l'historique des mouvements vésicaux et intestinaux de son interlocuteur, agite vivement une main devant lui, comme pour effacer un gros mot sur une ardoise avant de poursuivre ce qui menace de se métamorphoser en interrogatoire.

– Il parle quelle langue?

Michel fronce les sourcils, puis penche la tête, intrigué, semble-t-il, par le cas de delirium tremens exposé devant lui. Il écarte les bras, comme un béatifié aux paumes roses, potelées et couronnées de bagues, et hausse à peine les épaules.

– Français, quoi d'autre? Il avait un petit accent, je ne peux pas voir d'où, quelque chose d'exotique, peut-être, genre brésilien, tiens, je le sais-tu? Je n'ai pas pris la peine de lui demander d'où il sortait ou… et puis, que voulais-tu que je lui pose comme questions?

– Il reste ici pour longtemps? Qui lui a conseillé de te consulter, toi, parmi tous les autres? Il a quel âge? Il connaît mon nom? Il me cherche? Comment il s'appelle, tiens!

Le disciple de Paulo paraît s'ennuyer et se permet même de bigler, puis de fermer une paupière pour lui signifier son inintérêt.

– Bof, condescend-il à lâcher. La vingtaine, pas plus. Et, non, il ne te cherche pas.

– Alors, que veut-il, hein?

Benjamin, sans s'en rendre compte, l'a empoigné au collet et le secoue comme un tamis d'orpailleur, espérant récolter une réponse intelligente, au minimum un indice. Tresses et houppette de laine sautillent sur la grosse tête, un filet de bave creuse son chemin sous la barbe, le fauteuil grince et Michel, l'air hypnotisé, semble attendre que le manège prenne fin pour retrouver sa voix :

– Pour tout te dire, il a lancé un truc étrange, juré craché, même moi, j'y comprenais rien au début, c'est te dire : il compte emprunter ta rivière. Tu parles d'une idée !

– Rivière ? Quelle rivière ?

– Mot à mot ce que je lui demandé : mystère et boule de gomme. Il voulait que je me souvienne pour lui de toi, de ton enfance et toute la patente. Je lui ai dit que t'étais un gars secret, même à six ans, on n'arrivait pas à te percer. Il prenait des notes comme si je lui dictais les numéros gagnants de la 6/49. Avec un stylo vert, ça m'a frappé, car qui écrit en vert, de nos jours ? Les écolos ? J'ai fait de mon mieux, mais j'ai pas la mémoire d'éléphant, alors il en voulait encore. Je lui ai dit que, à la limite, il pourrait lire ton texte, tu sais.

– Non, je ne vois pas. Lequel ? Celui sur le kaluli ? Sur les Aïnous ?

– Les qui ? Les aînés ? De quoi tu parles ? La nouvelle, mon homme, celle que tu as publiée dans *Potassium,* tu te rappelles ? T'avais quoi ? Dix-sept ans et la prof t'avait fait une fête pour l'occasion. T'imagines, un ado du quartier le plus pauvre d'un océan à l'autre

édité dans une revue de péteux ! Je m'en souviens comme si c'était hier, ça parlait de ton premier jour à l'école. Je lui ai dit d'aller au sous-sol. C'est la Bibliothèque nationale, ici, ils gardent tout. Il m'a remercié et il est parti juste sur une patte.

– Il l'a lue ?

Michel écarquille les yeux et gonfle les joues, comme un gros chat inondant sa litière : il l'ignore. Benjamin plaque ses mains sur ses cuisses et se relève d'un trait, long *i* sans point au milieu de milliards de mots. Il amorce une retraite vers les ascenseurs, mais l'autre, qui s'est emparé d'une nouvelle bluette initiatique de Paulo Coelho, se suce les joues et grince :

– Dernière chose…

Benjamin se retourne, sourcils arqués, narines pincées, lèvres ramassées en une framboise.

– Il m'a donné deux piasses, lui, fait la Gorgone inca à nattes.

AUTOMNE
par Benjamin Paradis

Automne. Un début d'automne. L'or doux de septembre sur les joues. Jour tiède, mais sans tristesse, comme un adieu depuis longtemps préparé.

Hier, des bernaches en cortège sagitté avaient glissé sous le couvercle de nuages, silencieuses, tendues et figées dans leur vol comme mille croix flottant sur un fleuve métallique. Elles étaient si loin qu'elles en paraissaient noires, veuves recueillies tirant un cercueil invisible en grognant une absoute. Là, au sud, sous une brèche remuée par le vent, chatoyait la peau pâle du ciel excitée par le soir, et le convoi s'y était dirigé, lent, régulier, triste, comme pour se diluer à jamais dans un magma de mauve, d'orangé et de rose. Puis elles s'étaient tues. Un silence à peine troublé par le ronflement des poids lourds au loin, sur la rue Notre-Dame. On aurait dit que la ville rêvait déjà.

Le crépuscule tombé, une chauve-souris s'était glissée par la fenêtre ouverte et s'était épivardée dans ma chambre, folle, déroutée, de mur blanc en mur trop blanc, jusqu'à ce que, épuisée et aveuglée, elle aille se nicher au faîte d'une porte. Ma mère s'était alors avancée, lente et placide, les yeux vissés sur l'amas de

poils et de peau palpitant au-dessus du chambranle, et elle l'avait recouvert d'un linge pour ensuite le secouer sur le balcon, les bras en parfaite extension, le visage tendu aussi loin vers l'arrière que son cou le lui permît. Elle avait refermé aussitôt la fenêtre, puis était ressortie de ma chambre sans un regard ni un mot. La nuit attendait.

À l'époque, il m'arrivait souvent de rêver que je survolais notre immeuble. Je revois encore l'appentis greffé au bâtiment, sa toiture d'aluminium en dents de scie, ses châssis dormants sans vitre. Sur la corde à linge, les moineaux, pressés les uns contre les autres en un long collier d'œils-de-chat frémissants, lâchent des sifflements brefs et modulés. Des relents de pourriture et de bois moisi meublent mon cinéma nocturne tandis que je m'approche en planant de la resserre et de la galerie attenante où ma mère se tient, impériale, silencieuse et stoïque, les mains plantées sur la balustrade, les yeux braqués sur la lointaine plaie laissée par un soleil éteint. Je me pose sur son épaule, elle inspire profondément comme pour me communiquer sa force et je m'élève à nouveau, plus léger encore.

Ce matin-là, l'aube avait à peine pointé qu'on me réveillait. Peut-être était-ce elle ou mon père. D'une bourrade plus impérieuse que brusque. Dehors, un foulard de vapeur étouffait la ruelle. Des ombres de chats filiformes se diluaient entre les poubelles. Des cuisines avoisinantes fuyait une lumière estompée par le brouillard. Je fis mon lit avec application, prenant soin de lisser le coton du drap avant d'y tendre le couvre-pied crocheté et de le rabattre sur l'oreiller trop mou. Au tiroir de la commode pendait le havresac au cuir défraîchi

de ma sœur aînée, désormais ma gibecière à la boucle ternie et à la peau flasque, mais cirée la veille.

Le parfum sévère du café baignait la cuisine, accompagné par le glouglou du vieux percolateur en fer-blanc et les chuintements indéchiffrables de la radio. Mon père apparut dans un maillot de corps immaculé qui rehaussait le rose de ses bras et de ses épaules, semés de taches de rousseur. Il tripota le poste qu'il avait assemblé de ses mains l'année précédente. Une voix grave s'extirpa des broussailles sonores, s'affaiblit sur un sifflement, revint, nette, bientôt supplantée par une autre, féminine et enjouée.

Un grand bol de gruau fumant atterrit entre mes poignets cloués, comme il se doit, sur la table. La cassonade dessinait une crête de coq brunâtre sur la purée beige que vint attiédir le lait. À portée de main, un verre de jus reconstitué à partir de cristaux trop orange pour être authentiques et fins comme du sable, une poudre que je pouvais voir danser en agitant le liquide. Ma sœur faisait traîner sa cuiller sur sa bouillie d'avoine, offrant à la tablée le spectacle de ses lèvres gonflées de boudeuse perpétuelle. Mon père toussota et, après un gloussement geignard, Claire laissa sombrer sa cuiller dans le lac triste et trop sucré.

Ma mère.

Elle farfouille sur le comptoir qu'elle appelle «penneterie». Elle porte l'une de ses chasubles à simple encolure, un trou cousu par où passer la tête, ainsi que deux autres plaies pour les bras, auxquelles elle a greffé des manches courtes de chemise d'homme. Un reflet gris tapissant les aisselles se laisse deviner. Elle a enfilé son tablier du matin, celui qu'elle avait

rescapé d'un vieux drap à carreaux. Sur la cambrure de ses hanches, un gros nœud gît, rigide, rose. Après la vaisselle, elle déplierait la planche, brancherait le fer antique et appliquerait l'empois sur la lessive de la veille, mis à part les chaussettes et les caleçons.

Elle garde ses cheveux courts, naguère une magnifique crinière de jais. Sur sa nuque pointe les premières suées et des mèches sombres s'y entortillent comme des queues en tirebouchon. Je pense : « Ma mère est une truie. » Elle voûte tant le dos que le tissu de sa robe se fronce aux coutures des manches. On dirait un gladiateur travesti, et je pense : « Ma mère est Spartacus. »

— Mange pendant que c'est chaud.

Mon père a la voix grave, usée par la cigarette. Je saisis la cuiller, la plonge dans la pâtée, l'en retire précautionneusement pour parer au bruit disgracieux de la succion. Je souffle sur la mixture et l'enfourne, lentement, prenant soin de bien coller mes lèvres sur l'ustensile.

— Comment était ta première journée d'école ?

En fait, mon premier après-midi. J'évoque, excité par cette nouvelle rencontre, la maîtresse, mademoiselle Legris, puis le tableau noir, les chaises qui geignent au moindre mouvement, les autres élèves qu'on m'avait présentés comme mes amis, et les pupitres au bois scarifié, jonchés d'initiales et de symboles en forme de clous.

— On dit cunéiforme, fait Claire avant d'enfourner sa pâtée.

Je prends soin d'omettre ma tristesse de créature livrée à elle-même et à des étrangers, les remugles de

sueur émanant de mes voisins, eux aussi en proie au désarroi des abandonnés. J'avais reconnu les lettres dessinées sur le tableau qui occupe un mur, les amples mouvements des bras de l'institutrice traçant des signes jaunes et obliques, les minuscules suivies des majuscules, les crissements de la craie qu'elle cassait de ses longs doigts blancs avant de reprendre son ballet. Leur avaient succédé des chiffres, aussi, jusqu'à dix, puis, en cadeau, le onze, semblable aux deux stries de gruau laissées au fond de ma cuiller quand je la retire de ma bouche.

Sur l'ordre de mon père, je vais récupérer mon cahier d'exercices calligraphiques, qu'il inspecte, la lèvre inférieure retroussée sur une moue ambiguë. L'index vrillé sur un *b* hésitant, il fait claquer sa langue en me tendant mon travail comme s'il me présentait la photo d'un suspect. Il le laisse tomber sur la table, à côté de mon bol. Il quitte la pièce, royal, et disparaît vers le salon. Là, il passe sa chemise et noue sa cravate, devant le grand miroir nu dont l'ourlet lépreux filtre le vert du mur au lambris de plâtre presque noyé par des années de peinture.

Elle ramasse l'assiette, la tasse, le couteau pour les porter à l'évier, muette, puisque son regard plonge sur ses mains affairées. Je revois sa nuque presque rhombique qu'avant-hier je caressais du bout de mon nez, elle triste, si triste, pour je ne savais quelle raison pendant qu'elle brossait mes cheveux gominés, taillés le jour même. Oui, ce fut le soir de mon dernier bain sous ses mains rongées par les fréquents frottages à l'ammoniac qui répandait sa fétidité dans les pièces et, étrangement, qui me rassurait.

– Demain, tu le feras seul, avait-elle annoncé d'une voix éteinte en m'épongeant, moi, nu sur le linoléum froid aux rides noires.

Et, en effet, le jour suivant, je l'avais attendue dans l'eau tiédissante, en vain. J'avais mimé ses gestes sur ma peau, frotté consciencieusement le pain d'Ivory sur la débarbouillette, dextrorsum, fait mousser le savon avec la paume de ma main. Je m'étais pincé le nez, j'avais plongé sous la surface, vidé la baignoire, saisi la vieille serviette reçue en prime à l'achat d'une boîte de détergent à lessive, du Lux en flocons. J'avais peigné longuement mes cheveux, m'étais curé les oreilles avec un Q-tips, m'étais brossé les dents avec du Crest. Pourtant, je m'étais senti tout sauf propre.

Mon père nous salue de loin, puis passe la porte. Elle tripote le pan de son tablier, de dos, sans se retourner. Je lui demande :

– Tu veux voir mon *b*?

– Qu'est-ce que ça nous donnerait? murmure-t-elle avant de tirer du frigo un sac en papier.

Je saisis mon lunch, tête baissée, abandonne la table pour me réfugier contre sa jupe, enserre ses hanches aussi fort qu'il m'est possible de le faire. Elle dénoue mes doigts, mauvaise, m'ordonne de m'habiller. J'obéis, la tête trop lourde pour mon cou. Je fourre mon cahier dans mon sac, lace mes chaussures neuves, trop grandes encore et imite mon père : je passe la porte sans même l'un de ces baisers maternels et trop mouillés.

Dehors, le soleil se marie à la dentelle de brume. Arrivé à l'intersection, j'attends le feu vert. Une brise fraîche effleure la courte rosette qui éclot sur mon

crâne, et une feuille encore à peine ourlée de sang vient mourir sur mes chaussures.

Et je maudis l'alphabet qu'on m'oblige à apprendre : pourquoi, sinon, refuse-t-elle désormais de me regarder ? Ou ne veut-elle plus que je la voie ?

Autour de lui, le grincement des visionneuses de microfilms accompagne l'étrange babil des pages tournées par une vingtaine d'usagers disséminés dans la salle. Benjamin referme le numéro 4 de la revue *Potassium,* le retourne. Sur la couverture, un gros *K* bleuté, en italique, coiffe ce qui ressemble à une requête presque désespérée : Je désire communiquer avec vous. Ou s'agit-il d'une menace ?

Il avait oublié ce texte, fruit d'une adolescence perdue dans le labyrinthe des temps effacés, et voilà que maintenant, il ne parvient même plus à se relever, comme si un paquet d'années, qu'il avait crues pulvérisées par les secousses d'une vie trépidante, lui étaient retombées, calcifiées, sur les épaules.

Non seulement revoit-il la cuisine de son enfance, que nul n'oserait qualifier de tendre, mais il assiste, médusé, à la projection sur l'écran de sa mémoire du méchant film à succès *Jeunesse fossilisée* mettant en vedette sa professeure de français, Odile Le Doaré, dans la peau de l'héroïne au visage compatissant.

Elle avait été surnommée, bien entendu, la «maudite Française» par quelques-uns de ses compagnons

de classe, ceux-là mêmes qui l'attendaient, lui, à la fin des cours pour lui régler son compte s'il ne s'engageait pas à modérer ses transports quand se présentait un test, histoire de garder la moyenne à un niveau acceptable pour eux. Des brutes épaisses, qui lui reprochaient de gonfler la normale et de les faire passer pour des imbéciles, des barbares puant la sueur, violents et vulgaires, qui lui promettaient fractures et ecchymoses s'il ne commettait pas sciemment quelques fautes bien placées, de pâles annonciateurs, toutefois, des pédagogues qui, dans leurs officines aux murs verts, planifiaient déjà la très consensuelle crétinisation à l'échelle nationale de la population étudiante sur vingt ans au grand maximum.

Il refusait de se soumettre, préférant les coups aux ratures au crayon rouge et, surtout, à la mine déçue que madame Le Doaré afficherait en lui remettant sa copie. Une fois revenu à la maison, parfois couvert de bleus, il se réfugiait dans sa chambre et s'allongeait sur son lit, bras repliés sur la poitrine comme, le croyait-il, un pharaon endormi depuis des millénaires. Yeux clos, il cherchait au creux de son ventre, comme un spéléologue plongé dans le noir, le filon d'espoir qui le conduirait à une vie d'adulte, sinon libre, pour le moins seul.

Benjamin referme la revue, lisse lentement la couverture de sa paume, comme pour en chasser les mauvais souvenirs que son enfance y avait déposés. Il est inexplicablement ému, comme s'il venait de retrouver un bloc d'années difficiles qu'il avait effacées, mû par, quoi? l'urgence d'être heureux? À moins qu'il ne se soit agi d'une soif puérile de vengeance contre le grand croupier universel qui, après vous avoir servi

une main de perdant, vous condamne à bluffer jusqu'à la fin de vos jours ? Ainsi se tisse une vie, avec ses trous mystérieux et semés au hasard des choix qu'un homme a opérés, trop content de laisser derrière lui des lambeaux mnémoniques, comme chacun ne retient que des bribes d'une vieille chanson à succès qui le hante et dont il cherche à se libérer.

Il dépose la revue sur le comptoir, sous le nez de la bibliothécaire, qui lui télégraphie un sourire parfaitement professionnel. Il fait trois pas vers la sortie, mais :

— Dites, c'est vous, ça ? crache-t-elle à voix basse, les sourcils en forme de tildes, comme écrasés par un reproche.

Il se retourne, lui jette un regard de faon intrigué. De son ongle parfaitement oblong, elle tape contre un rectangle gribouillé sous le titre de sa nouvelle. Il se rapproche en plissant les yeux et un sentiment voisin de la panique lui étreint le cœur. En effet, quelqu'un a fait courir son stylo autour de la dédicace « À Odile Le Doaré ». Le trait semble impérieux, comme celui qu'un enquêteur sherlock-holmesque tracerait pour mettre en évidence un passage crucial sur un affidavit.

Un détective armé d'un stylo vert.

B enjamin passe la porte et aussitôt le silence glisse sur l'auditoire comme un jusant. Il remarque que, déjà, plusieurs joueurs se sont volatilisés. Selon le directeur de son Département, s'il retient la moitié de son troupeau, il pourra crier victoire.

– Ils magasinent, avait-il dit. Surtout au début du baccalauréat. S'ils anticipent une tâche trop lourde, ils laissent tomber. Normal, ils misent sur les probabilités de surmenage d'un prof trop exigeant et, ça ne manque pas, ils finissent par avoir raison. C'est ce que j'appelle la sagesse immanente des flancs-mous. Au fil de leur vie encore neuve, ils ont développé une résistance surprenante, une coriacité, si tu me permets, galvanisée par la constatation d'un phénomène récurrent : ceux et celles qui attendent le meilleur d'eux en viennent à jeter l'éponge, l'enthousiasme usé jusqu'à la corde par leur constance dans la paresse, comme des lames qui s'émoussent contre le marbre. Ou le plastique. S'ils tombent sur une tête de cochon qui ne demande rien de moins que l'excellence, ils déclarent forfait, rempochent leurs frais d'inscription et patientent jusqu'à ce que se présente devant eux l'un de leurs

semblables qui, par une opération du Saint-Esprit et grâce à ce qu'ils ont appris à appeler de la résilience, a décroché un postdoc.

Benjamin laisse choir à ses pieds sa lourde sacoche et en extirpe des photocopies agrafées qu'il dépose sur la table pliante en prenant soin de façonner une masse nette, purement rectangulaire : un monolithe de savoir itératif, en somme, un gros millefeuille blanc saupoudré, couche après couche, de longs grains noirs, idéalement signifiants.

Il repère la brunette qui, la semaine précédente, l'avait abordé alors qu'il ruminait son mal d'être devant le nuage solitaire. Elle a élu un siège situé résolument en diagonale avec le lutrin et Benjamin aime croire qu'elle cherche ainsi à le détailler sans interruption. Il la trouve franchement jolie, avec des yeux à la Michèle Morgan et une petite langue de chat fichée entre canines et incisives, bien rose et nerveuse comme si sa propriétaire s'apprêtait à la faire claquer.

Toutefois, une excroissance géante et hirsute occupe la chaise à sa gauche et frotte une longue jambe contre la sienne. Il n'est pas mal, lui non plus, un peu trop blond au goût de Benjamin, c'est-à-dire un Viking aux portes de l'albinisme. Ses traits de poupée rose, ses lèvres généreuses, sa langueur rêveuse d'adolescent attardé qui lui dicte, sans doute, le balancement métronomique de son stylo contre son avant-bras, sa charpente résolument athlétique doivent bouleverser toutes les filles, sauf celle qui le chasse d'un coup d'épaule en indiquant du menton les documents sur la table. Il geint, se déplie, se déhanche, s'avance, les pieds

lourds, avec une apathie feinte de fauve repu, mais toujours partant pour un festin.

Sur sa main de tireur au poignet courent des poils blancs et fous, et les jointures, bien dessinées, pourraient appartenir à un manipulateur de bijoux. Il plante ses griffes sur la pile et retire son battoir en lui lançant un regard indolent où perce toutefois un éclat presque métallique, comme pour le mettre calmement en garde : le brillant professeur incarne un rival potentiel et le yéti nordique saura défendre son territoire contre une invasion du gentleman à diplômes et au physique de pugiliste *high end*.

Pendant qu'il débite son laïus (sur Saussure, sur Jakobson, sur Lévi-Strauss, des retrouvailles pour certains, une nouveauté pour plusieurs), une partie de ses méninges rejoue l'épisode déstabilisant, à la limite ésotérique, qui s'est déroulé à la bibliothèque. Il voit de nouveau le nom de son professeur cerclé d'encre verte. Il se demande si l'hippocampe et ses milliards de neurones peuvent être tenus pour responsables de la confluence cataclysmique de ce filet de souvenirs empoussiérés et des lentes rivières de réflexion qui sont coutumières à un esprit de chercheur comme le sien, une union qui dégénère en ce moment même en une cataracte s'abattant sur son cerveau habituellement occupé à crawler dans l'aquarium des langues et des mots.

Il marque une pause, inspire profondément, passe une main dans ses cheveux, lâche deux toussotements, renifle. Les auditeurs lèvent la tête, crayons et doigts en suspens au-dessus des cahiers et des claviers, attendant la suite.

– Vous savez quoi ? dit-il. Posons-nous la question avec ces éminents penseurs : À quoi sert la langue, je veux dire pour nos sociétés ? À communiquer, bien entendu, mais quoi exactement ?

Il patiente, constate le désarroi des éponges fixées sur les récifs de mélamine. Le sosie auburn de Michèle Morgan le contemple avec un sourire de travers, pendant que Thor lui caresse le lobe de l'oreille avec son nez.

– Sérieusement, renchérit-il, je vous le demande. Quelle fonction remplit-elle, cette formidable batterie de signes en quantité pratiquement infinie avec lesquels nos matières grises jouent depuis des millénaires ?

Une main se lève, timidement, et Benjamin, d'un léger redressement de la tête, encourage la téméraire étudiante à prendre la parole. Il s'agit d'une amazone défrisant la cinquantaine, affublée de lunettes *design* à monture rouge et noir, des barniques faites sur mesure pour celles et ceux qui, sur le tard, tentent de se composer une personnalité ou qui se lancent à la recherche de celle qu'ils ont mise de côté trente ans plus tôt, le temps d'élever une famille et de se fabriquer quoi d'autre sinon une retraite anticipée, ponctuée de binocles de plus en plus ridicules à mesure que la grande finale approche.

– À communiquer des émotions ? gazouille-t-elle.

Celle-là, se dit-il, a dû s'empiffrer de téléséries et de romans à l'eau de rose avec, à l'occasion, une pièce de théâtre de bon goût. Elle doit raffoler, songe-t-il, de ces témoignages dégoulinants de, oui, encore et toujours, cette résilience de fourmi monomaniaque, ce superpouvoir qui garantit à ses détenteurs la capacité

de triompher de l'adversité et de faire preuve d'une obstination admirable, cette vertu qui vaut à ses zélateurs le privilège de s'installer devant un lutrin, un microphone, une caméra pour déverser, dans l'obscurité d'un aquarium insonorisé ou sur un plateau inondé de mille et un feux, leur bonne, leur charismatique nouvelle selon une liturgie immuable partant de l'introït au *Benedicat vos omnipotens Deus,* versions *light,* sans négliger les kyrie, orémus et *Dominus Vobiscum* d'usage. Naissance. Épreuves. Salut. Amen. Et d'aller en paix jusqu'à la vitrine de l'oculiste lunettier le plus près de chez vous.

La brunette a renâclé un rire et l'apôtre des affects lui décoche depuis ses fenêtres correctrices un regard à fendre un bloc de granit.

– Excellente réponse, dit-il. Mais encore ? En tant que système d'échange d'informations diverses qu'une société a mis au point, que retransmet la parole hormis les desiderata et les revendications d'un peuple ou d'un clan ?

Court silence, puis :

– La mémoire collective, lance sur un ton monocorde la brunette avec un nez dans l'oreille.

A-t-elle lu dans ses pensées ? Devine-t-elle le trouble qui lui tenaille l'esprit depuis sa mésaventure à la bibliothèque et qui menace de se muer en obsession ?

Elle ne porte pas de soutien-gorge, remarque-t-il, et elle a raison. Son pull à mailles fines, gris perle, moule un joli buste qui résiste vigoureusement aux lois de l'attraction terrestre : les seins rebondissent aussitôt lorsqu'elle chasse d'un secouement énergique de l'épaule le renifleur importun à sa gauche et ils

retrouvent automatiquement leur position d'origine. Droits, globulaires, raides. L'encolure en V, à ourlet serré, semble plonger sur une mer de satin miel que vient soulever, comme à l'heure actuelle, un bâillement profond, ou agiter un rire. Ou que bouleverse sûrement la lente et implacable montée vers l'orgasme.

Il accueille sa réponse d'un signe de tête approbateur, accompagné d'une crispation des lèvres et en écartant les mains comme un illuminé qui exhibe ses stigmates.

Il en profite pour leur donner en guise d'exemples les conteurs, notamment chez les Ös de Sibérie comme du côté des Aïnous du Japon, qui les considèrent comme les saints gardiens de leurs traditions et de leur savoir. Il évoque ses rencontres avec un passeur de mémoire des Pirahãs d'Amazonie qui avait refusé de s'exécuter devant l'objectif, même si le traducteur tentait de lui faire comprendre que l'homme pâle – les Pirahãs ne disposent pas de mots pour les couleurs – cherchait seulement à pérenniser ses dires avant que ne s'éteigne ce qui, désormais, n'est plus que sa parole.

– Je ne peux pas m'adresser à des objets inanimés, avait-il asséné en incluant, sembla-t-il, l'étranger dans le lot. Il me faut des gens attentifs, des oreilles tendues, des yeux qui s'écarquillent, des langues qui claquent, des mains qui s'entrechoquent, des pieds qui battent la mesure quand je fais mon chant. À quoi me sert-il de fixer mes paroles si elles ne touchent personne pour la fin des temps ?

L'objet inanimé et son traducteur avaient dû remonter le fleuve sous un nuage de moustiques jusqu'au village voisin pour y soudoyer des chômeurs ivres,

des ménagères accros aux *telenovelas* déversées par le seul téléviseur du coin et, à grand renfort de cigarettes, des gamins pour les persuader de délaisser leur terrain de foot galeux et d'aller s'avachir devant un vieux gâteux qui promettait de leur baragouiner ses sornettes dans un jargon à moitié compréhensible. Ou au quart.

– Des cigarettes ? s'étonne le comptable éternel sur un ton désapprobateur.

Benjamin résiste à deux mains pour ne pas lui répondre qu'il fallait bien se débrouiller avec les moyens du bord, vu que Manaus, sa colle blanche, sa coca et son ecstasy se trouvaient à mille kilomètres de notre patrimoine vivant, et encore par petit bateau.

Que fait cette cruche dans sa classe ? se demande-t-il. Comment se fait-il que ce crétin, qui confond urgence scientifique et étiquette petite-bourgeoise, se retrouve là, avec son veston caca d'oie et sa chemise ouverte sur une savane grisonnante, en plein centre d'une institution de supposé haut savoir ? Si l'homme peut aller gambader sur la lune et en revenir, comment se fait-il qu'il n'ait pas mis au point un distributeur de claques aux bêtas ?

– Des Marlboro Lights, précise-t-il, le visage glacé par l'exaspération.

La salle éclate de rire, et il reprend le fil de sa pensée, mais trois coudées plus loin, verbe au subjonctif et vieilloterie de vocabulaire en tête :

– Quelles catastrophes successives se sont abattues sur nos propres conteurs pour que, à une certaine époque, nous ne puissions plus les compter que sur les doigts d'une seule main ? Une disette ? Une peste ? Une

guerre ? Nenni ! À la rigueur, cataclysmes et tueries ont alimenté leurs réservoirs à narrations et même, diront certains, facilité leur travail. Non, les calamités en question, nous les connaissons bien, voire nous les révérons : l'invention de l'imprimerie et son corollaire, l'alphabétisation.

Rumeur et ricanements : ils l'ont mal compris. Loin de lui l'idée de taxer d'inculture les aficionados de la tradition orale ; à mille lieues de lui l'intention de les en innocenter : ce n'est pas réellement son champ d'expertise. Il n'en demeure pas moins que le support écrit s'est approprié la presque totalité du domaine de la mémoire collective en en consignant les moindres détails, en recueillant ces bribes d'expériences cent et mille fois réitérées à l'état de souvenance pour les élever au statut de documents historiques, en affamant la spéculation au profit de la recherche.

— De surcroît, une autre discipline proche du conte et qui lui a livré une sérieuse compétition au fil des millénaires a reçu, de son côté, un coup de main providentiel de *Herr* Gutenberg, même qu'elle se retrouve à l'avant-plan de notre production culturelle contemporaine.

Il a à peine terminé sa phrase que le grand blond fraîchement arraché aux tympans de sa voisine lance sur un ton monocorde ne souffrant nulle réfutation :

— La poésie. Et son corollaire le théâtre.

Oh ! Le sacripant est doté d'une voix de basse, un brin traînante et, aussitôt, Benjamin se surprend à l'imaginer qui s'étire en ronronnant dans un lit, une mèche de cheveux d'or collée à sa belle lèvre boudeuse, pendant que sa lionne lui prépare un café, sinon lui verse

un verre de lait bien froid ou, mieux, qu'elle le lui passe, tiédi, de bouche à bouche.

– La métrique, les rimes, les assonances, l'allitération, la rythmique, entre autres finesses propres à la versification, facilitent, en effet, l'ancrage des mots aux parois glissantes de notre bon souvenir. Le fait de se remémorer exactement une ou deux pages de roman représente un exploit, surtout si vous le comparez à l'excellente habitude que plusieurs d'entre nous ont encore de réciter à l'improviste un poème.

Les tire-au-flanc qui tapissent le fond de la salle ont adopté à l'unanimité la posture de l'adepte du poker qui s'est joint par mégarde à un groupe de paquet voleur : le coude planté sur la table, la pommette calée contre le poing et l'index de l'autre main dessinant des huit paresseux au-dessus de la surface de jeu.

– La poésie, reprend le bluffeur, contrairement à la narration orale, s'est résolument métamorphosée. D'ode triomphale à, par exemple, recueil contemporain, l'œil mnémonique, si je peux me permettre l'image, s'est déplacé du sujet, tel un athlète sicilien particulièrement… résilient – coups de tête approbateurs de la moitié de la tribu –, à l'objet, c'est-à-dire le jeu poétique lui-même et pour lui seul. Du signifié au signifiant. La mémoire, dans nos sociétés, se dématérialise, à l'instar des relations entre êtres humains. La matière elle-même à l'origine de l'effort de se rappeler quelque chose semble moins impressionnante que l'acte de se souvenir en soi. «Qu'il est bon de se rappeler quelque chose», peut-on presque entendre penser son prochain. Mais de quoi ? Pfft ! Aucune importance. Or, oublier, c'est aussi s'effacer devant les années, bousculé par la

meute qui vous aiguillonne et vous précipite vers demain. Vous m'objecterez, oui, mais la poésie narrative, elle? Et, l'acte de lire lui-même ne contribue-t-il pas à un certain raffinement dans l'art du retour en arrière?

Silence. Ça y est, il les a perdus. Déjà. D'ailleurs, les voilà tellement loin qu'ils ne forment qu'un amas de virgules papillonnant à l'horizon. Seul le couple oto-lingual l'observe comme on assiste, fasciné, au spectacle d'un parachutiste tentant de démêler les attaches emberlificotées qui saucissonnent sa voilure. Thor prend pitié de lui et, après avoir levé la main:

— La mémoire comme nous l'entendons désormais, selon vous, relève-t-elle davantage de la sélection ou, comme le dit Jakobson pour la fonction poétique, de la combinaison? Se souvient-on d'un fait, d'une unité choisie ou d'un amalgame?

Benjamin doit admettre que, à cet instant précis, il embrasserait l'énergumène. De son côté, la brunette lève les yeux au plafond et laisse passer un petit rire: oui, semble-t-elle confirmer, son voisin compte plus d'un organe résolument inquisiteur.

Bercée par la mélodie flasque de Morcheeba, la faune du bar Gotha semble paresser dans un écrin de soie bourré de gélatine : longues gorgées de martini, baisers mous, déhanchements d'éthéromanes, manipulation au ralenti des iPhone.

– Regarde-les, les pauvres, dit Shirley en indiquant cinq gringalets en formation delta sur la piste de danse microscopique, leurs visages rendus glauques par l'éclat vert de minuscules écrans luminescents. Tu sais ce qu'ils trafiquent, en ce moment, nos grands escogriffes à clavier qwerty intégré ? Ils se lancent à la recherche de Dieu, ces mécréants, rien de moins.

– Tu as trop bu, *Pelón,* fait Augustín en lui tendant son Virgin Cæsar.

L'autre lui arrache le verre de la main et chasse sa blague d'un sifflement de serpent avant de poursuivre :

– À moins qu'ils ne cherchent à le devenir, ce Dieu trinitaire en qui ils jurent ne pas croire. Étape un : ubiquité. On ne peut pas les accuser de manquer d'ambition : ils se trémoussent devant nous, mais aussi à Laval comme à Saint-Bruno, sinon à Bangkok, occupés à dicter leurs dix Paroles. Le paquet d'os à côté

d'eux se taperait une crise d'apoplexie, ce serait *lol,* mdr, binettes et A+ avant de lui porter secours.

– Tu exagères, Big Daddy, et tu le sais, dit Benjamin, déjà étourdi par sa deuxième vodka tonic.

– Bien entendu : prérogative d'un tempérament d'artiste. N'en demeure pas moins qu'ils sont convaincus de révolutionner les choses, les pauvres choux, alors que toute cette ferraille supposément intelligente ne fait que répéter les vieux habitus.

Il se laisse glisser de son tabouret, prend une profonde inspiration et d'une voix caverneuse, le Virgin Cæsar contre le cœur :

– *Will you, with those infirmities she owes, / Unfriended, new-adopted to our hate, / Dower'd with our curse, and stranger'd with our oath / Take her, or leave her ?*

Il salue son public, en l'occurrence une vingtaine de clients aux sourcils froncés qui le toisent sans lâcher leurs portables pendant qu'il grimpe à nouveau sur son trône :

– *Unfriended, my old chap !* Le roi Lear, acte I, scène I. Quatre cents ans avant Facebook et les amis sur sièges éjectables.

Il prend une gorgée, en profite pour avaler du même coup le soupir d'irritation de son compagnon de vie. Il continue :

– Toutefois, il y a de subtiles distinctions entre leur relation avec les nombres et la nôtre, à nous, les dinosaures d'un siècle révolu. Ainsi, si je te demande d'associer des chiffres aux lettres MDCLXVI, tu me creuses un brin le crâne et tu me donnes…

– 1 666, en numérotation romaine.

– Exact. Pour eux, par contre, c'est un numéro de téléphone.

Il suce une longue lampée de sang césarien et croque son céleri. Pendant ce temps, Augustín froisse tout son visage potelé, repêche un portable dans son baise-en-ville, le déplie et télégraphie la réponse :

– 633 59 84.

Shirley étouffe un rot, le temps de laisser le loisir à l'autre de remarquer :

– Et l'indicatif régional, tu en fais quoi ?

Le troll blondasse adopte un air marmoréen et, fixant le vide :

– J'aimerais te dire quelque chose, Tito. Je peux ? Si tu n'étais pas béni des dieux avec ce joli petit cul, je te suggérerais de le rouler lâche, ton indicatif régional, d'y ajouter le préfixe pour un appel interurbain et de t'asseoir dessus en dansant la *macarena*.

Il tourne la tête vers lui et contemple sa chute de rein étourdissante :

– Mais, hélas !

Le callipyge en question se suce les joues comme un top-modèle s'engageant sur le podium, pose violemment son drink sur le bar et annonce qu'il ressent une soudaine envie de se réfugier dans les toilettes.

– Allez, murmure entre les dents Shirley en le regardant s'éloigner. Profites-en pour dessiner des robes pendant que tu te trémousses sur le trône. En passant, Ben, tu sais quel châtiment était réservé dans la Grèce classique à un homme adultère si le cocu ne lui avait pas tranché la tête ? On lui épilait le pubis et ensuite, on lui fourrait un raifort dans le cul. T'imagines ! J'en connais qui paieraient pour la faveur.

– Tu ne te trouves pas injuste avec Augustín? Après tout...

Shirley se tourne vers lui et lui offre une mine de collégienne étonnée devant son premier pénis.

– Après tout, quoi? Je vis à ses crochets grâce à son business de meringues de mariée? Il crée des trucs fantastiques pour des banlieusardes qui feraient mieux d'économiser pour se payer l'une de ces *monster houses* hideuses avant de voter pour les néocrétinistes avec une moue revancharde de prépubère sur la gueule? Et alors? Ça aussi, ça vient de mon tempérament artistique.

Il veut caler son verre, s'aperçoit qu'il est déjà vide, fronce les sourcils et retrousse les lèvres avant de poser brièvement ses yeux de saint-hubert sur la portée de jolis minets tripotant leurs appendices Apple.

– Où en étais-je? Les chiffres. Tu vois, pour nous, quand on nous donne MDCLXVI, notre mémoire nous téléporte à Rome. Toi, j'imagine, tu rêves à Ovide ou à Virgile, tu as tellement de bonté au fond de ton âme. Moi, je n'y peux rien, je songe à Caligula.

Il pivote sur son tabouret, jette un regard inquiet vers la toilette où son souffre-douleur adoré rumine sans doute une vengeance idoine à l'insulte. Il poursuit :

– Pas César, remarque-t-il en soulevant son verre. Tu sais pourquoi? Eh bien, parce que notre pauvre dictateur parlait grec, la langue noble de l'époque. Il l'a fait en traversant le Rubicon, puis en se faisant trouer par Brutus et compagnie. D'ailleurs, son «Toi aussi, mon fils» lâché en un grec impeccable, loin d'être l'expression d'une surprise de passer à la tricoteuse sénatoriale, aurait plutôt consisté en une malédiction jetée à son héritier : «Je te souhaite la pareille,

p'tit con.» Mais, pour en revenir à nos petits amis, fans de la première Lady Gaga venue : ces détenteurs de notre sort en foyer d'accueil, devant le répertoire des symboles numéraux antiques, à quoi pensent-ils? Eh bien, à un clavier de portable et à ce qu'il y a à gagner au bout de leurs doigts. Une baise? Un iPod gratuit?

– Et si je te dis la lettre *k*?

Shirley froisse son nez du bout de son index et semble détailler les éléments de décoration au plafond pendant qu'il sonde les circonvolutions de son formidable cerveau. Il reporte son regard vers Benjamin, fait claquer sa langue, puis :

– Contrairement à ce que certains ont prétendu, K n'a jamais été un chiffre romain. Par contre, une multiplication par mille, ça oui. Dix points au Scrabble en français, cinq en anglais, quatre en danois, trois en néerlandais, deux en croate et en espéranto. En tchèque et en turc, c'est de la petite monnaie : un point. Il figure parmi les absents en italien, en catalan et en irlandais. Tu sais que les Portugais jouent avec trois jetons blancs? En quel honneur? Trop bêtes? Tricheurs?

– Comment fais-tu pour connaître ces trucs sans prendre plus de cinq secondes pour réfléchir?

– Une mémoire d'éléphant et l'érudition à rabais, mon chou. Bienvenue au siècle *number twenty-one*. Combien de cerveaux supposément brillants ont pondu romans à succès et essais multiprimés en chatouillant sans relâche Google et Wikipédia du bout des doigts, on ne les compte plus. Sauf que j'ai l'organe fortifié par la lecture des imprimés, donc je peux faire le grand écart mnémonique sans me dévisser la colonne. Avant de passer à autre chose, je m'en voudrais éternellement

d'oublier le potassium, *kalium* en latin, de l'arabe *al-qalyah*. Finalement, pour les marins, *k* est représenté par un pavillon bleu et jaune qui signifie : «Je désire communiquer avec vous.» Pourquoi tu demandes?

Benjamin vide son verre d'un trait et raconte à son ami la relecture de sa nouvelle. Il évoque non pas un élan de nostalgie, mais un genre d'étourdissement concentré autour de la poitrine et irradiant jusqu'aux mains, au bas-ventre, au cerveau.

– Je retrouvais une tranche de ma vie que j'avais totalement effacée. Tu te rends compte? Je peux me souvenir, pratiquement mot à mot, d'un paragraphe de tel article pondu par un chercheur méconnu, publié dans le *Journal of Linguistics* en mars 2002, mais une parabole de mon enfance que j'ai moi-même écrite, mon esprit en a été parfaitement purgé. Et ce qui me fait suer, là-dedans? Réponse : la mélancolie ressuscitée par ma lecture.

– Philosophons pour deux sous, ce qui est déjà un luxe de nos jours : lire, c'est réveiller une tristesse, vrai? Pour une créature intelligente, bien entendu. Dis-le-moi si je me trompe. Mais, de fait, qu'est-ce qui nous interdit de croire que la pauvre fille qui termine l'absorption d'une «harlequinade» avec un *h,* en route pour son travail abrutissant, ne referme pas son petit livre avec la gorge nouée, et ce, malgré le mariage imminent de Jessica, d'Angela et de Marissa avec Rick, Ken et Mark? Elle doit se dire que, en ce qui la concerne, vivre une union idyllique, ce n'est pas demain la veille, surtout si elle est déjà casée avec un Stéphane, non! avec un Maxime bedonnant avant son temps et, terminus,

tout le monde descend. Alors toi, qui ne comptes plus les heures, là, sacrifiées à une interminable rumination sur le passé de peuples disparus ou en voie de l'être et, une fois bien déprimé, qui considères l'avenir d'une espèce qui galope vers un mur...

Mais le mal se cache ailleurs, pressent Benjamin. Il réside dans le tissu même de la mémoire, et il relate à Shirley les réactions en bonne partie décevantes obtenues suite à sa performance en classe.

– Tu veux les traumatiser, ou quoi, tes cons disciples ? fait-il en détachant les syllabes. De Jakobson aux odes pindariques en passant par les indigènes brésiliens sur l'ecstasy, tu ne survivras pas à l'évaluation débile par tes étudiants à la fin du trimestre.

Benjamin s'entête, tente de lui expliquer son désarroi : notre passé nous attend donc au coin d'une rue pour nous sauter dessus sans prévenir, comme ces anciennes connaissances entassées dans un charnier mnémonique, dépourvues de noms comme de visages ? Et tout d'un coup, vous n'arrivez plus à vous délivrer de ces vagues de réminiscences bourrées d'embruns et d'algues mortes.

Big Daddy pose une patte sur l'avant-bras de Benjamin et une onde presque brûlante traverse le coton pour courir au-delà du coude.

– Mais avec tant d'oubli comment faire une rose, / Avec tant de départs comment faire un retour, récite-t-il. C'est du Supervielle. *Oublieuse mémoire*. Comme quoi t'es pas le premier, *my friend*.

Benjamin baisse la tête, comme si les émotions, ramassées d'un coup au bout de son nez, s'avéraient

trop lourdes pour les muscles de son cou. Il écarte lentement les mains, poignets mous, puis les laisse retomber contre son nombril.

– Ça pollue même mon cours, dit-il sur un ton geignard. Comme si je frôlais un cap sans parvenir à le dépasser.

Il capte, explique-t-il à son ami, les traits délavés par les ans de cette professeure du secondaire, mais il n'en retient que des détails : cheveux noirs de jais, yeux marron, parfum fleuri, ongles faits.

– Pourtant, pourtant, d'un côté, quelque chose me dit qu'elle a joué un rôle capital, sinon fondateur, dans ma vie, de l'autre, je me crois victime d'un genre de complot : mon passé est travesti par une force extérieure. À moins qu'il ne soit porté par des individus qui me sont totalement étrangers. Et si de surcroît, j'ai vraiment un fils, pourquoi ne vient-il pas me retrouver pour me fusiller de questions et de reproches ? Qu'est-ce qu'il a à arpenter un chemin que j'ai bel et bien tracé, mais guidé par autrui ?

Augustín avait rappliqué depuis une bonne minute sur la pointe de ses pieds trop délicats et, sans jeter un regard à son homme :

– Peut-être que, ce qui t'inquiète, c'est qu'il découvre un Benjamin que toi-même tu as choisi d'oublier ? À moins que ce ne soit le contrôle sur cette vie-là que tu as si peur de perdre ?

Shirley ouvre la bouche pour proférer sans doute une vacherie, mais Benjamin l'interrompt d'un geste bref et sans appel, semblable à celui d'un évêque bourru bénissant une foule rapido-presto avant de se réfugier dans sa limousine.

– Et que me conseilles-tu, Augustín ?

– *El Pulgarcito* !

Le Petit Poucet. Selon lui, Benjamin devrait se lancer à sa recherche dans la forêt mnémonique au lieu de privilégier l'affrontement. Il n'a qu'à ramasser les cailloux semés par son poursuivant et, oui, qu'à les palper pour en capter la chaleur résiduelle, qu'à les renifler et, oui encore, comme dans toute *telenovela* qui se respecte, qu'à les porter à son cœur.

– Puis tu reprends la route, toujours à l'affût, d'un bon pas pour te rapprocher rapidement du Pulgarcito.

– Dis donc, Tito, notre ami est un linguiste, pas un pédophile ! s'exclame Shirley.

Un bloc de silence s'est écrasé sur le Gotha et les clients braquent maintenant les yeux sur le trio, arborant les différentes facettes du mépris : le dédain ; le dégoût ; la peur, aussi, à commencer par celle de la réprobation ; la honte ; la morgue froide et hypocrite des plus vicieux. Benjamin ne peut s'empêcher de sourire à contempler Shirley qui croise les bras et toise les buveurs, langue calée dans la joue, mâchoire de guingois, comme la brute bagarreuse qu'il n'a jamais cessé d'être. Portishead vient à la rescousse, armé de *Sour Times,* et le rideau de désapprobation se déchire, les conversations reprennent, quelques rires fusent, faux et stridents.

– Tu es vraiment le roi des *huevones,* tu sais, lance l'autre avec un accent gonflé par la colère. Tu veux quoi, au juste ? Qu'on nous expulse sans possibilité de pardon, comme au Club Date après ton *sermón* sur la discrimination positive à l'avantage des *maricones* ? Préfères-tu plutôt qu'on se fasse quasiment

tabasser comme au Drugstore après tes blagues sur les *tortilleras* ?

— Justement, je commets une petite… fantaisie sans façon sur ces lesbiennes de bar qui n'ont pas une goutte d'humour dans le sang et voilà qu'elles veulent nous énucléer avec leurs queues de billard. Maintenant, ici, dans ce haut lieu des gens BCBG roses, qu'est-ce qui nous reste comme tabou à abattre ? Nos enfants ! Nos dieux de la morve au nez ! Nos chérubins greffés aux manettes d'un Xbox génocidaire ! Oh, écoutez-les, ces bien-pensants, avec leurs petons au chaud sur un tapis oriental, un carré de soie indienne sur les épaules ou une pépite de chocolat *made in Africa* sous la langue, sinon les trois en même temps. Regardez-les, ces piliers de la moralité qui tentent de nous, non, de se convaincre qu'au bout du compte, une vie d'esclavage à Lahore, à Chennai ou dans une forêt ghanéenne équivaut à une sinécure, comparée à dix minutes de touche-pipi !

Mais Benjamin ne l'entend plus, perdu dans ses pensées, notamment celle gravitant autour du petit héros de Perrault. Son esprit caracole jusqu'à Ariane, s'arrête à Pénélope, ensuite à Ulysse et, pour conclure, à Télémaque. Bref, une *Odyssée* à rebours s'offre à lui, voyageur éperdu, et il doit choisir entre l'immortalité bienheureuse des indifférents et l'aventure de l'homme torturé par l'idée de sa fin. Et de son commencement.

Bretonne. Belle. Les cheveux, jadis d'encre, ont blanchi.

Benjamin détaille les longues mains livides d'Odile Le Doaré pendant qu'elle verse le thé. La peau est parcheminée, diaphane, semée d'ocelles de vieillesse distribuées inégalement sur un réseau serré de veines et de rameaux pourpres. Les doigts sont osseux, frêles, graciles, aux phalanges unies par des nœuds saillants, mais menus, coiffés d'ongles fuselés et enduits d'une laque rose, ou tout bonnement transparente tant elle se fond dans la pâleur de l'épiderme. Elle pose le majeur gauche sur le couvercle avec une grâce de ballerine, et ploie le poignet droit, où flotte une chaînette d'or. D'un lent geste assuré, elle permet à un mince filet régulier de s'échapper du bec de porcelaine, un ruisseau fumant qui lèche le fond de la tasse avant de danser, bronze et cuivre, sans éclabousser le napperon de fine dentelle, un *doily,* aurait dit Shirley, blanc et empesé.

Benjamin lui tend sa tasse. Elle saisit la soucoupe et il peut voir le petit serpent violet qui s'engouffre dans la gouttière du pouls pour aller se nicher sous une paume étonnamment lisse, sauf pour le *m* majuscule

gravé par les années de correction, de notation, de mots d'encouragement couchés à l'encre rouge. Combien de litres d'encre ont coulé entre les jointures enserrant un stylo ? L'index, plus long que le majeur et collé au marli dentelé, pointe vers l'invité en s'avançant, fluide au point d'en apparaître implacable : s'arrêtera-t-il ? Il saisit le breuvage. La main de l'hôtesse s'éloigne, figée dans son geste, avec les quatre doigts, légèrement ployés, à peine plus roses que le pouce très arqué comme s'il se désintéressait du cérémonial en cours.

Ainsi la main, ainsi la femme.

L'ancienne professeure s'est toujours défendue de figurer parmi les « maudits Français ».

– Je n'ai jamais cessé d'être Bretonne, vous savez.

Elle le vouvoie encore, comme naguère, quand elle lui prodiguait des encouragements entremêlés de règles de grammaire. Elle est la même personne, mais délicieusement fanée : teint, parfum, sourire, voix se sont estompés, et Odile Le Doaré gravite autour du grand oubli, gracieuse, sereine et éthérée.

Elle se dit heureuse de retrouver cet ancien élève en bonne santé. Elle s'est fait du souci pour lui, lui confie-t-elle, un enfant sensible et taciturne, toutefois volontaire dans sa détermination à s'extirper de son milieu, non par mépris, mais justement par amour des siens.

Le petit Benjamin y parvient à l'occasion, du moins géographiquement. Elle vient le cueillir au métro Longueuil et il passe le samedi au complet à Saint-Bruno, en banlieue de Montréal, en compagnie de son mari, un type plutôt bonhomme, doté d'une voix grave, et de son fils Loïc, un garçon tout en muscles et en

dents éclatantes, inscrit dans un collège privé et champion d'athlétisme.

Il s'étonne chaque fois du calme ambiant, de l'absence des cris des voisins qui traversent les murs du logement familial rue Joliette, de la télé éteinte, comme la radio, et de monsieur Le Doaré, installé dans un grand fauteuil jade agrémenté de nids d'abeille dorés, tournant les pages d'un livre à reliure de cuir et qui interrompt sa lecture pour le saluer d'une inclination presque hiératique de la tête, comme si ses lunettes à grosse monture noire, de véritables culs de bouteille, lui pesaient.

Loïc l'attend dans sa chambre et l'accueille en lui passant le bras autour des épaules, visiblement heureux de le voir et, Benjamin le ressent nettement, content de mener une bonne action qui s'avère, somme toute, agréable. C'est un garçon blond qui, à presque treize ans, présente encore un visage angélique de bambin. De grands yeux outremer et irradiés de minces faisceaux d'or coiffent un nez discret qui promet d'éclore en fin promontoire droit au-dessus de pommettes si roses qu'on pourrait les croire peintes sur les vallons couverts d'une peau neigeuse et sûrement douce. Chef-d'œuvre du sang celte, sans doute, une bouche à peine plus foncée que le reste, aux lèvres charnues et taillées dans la meilleure soie, naturellement boudeuses et qui ne désenflent jamais, malgré les rires fréquents qui raviraient un orthodontiste.

Benjamin n'a retenu de ces moments d'amitié qu'une vague impression de trouble érotique, fasciné par ces muscles au tonus exemplaire et l'absence triomphante de pudeur chez son hôte.

– Regarde bien ça, lui dit-il avant de retirer son tee-shirt et d'y aller d'une flexion rythmée de ses abdominaux, empaquetés, lui semble-t-il, comme des saucisses à hot-dog Hygrade. Il l'invite même à les palper, puis à les compter, et il se régale de l'effet opéré sur son compagnon, lié à un inconfort qui le pousse à se mordre l'intérieur de la joue.

– Il vit à Vancouver, désormais, avec femme et enfants. Depuis la mort de mon mari, il me lance un coup de fil quotidien, en bon fils qu'il est. Il m'appelle *mamm* pour me faire plaisir, mais je suis convaincue qu'il a tout oublié de la langue de ses ancêtres.

– Justement, enchaîne Benjamin, vous avez reçu la visite, récemment, d'un jeune homme, non ?

– Vous savez, pour les gens de mon âge, qui ne l'est pas, jeune ? Mais je comprends très bien de qui vous parlez, car, étrangement, il s'intéressait à votre histoire.

– Il est grand et blond ? demande-t-il en songeant au Viking dans sa classe.

Non, pas une miette. D'ailleurs, elle n'a qu'à fermer les paupières pour le revoir.

– Très mignon, avec un je-ne-sais-quoi d'exotique, comme cette criarde islandaise qui massacre la langue anglaise à la hache. Les yeux foncés, comme les cheveux, follets malgré qu'il les ait aplatis avec de la gomina parfumée. Un port altier, mais allégé par une décontraction de globe-trotter soucieux de projeter l'image neutre de l'homme perméable aux autres cultures.

Il l'aborde au dépanneur du rez-de-chaussée et lui offre d'aller prendre un café au restaurant d'à côté. Il

est bien élevé, se lève quand elle quitte la table, répète l'exercice à son retour; il lui semble triste, ou mieux dit : attristé; il est doté d'un corps félin, vigoureux et leste; il fleure la bruyère, un parfum que toute bonne fille d'Argoat reconnaît; il croise les jambes sans les écarter comme un primate de Cro-Magnon, mais en posant le poplité gauche sur la rotule droite, à l'aristocrate; il boit du thé avec une larme de lait; il porte un grain de beauté sous l'œil, elle ne sait plus de quel côté; il est doté d'un accent très léger qui doit faire fureur auprès des filles; il s'appelle Kurt, un prénom qui ne cadre pas du tout avec le physique.

— Il a très peu parlé de lui, en somme : il ne s'intéressait qu'à vous, qu'à l'enfant que vous avez été. Vous vous souvenez, j'avais voulu vous emmener pour l'été avec la famille à Plourac'h, puis sur la côte du Finistère? Votre pauvre maman a refusé, je ne sais plus pourquoi. Par peur de vous perdre?

Ou de se noyer seule, songe-t-il. Son été allait se résumer à l'asphalte lépreux du quartier, au défilé de la Saint-Jean-Baptiste et à celui des déménageurs le 1er juillet, aux jeux de ruelle, à l'excursion dominicale à Plattsburgh, pour le bain propre, ou à Venise-en-Québec, sur la baie Missisquoi, pour l'eau chaude, mais brouillée, avec glacière portative, pique-nique, huile bronzante à la noix de coco, chaises pliantes, seaux de plastique pour créer des châteaux puants, Frisbee, cris, pleurs, orages.

Ils ne sont pas sans le sou. Ça, il l'a inventé sans même s'en rendre compte comme une vengeance idiote. Leur variété de pauvreté, elle prend sa revanche avec les livres : hormis les manuels scolaires, ils n'existent

pas pour eux ni pour leurs voisins immédiats. Lui, il se réfugie à la bibliothèque de la rue Adam, à l'étage de la Caisse populaire, où on le laisse en paix sans le forcer à lire et relire ni *Le Petit Prince,* qui l'exaspère avec sa sagesse pour débiles légers, ni des bandes dessinées.

Ils sont les fiers propriétaires d'un téléviseur, et il devrait suffire à leur donner juste assez d'esprit pour bien comprendre les attentes d'un éventuel patron. Les Le Doaré, eux, croulent sous les romans et les recueils de poésie, il s'en trouve partout, au sous-sol, au salon, sur la table à manger, à côté de la cuvette sur laquelle ils posent le rouleau de papier hygiénique rose. Loïc dort donc accompagné de Zola, Hugo, Verne et d'une centaine d'autres, assoupis entre leurs couvertures rouges du Livre Club Classique.

Non, sa mère ne veut pas qu'il la laisse derrière pour un été d'où il reviendrait transformé, méconnaissable et, sûrement, prétentieux. Il plaide, il pleure, il affronte même son père qui, il le sait, voit d'un bon œil cet éloignement, mais moins qu'il ne redoute les colères de son épouse qui lui jette au nez leur entente tacite : elle compte pour rien en société, mais à la maison, c'est elle qui porte la culotte.

Il attend septembre, rongé par l'anticipation de retrouver celle qu'il considère comme sa bienfaitrice, oui, mais qui se fond dans une inquiétude sourde et noire qui naît du regard sans fond que sa mère lui jette quand il revient de ses visites à la bibliothèque. Fin août, elle lui apprend qu'il est inscrit au *high school,* avenue Morgan, et qu'il aura beau protester, «*that's it* : c'est ça qui est ça!».

Le jour de la rentrée, il se précipite à l'école Très-Saint-Nom-de-Jésus, pénètre en trombe dans le bureau des professeurs. Madame Le Doaré lui expose la situation : non seulement elle ne peut pas intercéder en sa faveur, on lui a spécifiquement interdit de lui adresser la parole si, par malheur, il se présentait devant elle. Au minimum, elle doit avertir la direction si l'élève Paradis l'approche, à défaut de quoi, elle sera renvoyée.

— D'après eux, une Française de banlieue n'a pas à se mêler d'une famille du coin. Je suis Bretonne ! Combien de fois dois-je le répéter ?

Il s'étrangle de colère, déglutit bruyamment et parvient à lui crier des reproches : comment peut-elle le trahir ? Elle doit l'aider, point final. Il se dit prêt à résister au diktat maternel. Son opinion doit bien compter pour quelque chose dans la planification de sa propre vie ? Et puis, quelle importance qu'elle soit de Quimper, d'Orléans ou d'ailleurs ?

Odile Le Doaré soupire. Elle lui conseille plutôt de se résigner, du moins pour l'instant, et d'encaisser quelques mois à St. Ignatius : après tout, les Anglais jouissent d'une solide réserve de gènes celtes. Peut-être viendra-t-il la saluer avant Noël ? Il peut toujours téléphoner, Loïc demande sans cesse de ses nouvelles. Même son mari s'inquiète pour lui.

— Il vous trouve triste pour un jeune homme de votre âge. Mais Jean ne met jamais les pieds en ville, vous savez, il n'a aucune idée de ce qui se trame dans ce quartier. Il ne rencontre pas ces garçons et ces pauvres filles poussés à se contenter de peu, sinon de rien, que ce soit aujourd'hui ou pour leur avenir.

Avant de le reconduire à la sortie, elle le saisit brutalement par les épaules, au point de lui écraser les omoplates. Elle plonge ses magnifiques yeux noirs dans les siens et lui fait promettre de ne pas renoncer. Il ne voit pas trop où elle veut en venir, puisqu'elle-même l'abandonne à son sort. Il traverse les couloirs en courant, les casiers et les portes vitrées gondolant derrière ses larmes.

Au bout du compte, son exil académique avenue Morgan s'avère salutaire. Les professeurs, un peu secs comparés à leurs confrères de la rue La Fontaine, s'extasient néanmoins devant ses progrès fulgurants dans l'apprentissage de la langue de Shakespeare. De surcroît, l'école accueille depuis sa création un demi-siècle plus tôt les élèves de toutes origines et le jeune Benjamin fraternise avec des Polonais, des Grecs, des Italiens, un Tchécoslovaque et une poignée d'Allemands en majorité polyglottes qui lui inculquent les rudiments de leurs parlers respectifs, notions qu'il assimile, comme le remarque l'un deux, espérantiste, *glite-glate* : les doigts dans le nez.

Au fil des mois, la voix d'Odile Le Doaré s'estompe, son sourire la suit, puis son visage se fond dans la bouillie des mois révolus, se noie dans l'éclat des idiomes découverts dans leur splendeur insoupçonnée. Il se rend compte que l'apprentissage d'une langue étrangère est, en réalité, une indiscrétion : il s'agit de s'immiscer dans l'intimité d'une culture.

À la maison, sa mère se rembrunit à chacun de ses succès académiques. Elle appréhende des difficultés insurmontables, à commencer par la catastrophe contre laquelle nul de son clan n'est armé : l'éclosion d'une

ambition. Quant à son père, il l'encourage mollement, se demandant sans doute ce que son rejeton pourra bien faire d'un tel éventail de connaissances linguistiques une fois écrasé derrière un bureau d'adjoint à la comptabilité ou en fonction sur une chaîne de montage industriel.

Il retrouve sa professeure quatre ans plus tard, au hasard de ce qui devait se résumer à une courte contribution à un journal étudiant et multiconfessionnel, une litote pour un tract laïc. Elle l'accueille en l'embrassant sur les joues à trois reprises, la nouvelle tendance *made in Europe.* Elle lui fait part des derniers développements de son côté : elle a divorcé, Loïc a suivi son père à Vancouver et elle est persuadée que son ex a choisi la métropole de la côte Ouest pour l'irriter. Au fil de leurs rencontres, elle lui mentionne cette revue, *K,* qui publie des nouvelles, elle le pousse à y participer, surtout que le thème, «Premiers jours», peut l'intéresser, voire lui permettre de se délester d'un poids, l'assure-t-elle. Lequel, il l'ignore.

— Je revois encore vos feuilles qui tremblent quand vous les posez sur mon pupitre de correctrice bénévole, fait celle qui est devenue une vieille dame.

Lui, il se rappelle les heures parfumées passées à ses côtés pour, comme elle le disait, galvaniser son texte, y sertissant là un adverbe, là une métaphore, raturant plus loin un adjectif superflu.

— Au bout du compte, admet-il maintenant, c'est vous autant que moi qui avez écrit cette nouvelle.

Elle hausse les épaules, son long sourire déploie un faisceau de rides sur ses joues.

– Vous voulez un peu de cidre ? J'en garde toujours une réserve. Le thé ne fait vraiment pas l'affaire pour célébrer les retrouvailles, vous ne trouvez pas ?

Il n'a pas le temps de refuser : elle saute sur ses pieds, vive et joyeuse, revient avec deux petits verres et une bouteille de mousseux de marque Ruwet. Le liquide blond danse et entre en effervescence. À mesure qu'il détaille pour elle les épisodes de sa vie d'adulte, les joues d'Odile rosissent et elle fait mine de s'extasier sur ses exploits : « L'Afrique, vraiment ? Vous parlez toutes ces langues ? Des hommes velus, au Japon ? Je les croyais glabres, des pieds à la tête. »

Il tempère un brin, oui, il a voyagé plus que de raison et il a rencontré mille et mille frères et sœurs sur les cinq continents. En effet, il baragouine une vingtaine d'idiomes, mais encore doit-il s'astreindre à se plonger alors dans un état d'accueil intellectuel et presque sensuel qui, pour certains, correspond à entrer en transe et à succomber à un envoûtement quasiment satanique : il faut se laisser chevaucher par l'esprit de la langue et répudier au moins pour un temps la sienne. Il s'agit davantage d'une hébétude que d'un élan de génie, argumente-t-il. Des sons, des mots et, oh merveille, voilà le ruban multicolore et soyeux d'une phrase, le déroulement d'une longue et lente pensée qui se développe là, entre les oreilles, au fur et à mesure que naissent les lettres, qu'elles se permutent, s'agencent, se soudent, puis s'évaporent, s'élevant, s'élevant au-delà de l'émetteur, s'en affranchissent pour aller frapper un tympan, maculer une feuille, obscurcir discrètement un écran, sinon commander une gestuelle précise que

vient agrémenter une mimique ou une moue. Et cela, hors de soi : un exploit dont on peine à se reconnaître l'auteur tant il nous paraît étranger, surhumain.

Son interlocutrice semble magnétisée par l'acte de foi de son ancien élève et, une fois arrachée à sa torpeur, elle entreprend de lui faire un rapport détaillé sur la Résidence du Ponant et, surtout, sur ses guerres intestines. Il la contemple avec un sourire figé pendant qu'elle lui raconte par le menu les intrigues qui les distraient, elle et ses voisins. Elle ne lui sert plus à rien, songe-t-il froidement, son cerveau baigne désormais dans l'horrible jus de pomme alcoolisé. Il a beau la questionner, elle ne peut rien lui apprendre de plus sur le jeune homme charmant qui l'a visitée quelques semaines plus tôt. Benjamin doit même lui rappeler son prénom.

– Kurt ? Vraiment ?

Le garçon a offert de payer pour la collation au resto, mais elle a refusé, et il l'a raccompagnée jusqu'aux ascenseurs, comme un gentilhomme. Et où l'a-t-elle envoyé ?

D'emblée, elle ne comprend pas trop ce qu'il veut dire, puis les circuits clignotent et se rallument.

– Cette jeune femme qui mangeait avec vous dans la crêperie de la rue Rachel, rousse comme une Irlandaise, vous voyez de qui je parle ? Une vraie Celte, pas d'erreur possible. Les éclairs entre vous deux ! Ça m'étonne que vous ne l'ayez pas épousée.

Benjamin se rappelle avec peine son visage, et son prénom gît dans la grande mare des souvenirs qu'on efface. Odile ne peut pas l'aider sur ce chapitre, mais :

– Elle joue de l'orgue à l'église tout près d'ici. Saint-Augustin, je crois. Je l'ai reconnue tout de suite. Ah! les éclairs, et le tonnerre entre vous deux!

Elle lève son verre et le vide. Benjamin prend congé d'elle : de toute manière, sa vieille professeure dodeline de la tête. Il repêche son imper et son parapluie, et, pendant qu'il traverse le petit appartement muni d'une fenêtre panoramique, il entend la vieille Odile fredonner en breton et de plus en plus fort : *« Ni, Breizhiz a galon, karomp hon gwir Vro! / Brudet eo an Arvor dre ar bed tro-dro. / Dispont kreiz ar brezel, hon tadoù ken mat, / A skuilhas eviti o gwad… »*

Il s'immobilise devant la carte postale géante montrant, en légère plongée, l'église du quartier que redessine au fusain une ondée d'automne qui arrache déjà ses premières feuilles rouillées. Planté là, en face du panorama qui s'obscurcit, il est happé par une évidence qu'il a éludée depuis trop longtemps : cette femme qui marmonne au loin est à la source de ses choix professionnels. Sa voix, devenue grave avec les années, s'agriffe au rude hymne breton comme une ronceraie dans un voile de guipure : elle coule, souple et posée, elle enfle en rasant les voyelles, elle ronronne en se frottant aux consonnes vibrantes, s'accroche à un mot, à un autre puis, soudain soulevée par des notes aiguës, emportée par un trémolo, elle évoque une amante affamée chevauchant son partenaire.

Le visage de son étudiante, débarrassée de son excroissance viking, se glisse en douce dans son esprit.

Benjamin secoue la tête, comme un enfant le fait avec son tableau magique pour effacer le méchant dessin

qu'un importun y aurait tracé à son insu. Il se force à revivre les moments de quiétude qui l'ont baigné quand sa professeure entonnait un chant armoricain, comme elle aimait le dire. Et cette sérénité, convient-il, tapie sous les replis de son cortex, ne l'a jamais quitté à mesure que le compteur d'années cliquetait en mesurant sa vie. Il cherche depuis ces années molles à reproduire cette impression de paix, de complétude qui accompagne aussi la découverte d'une parole possible. Ces années sacrifiées à cerner et à ingérer les langues comme des phagocytes s'activant à absorber une cellule inconnue, il les doit à la bonne dame Le Doaré, en quelque sorte, et pourtant, il hésite à lui en être reconnaissant.

Quel prix doit-on payer pour une lucidité ? se demande-t-il. Combien d'années a-t-il gaspillées, déjà, pour s'offrir une clairvoyance somme toute désespérante quand vient le temps de réclamer son dû ? A-t-il assisté à suffisamment de disparitions de cultures millénaires pour empocher sa récompense, c'est-à-dire la tranquillité d'esprit et le sentiment du devoir accompli dévolus aux jurés impartiaux et aux confesseurs des condamnés à mort ? Peut-il quantifier les sourires édentés, tristes et résignés que lui ont destinés les ultimes gardiennes d'une tradition orale – en général des femmes, en effet – que lui seul, étranger blafard avec, greffé à la main gauche, un phallus de métal enregistreur, prend la peine d'écouter ? Par ailleurs, du fait de leur présence, lui et ses collègues des disciplines connexes n'ont-ils pas accéléré le processus d'effacement de ces coutumes et de ces vocables ? Finalement,

les derniers hommages conclus, les legs dilapidés et les comptes faits, où se retrouve-t-il, le grand homme blanc, le *pater doloroso* des crucifixions ethnolinguistiques?

Eh bien, il a beau résister à ce qu'il considère comme une attitude de grincheux, il ne peut s'empêcher de se rendre à l'évidence et y trouve motif à se désoler : il a réintégré sa propre tribu, une véritable phratrie qui, à l'image de ces jeunes autochtones rêvant des psychotropes en vente libre à Manaus, n'aura de cesse de nier son histoire, de piétiner sa langue, de réduire sa conscience et son intelligence au silence qu'une fois sa culture louisianée, voire embaumée au nom de la modernité, sinon réfugiée dans un déni passéiste, dans un intégrisme stérile, dans un nid de ceintures fléchées et de couronnes d'épines vermoulues. Quelque part, Benjamin suspecte qu'il porte malheur à ses semblables et aux peuples qu'il étudie.

Les portes de l'ascenseur s'écartent et Benjamin retrouve le hall au tapis olive et aux murs de faux marbre. Un ciel charbonneux jette sa sépia sur les bâtiments sévères bordant le boulevard René-Lévesque : un couvent à la façade mal ravalée, sans doute converti en centre de soins, flanqué d'immeubles de styles victorien, édouardien et roman richardsonien confondus. La ville semble métallisée par l'automne.

Benjamin remonte son col en passant la porte vitrée. Aussitôt pose-t-il un pied sur l'asphalte qu'une forte bise se met à déferler et lui cingle la peau. Le nord-est soulève les feuilles et les détritus des trottoirs, il les envoie danser, il gonfle la grosse houppe mourante des érables dans un crépitement de bronches

graillonnantes. Les nuages, bouleversés, roulent sous la voûte et décomposent la toile grise en noir, en blanc, en mauve coléreux, et laissent saigner du bleu. Des voitures, une ambulance, des cyclistes penchés sur leurs guidons, un autobus, lâchés par les feux verts, envahissent à nouveau la chaussée et la colorent au point de l'égayer.

Benjamin a la sensation que la ville l'a attendu.

Comparé au coin travail aménagé dans son logement de la rue Dandurand, la pièce que l'université a mise à la disposition de Benjamin est un palace monégasque : elle compte une grande fenêtre, ce qui fait une différence notable, un secrétaire IKEA muni d'un sous-main en faux cuir et d'un pot à crayons tubulaire en acrylique, un fauteuil ergonomique sur roulettes en mal d'huile, une étagère à livres en contreplaqué, redoutable pépinière d'échardes, un téléphone beige vintage, deux chaises droites, véritables tue-fesses pour les visiteurs importuns, un tableau de liège acnéique accompagné de ses six punaises, avec, à côté, un plan du campus couvert de barbouillis, une sonnette d'alarme d'incendie avec son mini-haut-parleur, beaucoup de poussière, deux toiles d'araignée, une porte.

Sur son bureau, Benjamin a classé en ordre alphabétique les premiers exposés écrits des étudiants. À gauche, déployés en éventails serrés, ceux qu'il lui reste à lire, à droite, les textes annotés, puis retournés et tassés en une pile compacte.

Parvenu à mi-course, il fait trois constatations : un, il a réussi à retenir les deux tiers des inscrits ; deux, la

médiane des premières lettres patronymiques n'est pas le *m,* mais, étrangement, le *k* comme dans Keable, Anne-Marie, sa prochaine victime ; trois, s'il lit sans pitié, il fait preuve d'indulgence quand vient le temps d'attribuer une note. Après la dix-neuvième faute, il ne les relève plus, car il se dit : «S'il s'est rendu jusqu'à moi, à quoi bon ?» Il punit, par contre, ceux qui ont recours aux polices extravagantes, en particulier une certaine Viviane Deraspe qui, sans doute convaincue que la ruse et la psychologie *light* l'emportent sur l'intelligence et l'effort, a opté pour une typographie cursive.

D'un geste brusque, il jette sur le sous-main son stylo rouge comme s'il lui avait brûlé les doigts. Pourquoi diable a-t-il accepté de donner ce cours, lui qui déteste prendre la parole, sauf celle des autres ? Un voleur de mots, voilà ce qu'il est et sera toujours, et non ce ventilateur de propos vaseux pour la totalité, ou peu s'en faut, d'une tribu de chasseurs de crédits universitaires. L'impression que ses étudiants s'échinent à débusquer le discours attendu par le chaman répartiteur de notes plutôt qu'à approfondir le sujet au programme le tenaille sans relâche. En revanche, il doit admettre qu'il les soumet à ses envolées de chercheur sinon indiscipliné, à tout le moins capricieux, qu'il se sert d'eux comme d'une caisse de résonance à ses digressions parfois ésotériques.

En effet, il s'écarte sans vergogne du calendrier, il accorde plus d'importance à ses élucubrations du jour qu'au topo prévu, et une bonne partie de ses interlocuteurs, pour ne pas dire des sangsues écrasées devant

lui, adoptent un air effarouché avant de farfouiller dans le document de présentation des matières distribué dès le premier jour. Il les dépayse. Il faut préciser à la décharge du professeur qu'il carbure usuellement aux échanges à bâtons rompus, sinon il se met à divaguer et, patatras, en avant le manège. Ainsi, la veille, s'était-il lancé sur les mille et une façons de compter sur la planète, s'attardant sur celles sur le point de disparaître.

— Pour le nombre quarante, le Breton parlera de *daou-ugent,* c'est-à-dire deux-vingt, *tri-ugent,* trois-vingt, pour soixante et ainsi de suite. Pour dix-huit, *triwec'h,* soit trois-six. Par contre, l'Irlandais préférera *hocht déag,* pour huit-deux-cinq, le Gallois *deunaw,* pour deux-neuf. Fait cocasse, nous avons hérité en partie de ce recours à la multiplication, mais à partir de quatre-vingts seulement, alors que les Belges et les Suisses y ont résisté.

Anne-Marie Keable, Viviane Deraspe et compagnie paraissent s'amuser et s'attendent à un retour imminent aux thèmes annoncés dans ce satané plan de cours. Erreur. Leur inertie l'encourage et, pour leur plus grand malheur, l'asperge échevelée gesticulant devant eux connaît le sujet de la numérotation sur le bout de ses doigts, c'est le cas de le dire.

— Mais il y a mieux, bien entendu. Prenez le peuple mbum du Cameroun, que beaucoup d'entre vous considéreraient comme primitif. Eh bien, pour le chiffre sept, un Mbum vous lance *zi-ndôk-mòkón,* à traduire par « avoir besoin trois doigts ». Pour se rendre à dix, vous l'aurez déduit. Comme quoi une vie relativement

simple, du moins comparée à la nôtre, n'implique pas une pensée rudimentaire. D'autres ont recours à ce que nous appelons la protraction...

Cette fois, les sourires se sont éteints, sauf peut-être chez le Viking et sa déesse, qui lui offrent un air plus réjoui qu'intéressé. Benjamin est piégé : doit-il revenir à Jakobson sans aller plus loin dans ses considérations mathématiques et abandonner la protraction aux oubliettes, avec le peuple vogoul, cul par-dessus tête, bientôt rejoint par les Chiquitos, qui ne connaissent que le un et le deux, et les Papous, locuteurs du kobon, qui comptent avec leur corps ?

– Les Vogouls, poursuit-il à la consternation généralisée, utilisent le mouvement comme base de calcul. Pour eux, vingt-deux n'est rien de moins que « deux pas vers trente à partir de vingt », vingt-trois, « trois pas prélevés sur la dizaine qui suit vingt ». Admettez qu'on peut faire plus simple.

En effet, ils sont prêts à avouer tout ce qu'il veut. C'est *De la dissémination du savoir comme technique d'interrogatoire renforcée*. Benjamin hésite, comme un diabétique devant un présentoir de choux à la crème. Ah, les subtilités de la numérisation à la chinoise et à la mode yoruba ! Il se suce les joues, prend en pitié les membres de sa petite tribu sur le point d'entrer en transe chamanique. Il revient à ce bon vieux raseur de Roman Ossipovitch et ne le lâche plus jusqu'à la fin du cours.

Réfugié dans le calme de sa cellule, il souffle de toutes ses forces sur les fils d'araignée nichés dans un coin et les pousse à danser. Il s'apprête à repêcher son stylo quand un bruit incongru, quoique délicat, viole

116

le silence tombal dans lequel il aime baigner. Il se redresse, son fauteuil grince. On gratte à la porte, barrière dissuasive de contreplaqué qu'il garde résolument fermée malgré la climatisation malsaine, et verrouillée. Il redoute les entretiens avec les étudiants et, pire torture, avec les collègues désœuvrés qui hantent les couloirs avec une serviette de cuir mou sous le bras, toujours prêts à vous glisser sous le nez un de leurs textes publiés dans une prestigieuse revue tirée à deux cents exemplaires, comme un témoin de Jéhovah vous fourguant un exemplaire de *La Tour de Garde*. Il retient son souffle, mais son dossier, cette fois, gémit, et le visiteur inopportun fait rouler ses jointures contre le bois mince comme un tambour-major timide ou anémique. Ou simplement hypocrite.

– Allez, professeur, vous êtes là, je l'entends : vous crissez comme c'est pas possible.

C'est la brunette. Avec ou sans son excroissance blonde ? se demande-t-il. Sans prendre la peine de se questionner sur ses gestes, il enlève ses vieilles lunettes pour les fourrer dans le tiroir du pupitre et se passe une main dans la crinière, comme pour vérifier qu'elle est toujours là.

Il se lève et contourne son bureau, alors qu'il pourrait se contenter de se pencher pour déverrouiller la porte ou, mieux encore, lui lancer un «Fichez-moi la paix !» bien senti, puisé au creux de ses intestins. Mais non. C'est que, pour dire le vrai, il a plutôt envie de lui ouvrir, simplement curieux, se répète-t-il, de connaître la raison de sa visite.

Il la découvre appuyée d'un bras contre le chambranle, le coude à la hauteur du front, la main pendant

au-dessus de sa tête comme une touffe de gui du Nouvel An. Elle a de fort jolies lèvres, d'ailleurs, soyeuses, et le seul rouge qui y est appliqué est celui de la jeunesse et de la vitalité.

– Vous avez oublié notre rendez-vous de ce matin, lui reproche-t-elle en le croisant pour s'asseoir l'épaule contre le mur.

Elle jette un coup d'œil sous son bras pour s'assurer qu'elle ne s'est pas trompée d'endroit pour poser son magnifique derrière, grimace en se trémoussant sur la chaise, puis :

– Je vous jure, avoir su, j'aurais apporté un coussin. C'est un vrai supplice, ce truc en bois. C'est voulu ?

Il retrouve son fauteuil bruyant, mais confortable, après avoir pris soin de laisser la porte grande ouverte, comme le lui a conseillé, pour ne pas dire ordonné, le directeur du Département. Il jette un coup d'œil sur le feuillet rose qu'une assistante, car on ne parle plus de secrétaire de nos jours, avait glissé dans son casier à messages, et qui volette à présent sur le tableau, un gros furoncle de plastique jaune fiché au milieu. Voilà donc à quoi ressemble une créature baptisée Dahlia Prudhomme, songe-t-il en la détaillant à nouveau, mais avec l'impression que son jugement est désormais sous l'influence du prénom joliment floral lié à un patronyme d'une intense, d'une profonde, d'une exemplaire platitude.

Elle le regarde par en dessous, ses jolies billes bitume tapies sous des chenilles noires, touffues et mobiles, s'arquant et se hérissant, semble-t-il, comme pour lui télégraphier des questions vachement indiscrètes, des yeux liquides, évocateurs des peintures

118

égyptiennes de jadis, bordés d'une épaisse coulée de khôl, pincés aux conjonctives comme des *paisleys* de deuil, ou de fascinantes bactéries, ou encore d'étranges feuilles noires fichées de part et d'autre d'un tronc livide et droit aux deux racines bossues plongeant vers une mare sanguine et veloutée. La mare en question s'étire, creuse des joues trop pâles et y fiche de minuscules, de pures virgules ourlées de rose.

Elle patiente, souriante, donc, évalue l'effet qu'elle produit chez l'homme long, enchâssé dans son trône couvert de tissu gris. Elle frappe fort, elle le sent et, comme si un marchand d'esclaves l'avait tirée par les cheveux, elle relève brusquement la tête, mâchoire tendue, et laisse monter de sa gorge un rire grave, filtré par une langueur d'amante presque assouvie.

Les jambes, qu'elle garde allongées malgré la chaise droite, fusent d'une jupe de daim, courte pour l'automne, et s'engouffrent trop vite dans des bottes cavalières, étroites et moulantes. Benjamin est l'un de ces hommes qui savent apprécier un mollet et ressentir un début d'excitation à l'apparition de membres inférieurs bien galbés, et cette fille le frustre d'un de ces rares plaisirs.

— Qu'est-ce que je peux faire pour vous? demande-t-il sur un ton qu'il veut neutre.

— Je tenais à vous exprimer ma gratitude. Je crois que votre cours est le seul qui m'apprend vraiment quelque chose, surtout quand vous dérapez.

— Parce que je dérape, moi?

— Comme un pousse-pousse sur une patinoire. Vous nous trimballez de Sibérie en Bolivie, du Yukon au Pays de Galles. C'est comme un kaléidoscope pour

daltoniens : on n'y comprend vraiment rien si on s'agrippe au spectre de base et pourtant on s'accroche, parce que, voyez-vous, c'est plein de vie, votre truc, alors que les autres...

– Je n'ai pas lu votre premier travail, soit dit en passant. Alors...

– Pfft ! fait-elle en calant son dos contre le dossier, jambes en canif et mains plaquées sur les genoux. Vous croyez que je viens ici pour vous ramollir le crayon ?

Non, en effet, songe-t-il, cette fille ne doit pas ramollir grand-chose avec ce regard d'escrimeuse et ces cuisses de granit. Elle adopte une moue studieuse avant de lâcher le bataclan : elle a déjà un bac en communication et ne sait trop quoi en faire ; elle vend des guenilles griffées dans une boutique de l'avenue Laurier, qui n'en est pas une, d'avenue, mais une rue comme les autres ; elle vient d'une famille aisée de Québec et ne compte y remettre les pieds sous aucun prétexte, même pour Noël, ni dans la Vieille Capitale ni dans sa tribu ; elle a choisi son cours obligatoire pour s'en débarrasser pour de bon, en automne, pendant qu'elle jouit d'une pleine charge de vitamine C.

– Parce que votre classe de linguistique, on ne se la paie pas avec une grippe. La vérité, ajoute-t-elle gaiement, c'est qu'Éric a insisté pour que je l'accompagne.

Ainsi, l'escogriffe avait le trait scandinave long et intégral, de l'iris jusqu'au poil et même jusqu'au prénom. En effet, Benjamin se rappelle avoir glissé son texte en dessous de la pile : Éric Young. Un pseudonyme d'acteur porno.

– Il a lu votre article sur les Tofalars de Sibérie, puis sur les Aïnous. Il n'arrêtait pas d'en parler. Il s'est dit :

ce mec doit avoir deux, trois trucs à nous montrer. Texto. Il m'a convaincue de le suivre : il s'est mis à genoux, je vous jure, comme un débile de fiancé. Et il paie même pour mon cours. Si je l'avais voulu, il aurait écrit mon papier. Il est comme ça.

— Il ambitionne de devenir linguiste ?

Son rire éclate comme un cri d'orgasme, elle a une de ces dentitions parfaites qui coiffent les réclames de pâte blanchissante. Benjamin distingue clairement le satin bouillonné, rose et moiré du palais, l'uvule nerveuse, les amygdales, ces deux colonnes molles et luisantes dressées dans le temple des voyelles.

— Il fait Marketing, comme il dit, mais il s'intéresse aussi aux peuplades perdues. Allez savoir pourquoi. Il projette peut-être de vendre des parapluies à vos !Xoon ?

Il pourrait lui répondre que la dernière chose qu'un Namibien fait quand une averse s'abat sur lui, c'est de s'en protéger : on ne fuit pas une bénédiction. Or, il se doute qu'elle feint la légèreté, comme beaucoup de ces jeunes femmes modernes qui tamisent leur intelligence à leur escient, histoire de ne pas effaroucher les mâles qui rôdent. Il la trouve japonaise, songe-t-il malgré lui. Elle affecte une humilité factice et une superficialité garantes d'une innocence, d'une innocuité propres aux pucelles.

Au fil de ses visites dans Hokkaidō et de ses passages à Tokyo, il n'a pu s'empêcher de remarquer la constance de cette attitude spécifique au genre féminin japonais, à commencer par ses spécimens les plus brillants. En fait, il avait eu l'impression qu'elles acceptaient de jouer un jeu de chat et de souris avec ces

hommes si inférieurs au point de vue intellectuel, et il avait été tenté mille fois d'épier les conversations dans les toilettes pour femmes.

Pour l'heure, il se questionne sur les raisons derrière la visite de Dahlia, et un silence prairial les englobe, sec et parfait. Elle a rétracté les lèvres, comme une guêpe son dard, et un mince sourire de pure narquoiserie tord sa jolie bouche. Elle semble garder un œil sur la porte entrebâillée, avec cet air de mauvaise joueuse de poker imprimé sur le visage. Elle brûle de lui dévoiler le brelan, songe-t-il, ou la quinte flush qui lui chatouille les doigts.

– Comme je vous ai dit, répond-elle sans s'en rendre compte, je suis venue pour vous remercier pour le cours. Si vous me permettez d'être directe…

Il incline lentement la tête vers la gauche en guise de royal assentiment.

– Eh bien ! Je ne me servirai probablement jamais de ce que vous nous communiquez, mais la manière dont vous vous y prenez, ça, c'est autre chose ! Vous savez, pour une diplômée en com, vous pourriez faire figure de gourou. Vous avez des trucs potentiellement déprimants à livrer, des histoires dont on n'entend jamais parler, et vous le faites comme si le destin de la planète en dépendait.

– Qui vous dit que ce n'est pas le cas, Dahlia ? réplique-t-il, doigts croisés sur le nombril, appuyé de tout son poids contre le dossier de son fauteuil.

Il a marqué un point en déliant bien clairement le prénom de sa vis-à-vis et en lui imprimant une souplesse reptilienne. Dahhliiiahhhh. En effet, peut-elle affirmer que le destin de notre espèce ne repose pas

sur tel ou tel idiome enfoui au creux d'une forêt pluviale ou circulant en périphérie d'une savane? Dites-nous, Dahhliiiahhhh, à quels savoirs pouvons-nous renoncer sans en pâtir au point de nous effacer pour de bon? Allez, jeune femme aux jambes d'amazone, à partir de quel point un appauvrissement devient une condamnation à mort, croyez-vous? Quand il ne restera à notre disposition que quatre, cinq, six grilles de décryptage des possibles, qu'adviendra-t-il de nous s'il se produit un phénomène littéralement inouï? Ce sourire ravageur, pour y aller d'un poncif, ces fossettes vives, cette peau soyeuse, ce cou sans plis, cette poitrine ferme et parfaitement proportionnée chapeautant un ventre nerveux, dites, jolie déesse, quelle résistance offriront-ils à l'assaut brutal d'un savoir monolithique et arrogant?

— En effet, répond-elle en fronçant les sourcils comme pour écraser le doute qui éclot derrière eux. Mais quelque chose me dit que ça ne se produira pas de mon vivant.

Un long bras tressé de muscles et garni de duvet presque blanc; des épaules saillantes sous le tee-shirt noir ajusté; un logo, Diesel, avec un crâne opalescent; un jean griffé Kurosawa, un peu mou, mais tendu au bassin; des baskets jaune et orangé que Benjamin croit avoir déjà vues dans une vitrine de Barcelone; des yeux d'un bleu glacial; une barbe blonde et courte, mais inculte, qui pousse inégalement sur la peau de porcelaine; des lèvres pleines. Éric se glisse dans le cadre de porte, salue son professeur d'un long coup de nez et dépose un poignet sur l'épaule de Dahlia.

— Hep! lui dit-il. Tu lui as demandé?

Elle grogne un reproche en écarquillant les paupières, comme pour exprimer sa surprise sans cesse renouvelée devant la balourdise récurrente du géant nordique. Benjamin se contente de les observer, la guerrière et le Viking, attendant patiemment que Dahlia lui expose son cas. Elle fouille dans sa poche arrière, arquant le dos et tendant sa poitrine vers l'alarme d'incendie, en retire une carte qu'elle contemple et pose sur ses cuisses avant de se lancer :

– Voilà. C'est l'anniversaire d'Éric dans quelques semaines, et nous voulons vous inviter pour la soirée. Vous apportez le liquide, on fournit la bouffe et tout le tralala. Il devrait y avoir une trentaine de personnes…

– … qui parlent sûrement autant de langues, poursuit l'autre sur un ton railleur.

– Allez, faites-le pour moi ! fait-elle, faussement boudeuse.

Il refuse, prétexte la nécessaire séparation entre ses étudiants et lui. Après tout, tente-t-il de se convaincre, il est investi d'une autorité éthique, voire morale en ces temps qui, étrangement, évoquent une époque qu'il croyait révolue, celle d'une démarcation de plus en plus nette entre le bien et le mal, celle d'une définition tranchée de la vertu.

En effet, au hasard de ses déambulations dans les couloirs de l'université, il les entend, ces porteurs d'avenir et d'ordinateurs de poche, échanger des propos qu'ils veulent anodins. Fusent de-ci de-là des opinions étonnamment archaïques, parfois de véritables homélies tirées, lui semble-t-il, d'un évangile nouveau genre, postmormonique. Il dénote, dans leurs brèves conversations piquées de termes anglais, un terrible

mépris de soi, pour ne pas dire un avilissement in-
conscient.

– J'ai été une vraie *slut*! a-t-il surpris un jeune
homme se confesser auprès d'un confrère. Si je n'ai
rien chopé, c'est un *fucking* miracle du Saint-Esprit.

L'autre s'était contenté de hocher tristement la tête,
ses belles boucles tressautant sur son crâne, et de faire
glisser sa langue entre ses dents comme s'il cherchait
le châtiment approprié dans un répertoire d'expiations.

Aussi, le professeur n'ira pas se mettre les pieds dans
les plats et faire une potentielle *slut* de sa personne.

– Je te l'avais dit, fait-elle à l'adresse de son petit
ami. Un vrai saint!

Dahlia se redresse en laissant fuser un soupir, tend
à Benjamin le bout de carton tout chiffonné et encore
tiède qu'elle avait tiré de sa poche.

– Si vous changez d'idée. C'est marqué vingt
heures, mais vingt-deux heures, c'est le *best*.

Elle rejoint Éric, lui passe un bras dans le dos et
envoie à son prof une salutation de la main, en fait un
délicat papillonnement des doigts.

– Soyez chic, fait Éric avant de disparaître à son tour.

Benjamin referme la porte, se laisse tomber dans
son fauteuil et, sans même réaliser son geste, porte la
carte à son nez.

Les parfums de l'encre fraîche et de la jeunesse.

Cannelés frais, biscuits maison, darjeeling Mariage Frères, tasses de porcelaine à l'anse trop menue pour y glisser l'auriculaire : Augustín rosit de joie pendant qu'il verse le précieux liquide, son index et son pouce délicats pinçant à peine le téton de la théière. Il adore présider cette cérémonie qui évoque, affirme-t-il, ses après-midi d'enfant gâté d'un beau quartier de Buenos Aires passés dans le salon familial entouré des amies de sa mère venues assister au five o'clock rituel.

— Réveille-toi, *Nene,* tu rêves encore. Aux dernières nouvelles, le sandwich de concombres n'est pas une tradition du shabbat chez les Juifs paumés d'Argentine.

Le mince filet d'or liquide ondule à peine, son étrange roucoulis s'aggravant à mesure qu'il remplit le dé à coudre blanc et bleu. Augustín garde les yeux rivés sur ceux de son hôte, sourire plaqué sur la gueule, encaissant la vanne de sa douce moitié d'un rapide battement des cils.

— Tu le veux où, ton thé, grosse merde antisémite ? Sur la tête ou sur la queue ?

Shirley se contente de lui présenter sa tasse avant d'ajouter :

– Du calme, je t'en prie. Tu me connais, je voue une admiration sans bornes aux Israélites. Le judaïsme est avant toute chose un culte de l'érudition, pas comme chez les chrétiens qui encouragent l'ignorance jusqu'à promettre la clé des cieux aux imbéciles. En plus, ils sont circoncis. J'apprécie.

– Et tu sais que je dis la vérité à propos de maman. J'ai la mémoire infaillible et l'imagination à zéro.

– Premièrement, mon amour, tu ne pourrais pas créer tes robes de folles à marier si tu ne pouvais voir au-delà de la réalité.

– Et, poursuit Benjamin, la mémoire absolue est un mythe.

Augustín se contente de lui tirer la langue, plus amusé que froissé.

– Tu te trompes, fait Shirley. Elle a bel et bien existé. Un Russe, un certain Chereshevski en aurait été doté et il considérait son don comme une malédiction. Il était incapable d'oublier quoi que ce soit qui avait eu le malheur d'aborder son pauvre cerveau, un chiffre, une voix, un texte. Son truc ? La synesthésie.

Augustín avale sa gorgée, espérant que l'intervention de Big Daddy n'ira pas plus loin, mais :

– Il associait les éléments à des sons, à des couleurs, voire à des textures, et ce, malgré lui. Cesse d'envoyer tes jolis yeux au ciel, *Nene,* tu ne t'en sortiras pas à si bon compte.

Big Daddy pose sa tasse, cale ses coudes sur ses gros genoux, mains pendantes, et :

– Une mémoire eidétique, voilà ce qu'il possédait. Ainsi, il pouvait dire d'une voix qu'elle était jaune et coulante et que, chez certains individus, elle changeait une trentaine de fois par jour. Son commentaire sur le célèbre chiffre un? Un homme bien fait. Le deux? Une femme spirituelle. Le quatre-vingt-sept? Un couple dépareillé formé d'une matrone et d'un gentleman triturant sa moustache. Morale de l'histoire, il n'éprouvait de difficulté qu'avec un seul mot. Quel est-il? Allez, faites un petit effort.

– Gros con raseur? propose Augustín avant de glousser un rire.

Benjamin renâcle le sien puis, comme il le fait quand un problème se présente, il ferme les yeux, inspire profondément, laisse son esprit sauter de parfums en odeurs, le thé, l'after-shave de Big Daddy, les fleurs mourantes dans leur vase de terre cuite, le soupçon d'ammoniac des grands jours de ménage et ainsi de suite jusqu'au vide olfactif, et :

– «Rien», j'imagine.

Shirley se tape sur les cuisses en se redressant sur sa chaise.

– Ah, je savais que tu mettrais le doigt dessus. En effet, il devait se faire violence pour comprendre le mot «rien» et s'en rappeler. Il le lisait, affirmait-il, le voyait, isolait même les lettres qui le composaient, mais il ne parvenait pas à lui accoler une sensation, une définition satisfaisante, car, justement, pour lui, tout en avait une immédiatement identifiable. Ironique, non? Un hypersignifiant. Ou est-ce signifié?

– De toute manière, je trouve à l'envier. S'il devait se dépatouiller dans la situation qui m'occupe, au

moins il se souviendrait de tous les détails de sa vie, à commencer par ses expériences sexuelles, notamment celles sans capote.

– Et la joueuse d'orgue ? C'est peut-être elle ?

– C'est une bonne chose que tu sois joli, *Nene* ! Pourquoi irait-il rencontrer tout ce beau monde si sa propre mère vit parmi nous ? Et il ne se serait pas contenté de ce relais de la part de l'Alsacienne.

– Bretonne, sale *bruto* !

Benjamin prend une lampée de liquide trop chaud, laisse son regard glisser sur le décor pendant que la tempête se calme.

Le couple occupe un cottage, propriété d'Augustín, sis au cœur du Village gai, à trois pas du métro Papineau. Les rénovations, discrètes, ont permis au living-room de garder intact son caractère d'origine : boiseries de chêne, parquet à l'anglaise, plafond lambrissé, cheminée de marbre, hautes fenêtres à doubles châssis, n'y manque qu'un notaire fumant sa pipe sous la torchère, sa femme cousant dans sa bergère et leurs enfants courant entre le canapé de velours, la duchesse d'un autre âge et les cabriolets postés autour d'une longue table basse sur laquelle un minuscule service à thé semble avoir été abandonné par une fillette oublieuse.

Au mur, des tableaux réalistes, mais plutôt ratés, achetés aux amis et aux connaissances, peintres dilettantes et dessinateurs du dimanche, en vérité des croûtes représentant des mâles souvent nus, aux muscles tressés comme des bâtons de réglisse et aux paupières obligatoirement closes, donnant l'impression que les modèles se concentraient de toutes leurs forces pour

entendre la musiquette répandue en sourdine par les haut-parleurs encastrés aux quatre coins du plafond.

Shirley se trémousse sur son coussin, sa main d'ogre refermée sur sa tasse, auriculaire tendu, signe qu'il se prépare à dire quelque chose et redoute une réaction violente de son conjoint.

— Si tu me permets, un détail me chicote, mais je ne sais pas si je dois, vu les circonstances, fait-il d'une voix étranglée, les yeux glissés en direction de son bouillant partenaire.

— Comme si Benjamin, moi ou une attaque nucléaire pouvions t'en empêcher! fait Augustín en se versant une autre tasse.

— Eh bien, à la demande générale, je prends la liberté de te dévoiler de quoi il en retourne : pour parler québécois, puis-je te demander ce que tu en as à câlicer de ce type qui prétend être ton fils? À la mi-août, l'été agonisait, herbe à poux et feuilles d'or. Tu préparais ton cours avec une exultation digne d'un croque-mort pendant la canicule. Bon, j'exagère, admettons que tu te faisais à l'idée de te retrouver devant une centaine de copies conformes de l'ambition académique par excellence, tu t'installais à nouveau dans ton Montréal adoré, dans un quartier populaire comme tu les aimes, c'est-à-dire à un jet de pierre d'une tribu à peine alphabétisée, et voilà que, deux mois plus tard, un petit branleur qui se déclare, quoi? fruit de tes reins, te bouleverse au point que tu te questionnes sur le sens de ta vie en mode déprime.

«Supposons qu'il dise la vérité, ce morveux. Et alors? Tu sais combien d'enfants se trimballent sur

cette planète, les flancs collés aux reins, à fouiller les moindres recoins de leur bout de terre à la recherche ne serait-ce que d'un grain de sésame à se mettre sous la dent? Lui, il a tout de même un passeport, des valises, les moyens de voyager. T'es chiant.»

Benjamin encaisse la diatribe en déglutissant et tourne son attention vers Augustín, son allié usuel contre les assauts verbaux du troll caca d'oie. Mais:

– Tu sais que ça me tue d'avouer ça, Ben, mais j'ai bien peur que mon gros lard ait raison.

– Merci, mon chou, fait Shirley sans quitter Benjamin des yeux. Car c'est quoi, cette histoire de paternité sinon un accès d'orgueil de la part d'un hominidé à peine sorti de sa caverne? Soudainement, tu veux propager tes gènes, fantastiques, soit-il dit en passant? Tu rêves de voir une réplique de toi-même emprunter les chemins que tu n'as pas choisis au cours de ton existence et de vérifier si elle se casse la margoulette, ou quoi? Tu jouis à l'idée d'avoir une marmaille composée de mini-toi qui saisissent les pantoufles de papy et les cachent dans sa bibliothèque? Tout ça dans l'espoir qu'ils s'amusent du spectacle d'un vieux gâteux qui, à quatre pattes sur le tapis, regarde sous les meubles en quête maniaque de ses charentaises? Je croyais que l'humain s'était délivré de cette obsession de la perpétuation de soi pour se concentrer sur, je ne sais pas, quelque chose de moins essentiel, comme la sauvegarde de la planète en tant que havre de notre espèce.

Augustín se contente d'agiter lourdement la tête, comme si son gros lard adoré distillait de tristes vérités qu'il ne servait à rien de récuser.

L'autre poursuit son monologue, chante les vertus de Platon qui, selon lui, préconisait l'annihilation de la famille, la saisie du nourrisson et sa prise en charge par la cité loin du sein de sa mère.

— Tu vas un peu trop loin, *papi,* comme d'habitude. Tu devrais peut-être laisser les Grecs à notre ami et te contenter de Shakespeare, ce qui n'est déjà pas mal.

— Voilà où tu te fourvoies, amour. Lire mon cher vieux Will, c'est revisiter l'Antiquité sur un schooner baptisé *The Subtlety* et accoster chez Machiavel. La tragédie humaine, qu'elle soit réelle ou théâtralisée, ne tolère aucun jugement d'ordre moral : il n'y a ni méchant ni bon, les choses sont ainsi faites, les forces et les ambitions, les devoirs et les passions règlent notre sort et nous ne pouvons qu'accepter notre rôle et le jouer à fond. Et les problèmes de filiation et de legs sont les plus riches, parce que, fondamentalement, profondément ridicules.

— Ceci étant malheureusement dit, tu iras à cette fête? demande Augustín en remuant sa nouvelle rasade de thé sucré à l'aide d'une minuscule cuiller.

Benjamin pince les lèvres et les rencogne sous la joue droite. Il ne peut pas fraterniser outre mesure avec les étudiants sans courir le risque de se retrouver avec une meute de tutoyeurs se léchant les babines autour du lutrin comme des loups encerclant un berger. De surcroît, il n'a pas le cœur à la fête et le sermon de Big Daddy n'a rien fait pour l'égayer. Au bout du compte, il avance dans sa propre existence en zombi, conscient d'être charrié par une mission dont il ne comprend pas les enjeux, en admettant qu'il s'en trouve un, mais incapable de résister au déferlement

des flux de mémoire dépareillés qui retournent des pierres réputées immuables : ses certitudes.

Quelque part, la mésaventure le fascine. D'ailleurs, il ne croit pas que le terme «mésaventure» s'applique à sa situation. Lui revient en tête l'allusion d'Augustín à un Petit Poucet mnémophile que guette non pas un ogre, mais un alter ego parfaitement identique, quoique façonné par d'autres mains. Pour une fois, songe-t-il, son attention se porte sur sa propre personne, au lieu de se dépenser sans compter à la traque de langues perdues. L'occasion de fixer une définition de soi réelle, à défaut d'être complète, voire juste, se présente à lui et la quête est irrésistible. Lui reste la difficulté de poursuivre cette introspection temporelle sans handicaper sa progression d'être humain, comme un spéléologue parvient à marcher en ligne droite dans la plaine et sous le soleil.

Le jeu, pressent-il, en vaut la chandelle et, de toute façon, si la mort nous attend tous, se déclarer indifférent à ces choses semble étrangement plus bête que son contraire, c'est-à-dire faire croire que tout, quelque part, a un sens.

Augustín et Shirley le contemplent, les lèvres en bec de canard au-dessus de leurs tasses, affolant d'un souffle léger la vapeur qui se tord, danse, se dissipe et part se réfugier loin là-bas, à la limite du rien.

*C*aritas, en lettres d'or, scintille au-dessus du maître-autel.

Il s'imagine que le mot évoque l'amour divin et non les coûts astronomiques engendrés par l'érection du temple.

Assis à l'équerre sur le dernier banc de l'église Saint-Augustin, les bras croisés sur le plexus, Benjamin pourrait donner l'impression d'être un visiteur plongé dans ses pensées ou fasciné par le décor. Il l'est.

Le temple, de style néo-gothique, est un exemple achevé d'harmonie architecturale, avec son ventre exactement deux fois plus long que large, sa voûte d'ogive rose et bleu, ses vitraux raffinés, magnifique folioscope illuminé relatant la vie d'Augustin, de l'enfance à l'épiscopat, existence qu'il semble avoir passée en bonne partie le nez dans les parchemins. Benjamin a dénombré six chapelles, mignonnes et riches, où lampions et cierges éteints patientent au-dessus de troncs vides, et deux œils-de-bœuf de forme ovale avec des vitres losangées.

Tableaux et ex-voto se disputent les murs. La photo d'une statue de la Sainte Vierge, noire, taillée

dans un bloc de calcaire, et couronnée d'airain en 1872, orne la couverture de la brochurette payée deux dollars. Au bas du pilier qui supporte la madone, un Purgatoire fait du même marbre que le superbe maître-autel, un Purgatoire saisissant de réalisme au point où Benjamin se met à penser à ses étudiants.

La pierre grise et le bois ciré diffusent un vieux parfum de myrrhe, les veilleuses des lustres monumentaux nimbent d'or pâle le vaisseau et lui confèrent une atmosphère onirique. Quelques fidèles se sont glissés à l'intérieur, les plus impatients déjà installés sur l'agenouilloir, le front posé sur des doigts enchevêtrés.

Au-dessus de lui, la tribune d'orgue d'où lui parviennent des craquements quelques secondes avant que ne retentissent, graves, amples, terrifiantes, les premières notes d'un kyrie. Les têtes se redressent à l'unisson, comme propulsées par un tressaillement d'épaules savamment chorégraphié par un dieu courroucé.

Comme par magie, des images s'animent dans le cerveau de Benjamin.

Il revoit la jeune femme maigrichonne et nerveuse qui traverse le campus. Ses cheveux poil-de-carotte flambent sous le soleil de mai, attisés par les bourrasques. On dirait qu'elle subit une terrible hémorragie de pensées et de réflexions que rien ne parviendrait à contenir. Elle est habillée à la bohémienne, jupe en batik rasant les chevilles, blouse ample, boléro aubergine sur lequel sinuent des serpents brillants, serre-tête émeraude rabaissé sur le cou, bottillons mous, dont un lacé à moitié, long foulard à motifs en guise de ceinture. Elle porte des verres fumés à la Janis Joplin, parfaitement sphériques et cerclés de métal.

Elle ceint contre sa poitrine, comme si elle avait peur qu'on le lui vole, un cartable usé au cuir mat. Elle avance d'un pas saccadé, le visage inexpressif, sauf pour les lèvres rouge vif qu'elle garde contractées, comme le font les gens sous l'emprise d'une intense réflexion.

Des bouffées parfumées de lilas en fleur déferlent sur l'esplanade trouée çà et là de carrés de verdure à peine assez grands pour permettre à des étudiants de s'allonger le temps de fumer une cigarette, de réviser leurs notes avant un test de mathématiques, de biologie moléculaire ou, encore pire, de français. Le trimestre tire à sa fin, un courant d'excitation semble garder le site sous une tension à la fois intellectuelle et sexuelle. Benjamin ne parvient trop à dégager nettement les causes de ce climat survolté en dehors des échéances à court et à moyen terme : les examens imminents et la liberté de baiser sans limites qui succédera aux épreuves.

Benjamin s'est installé sur l'une des jardinières de béton granuleux dans lesquelles profitent, en plein soleil, de frêles pétunias violets à l'œil noir. Il laisse baller ses pieds comme un gamin qui s'ennuie, avec l'esprit léger de celui qui a conclu brillamment sa saison d'études. Dans quelques minutes, il quittera le complexe universitaire et rejoindra la horde des aspirants au diplôme condamnés à trois mois fermes aux travaux forcés dans une cuisine d'hôpital, dans un parc ou, comme lui, dans un kiosque d'information touristique. Sa maîtrise de l'anglais, moins courante qu'il ne l'avait cru, et ses notions basiques d'espagnol et de portugais, en fait un *portunhol* proche de l'espéranto,

lui ont assuré une place enviable, lui a-t-on répété, au « pôle institutionnel ». Ne lui reste qu'à comprendre ce qu'une telle appellation signifie exactement, mais il appréhende un été à s'ennuyer mortellement dans un bureau sans fenêtres, un casque d'écoute muni d'un microphone cloué sur la tête.

La jeune femme au cartable traverse la place sans détacher les yeux du sol, et Benjamin se demande si elle s'amuse, comme lui, à contempler les sinuosités que dessinent les fissures qui défilent sous les pas. Les autres la regardent filer en diagonale comme une torpille vers le flanc du bâtiment Wilfrid-Pelletier, trouant les vagues d'étudiants libérées par les larges portes vitrées. Ces derniers se retournent pour lui adresser un commentaire ou un reproche, mais elle poursuit sa course sans ralentir.

Elle s'arrête sec, happée, semble-t-il, par une pensée nouvelle. Sans se redresser, elle bifurque vers ce jeune homme aux pieds dansant dans le vide, qui froisse les sourcils à l'approche de cette fille, intrigué par sa motivation soudaine de viser ce bac d'horribles fleurs printanières. Elle s'arrête devant lui, pose de longues mains sur ses espadrilles neuves pour les immobiliser, et :

– Vous êtes musicien ?

Derrière les lunettes teintées se cachent donc des yeux de poupée de chiffon, également bien ronds, ce qui fait qu'il a l'impression que deux écrans de radar roses ceinturés de traits presque noirs attendent qu'il fasse un nouveau mouvement pour que naisse un petit point vert sur l'un des cercles en périphérie de la mouche minuscule en plein milieu.

Il est interloqué par la voix aussi grave que traî- nante qui lui rappelle les hôtes d'une quelconque maison hantée d'un parc d'attractions. Il s'étouffe en répon- dant, veut secouer la tête en guise de dénégation, mais ne parvient qu'à l'agiter dans tous les sens.

— Je vous pose la question, fait-elle sans même reprendre son souffle, parce que vous balanciez les pieds de façon très gracieuse, ce qui est très distrayant avec tous ces esprits crispés autour.

— Dans ce cas, réussit-il à lui lancer, vous devriez me demander si je suis un danseur, non ?

Elle fait un hum ! encore plus grave, se suce les joues comme la participante à un quiz qui joue à quitte ou double.

— J'imagine, finit-elle par lui dire. Mais ça m'éton- nerait que vous le soyez. Votre corps ferait peut-être l'affaire, mais je me demande ce que vous viendriez faire ici. À moins que vous ne soyez modèle vivant pour les cours de dessin, ça paye très bien, paraît-il. Mais nous sommes un peu tard dans la saison. Et puis, vous ne vous tenez pas droit comme un de ces coqs de ballet. Je me disais, peut-être est-il harpiste, ce qui serait vraiment cool, un mâle avec ses grands bras, qui se donne un mal de chien pour tirer un son potable d'une corde puis d'une autre en y allant de salamalecs pas possibles. Je n'aime pas les harpistes en général, avec leurs airs de prêtresses celtiques. Mais un homme, je trouve que c'est chouette. Risible, mais chouette.

Elle ne sourit pas. Il irait même jusqu'à croire qu'elle est sincère dans ses spéculations.

— Ça tombe bien, fait-il en se laissant glisser jusqu'au sol, je n'ai pas peur du ridicule : j'étudie en linguistique.

– Bah, c'est connexe. La langue et la musique sont des codes, pas vrai ? Remarquez, ils ne vont pas nécessairement de pair. Mon prof d'harmonique fait des démonstrations réellement magiques au piano, mais dès qu'il ouvre la bouche, c'est à n'y rien comprendre. Il fausse en français, je pourrais dire.

Il sent qu'elle le détaille de l'occiput aux baskets, les cerceaux renvoient à Benjamin le lent travelling rosi et légèrement bombé de son long corps, comme si elle le filmait avec deux fish-eyes. Des germes de points mordorés naissent à la base de sa gorge au teint laiteux et paraissent courir jusqu'à ses avant-bras sur une peau tendue de tambour neuf.

La jeune femme est plus grande que la moyenne, mais il la dépasse quand même d'une demi-tête, et quiconque les contemple de loin, lui avec le menton pointant vers sa poitrine, elle avec le cou en extension, jurerait qu'ils sont sur le point de s'embrasser.

– Vous n'êtes pas très jasant pour un type amoureux des langues. À moins que vous ne les aimiez pas, n'est-ce pas ? Je veux dire, je connais un tas de mes camarades de classe qui s'échinent à tirer un son préférablement harmonieux d'un violon ou d'un foutu triangle et pourtant, ils ont la musique en horreur. J'en ai même surpris un qui flanquait des coups de pied à son piano à la fin d'une répétition. Il était convaincu que la salle était vide. Il a été incapable de m'expliquer pourquoi il persévérait dans un domaine qui le mettait hors de lui. Vous pensez que c'est courant, ça, des gens qui se condamnent eux-mêmes à une existence misérable ?

Benjamin songe aussitôt à sa mère.

– Oui, fait-il, j'imagine. Mais je ne suis pas convaincu qu'ils ont toujours le choix.

– Ça se peut. Au moins, ça doit leur rendre la vie plus longue. Sauf que moi, je ne les comprends pas.

Il rit et elle, à moitié. Elle tend la main.

– Moi, c'est l'orgue.

Il saisit ses gros doigts : ils sont frais comme ceux d'un anémique.

Elle s'appelle Béatrice. Il se présente à son tour.

– C'est bien, non ? *B and B, bed-and-breakfast.*

Elle retire sa main, rougit pour autant qu'elle le puisse : deux pastilles violacées éclosent sur ses joues de porcelaine. Elle redoute qu'il n'interprète sa remarque comme une invitation pour passer la nuit avec elle et Benjamin doit s'avouer que la vue de Béatrice prise en défaut l'attise. Voilà, pense-t-il en se remémorant son cours de sociologie, un scénario exemplaire pour phallocrates, une fille un peu trop brillante pour son propre bien qui commet une légère bourde et qui risque de se retrouver dans un lit, les quatre fers en l'air, prisonnière d'un sous-entendu involontaire qu'elle aurait échappé en faisant la maline. Elle consulte son poignet, comme s'il s'y trouvait une montre, puis :

– Je dois y aller.

Elle s'éloigne sans lui donner le temps de la retenir. Elle se laisse emporter par une mer bariolée d'étudiants que l'heure juste aurait déchaînée. Sa tête disparaît progressivement dans la foule, fontaine de sang électrique avalée par les flots.

Les jours suivants, il ne peut s'arrêter de penser à elle, chaque éclat orangé ranime l'image de la jeune femme à la voix de contralto comme un révélateur fait

naître un cliché dans un bac sous une lumière inoffensive. Il se reproche l'étrange étourdissement qui, le jour de leur rencontre, l'a empêché de fixer sur sa mémoire les traits de son visage : il ne se rappelle que les détails périphériques, d'une certaine manière, c'est-à-dire ses cheveux, son accoutrement de gitane, son bandana de fortune, les lunettes qui cerclent ses billes et les dotent d'une teinte, d'une matité irréelles et envoûtantes. Reste sa peau presque nacrée sous un soleil qui y aurait crachoté des semences dorées.

Il retourne à son poste d'observation dès le lendemain, puis les jours suivants, gravitant autour du bac aux pétunias mourants, à l'affût d'une gerbe couleur citrouille qui traverserait l'agora comme un gros pompon de marin déboulerait dans un désert gris, bousculé par les bourrasques. Il perd son temps, rejoint le petit logement qu'il partage avec Francis, un étudiant en journalisme d'une platitude exemplaire, qu'il surprend régulièrement à adopter des poses de lecteur de nouvelles dans le miroir de la salle de bains en répétant «Mesdames, messieurs, bonsoir» sur tous les tons, sous toutes les formes et par la permutation de tous les éléments possibles.

Francis vient cogner à la porte de sa chambre, en fait la moitié d'un salon double divisé par un rideau de velours.

– Dis-moi donc, tu te cherches un emploi pour l'été ?

Benjamin laisse de côté le mauvais roman que le bibliothécaire lui avait recommandé et lève un regard étonné sur son coloc qui, ordinairement, se contente de le saluer avant de l'ignorer pour le reste de la journée.

Comme à son habitude, sa mise est impeccable, la glabelle parfaitement lisse, il est frais rasé et présente une crinière domptée par la gomina et le sèche-cheveux, comme s'il s'apprêtait à se planter devant un téléprompteur.

– Ce sont de vraies vacances, il paraît, et ça paie mille dollars par semaine.

Benjamin se méfie : Francis n'est pas reconnu pour sa générosité et il redoute une escroquerie du genre pyramidal.

– Je suis nul en vente, tu le sais. Et je ne fais pas le cobaye pour les pharmaceutiques.

– Pour qui me prends-tu? Tu as tout de travers. C'est parfaitement réglo : tu t'assois toute la journée devant un moniteur et tu regardes des films débiles. Des slapsticks. Ta tâche consiste à relever les scènes comiques, à en noter les données chrono et à choisir parmi les descriptifs pour les résumer. En plus, c'est au centre-ville, au Musée de la comédie.

Benjamin lui demande pourquoi lui, le fana des écrans cathodiques, ne saute pas sur l'occasion, mais Francis lui explique qu'il faut être un familier des vieux acteurs français, à commencer par ceux du muet, et qu'il n'y connaît strictement rien. Alors que lui, l'intellectuel des langues, passe des heures entières, magnétisé par ces machins imbuvables, un bol de croustilles au bacon entre les cuisses.

– En plus, ils sont dans la merde. Ils doivent engager un étudiant, parce qu'ils sont subventionnés jusqu'aux oreilles et même plus, si c'est possible. Une vraie arnaque, ce truc de musée. Je gage qu'ils se garnissent le portefeuille sur le bras de la princesse.

Alors, ils cherchent. Tu n'as qu'à leur lancer quelques noms, genre de Funès, Tati et Max Vander.

– Max Linder.

– Tu vois? fait-il en lui fourrant dans la poche poitrine le bout de papier sur lequel figurent les coordonnées. Dépêche-toi avant que tu te fasses coiffer sur le poteau par une bonne femme.

Car Francis est misogyne.

Benjamin passe la douce saison encabané dans une pièce sans fenêtres, le nez collé sur des classiques, tant du cinéma d'auteur que de son pendant grand public, des frères Lumière aux *Bronzés,* avec pour unique compagnon de corvée son vis-à-vis anglophone, un certain Terry qui refuse de lui adresser la parole pour une raison qui demeurera mystérieuse jusqu'à la fin du contrat. Il s'en accommode aisément, le jeune homme a un sérieux problème d'hygiène et ses goûts dans le registre humoristique le laissent perplexe.

Dès qu'il en a l'occasion, Benjamin s'évade sur le boulevard Saint-Laurent et admire la faune bigarrée qui traîne sur ses trottoirs. Il bifurque parfois sur Prince-Arthur, donne quelques pièces à la mendiante armée d'un harmonica, pousse jusqu'au square Saint-Louis, un mouchoir de verdure où sévissent quelques dealers nimbés d'un délicat parfum de chanvre indien.

Ce jour-là, alors qu'il se prépare à faire demi-tour, il remarque sur la pelouse une tache, comme une seiche ardente, échouée sur un tapis de lichen.

C'est Béatrice.

Elle porte une jolie robe d'été blanche ornée d'une poignée de petites fleurs rouille. Elle est allongée sur le dos, au pied d'un orme, déchaussée, une besace

d'enfant à portée de sa main ouverte et aux doigts légèrement repliés, ses lunettes de soleil posées sur l'herbe à hauteur de ses yeux clos ourlés de cuivre neuf. On dirait, songe-t-il, l'une de ces poupées à découper qu'une fillette aurait oubliée, à moitié habillée. Benjamin est bouleversé, sans pouvoir décider si c'est l'image de jouet abandonné sous un arbre, les retrouvailles miraculeuses ou les deux qui sont la cause de son émoi.

Il se penche sur elle et glisse délicatement son index sur la paume où papillotent les rayons du soleil filtrés par un feuillage nerveux. La poupée s'anime, ses doigts se referment lentement sur l'intrus : leur peau est satinée et fraîche, puis ses lèvres s'entrouvrent, prêtes pour la tétée. Elle écarte les paupières sur un mode presque mécanique et percent alors, liserées de métal flamboyant, deux grosses billes d'un vert troublant, semblable à celui d'une tomate jeune et juteuse.

– C'est donc vous, fait-elle la main en visière au-dessus des sourcils.

Il s'attend à la voir recracher un bout de pomme empoisonnée. Elle l'attire vers elle et il se laisse choir sur l'herbe, posant une paume sur sa taille où court, en guise de ceinture, une bande de soie jaune. Elle a abandonné le look gitane de mai pour le Connie Stevens d'été, lui apprend-elle. Il revoit son voisin de visionneuse qui s'esclaffe devant des longs métrages débiles des années 1960, ses cheveux gras bondissant à chaque secousse comme des couettes de pinceau mouillé.

Il est magnétisé par ses yeux où chatoie une lumière pistache, puis olive, et, oui, aigue-marine. Une odeur

musquée émane de sa peau couverte de taches de son et elle aime rire. Elle ne fait rien de la saison, sauf profiter du soleil et des piscines dès le matin, avant l'arrivée en masse des familles.

– Je donne quelques concerts gratuits dans une petite église de Verdun, histoire de ne pas perdre l'habitude du public. Vous voyez, je n'ai pas vraiment d'ennuis matériels, mon père m'envoie un chèque le premier jour du mois et je n'entends plus parler de lui pour quatre bonnes semaines. Je sais que je devrais en ressentir une culpabilité d'enfant gâtée, mais j'en suis foncièrement incapable, je ne fais pas de bénévolat, sauf pour les récitals, mais encore est-ce pour mon propre bien.

Elle tend des doigts plus robustes qu'à première vue, et les remue vivement, pianotant dans le vide glorieux de juillet.

Le soleil embrasse le square, les habitués se meuvent au ralenti, le feuillage de l'orme chuchote, brossé par un vent sec et régulier, des écureuils gris sautillent entre les arbres comme si le gazon pelé leur cuisait les pattes, des cyclistes se sont arrêtés pour se tremper les pieds dans le bassin d'eau fraîche, deux barbus ont saisi l'un sa guitare, l'autre son harmonica et font renaître *I Got It Bad (And That Ain't Good)* et une certaine mélancolie déroule son tapis de laine sur le parc : l'été mourra.

Les deux amoureux, étendus face à face sur l'herbe, ne disent rien. Ils respirent et c'est tout. Le visage du long jeune homme se rapproche doucement de celui de la poupée aux cheveux cuivre, comme aimanté par les deux billes d'un métal jusqu'alors inconnu, puis

par les lèvres minces et luisantes qui distillent un nuage de menthe.

Il l'embrasse.

Sa langue est chaude et souple, elle se moule à la sienne le temps d'un bref glissement, puis elle frotte contre les dents, s'insinue même derrière elles, caresse les premiers plis du palais et les bras de Benjamin sont parcourus de frissons. Elle passe ensuite sous sa semblable à peine plus grosse, s'amuse avec le frein et remue le bain de salive qui menace de déborder. Pendant ce temps, ses lèvres ont adopté un pouls de légère succion contre sa bouche, elles la couvrent parfaitement et lui impriment leur rythme pendant que résonnent depuis le petit nez de profonds gémissements qui décuplent la sensation de vibration.

Benjamin perçoit le durcissement progressif de son sexe qui frotte contre l'élastique du slip, puis s'engage au-delà, et il craint de tacher son short. L'herbe chatouille ses genoux et ses tibias, des centaines d'aiguilles molles et froides picorent la peau tendue, puis s'écrase en bavant, lui semble-t-il, un souvenir de rosée.

La poitrine de Béatrice, où courent des points de soleil, palpite, poussée par une respiration qui s'accélère. Il peut deviner les mamelons durcis qui luttent contre le bustier et le mince tee-shirt de Benjamin. Elle a posé une main, en fait un poignet, sur sa taille. Le reste de son corps attend, détendu : toute la tension sexuelle s'est réfugiée dans sa bouche, son nez et autour de son cœur.

Elle se retire, détache son visage du sien. Deux cercles vifs allument ses joues avec, en contrepoint, ses iris attisés par le jour franc : chaque prunelle semble

couchée sur un mince disque de bronze phosphoreux et un autre, plus grand, de mer troublée.

Il consulte sa montre : trois heures ont filé depuis son départ du travail. Il lui dicte son numéro de téléphone, et elle le rassure : elle a une mémoire d'organiste.

– Croyez-moi, il faut graver les partitions dans sa tête si on veut s'abandonner à un instrument pareil, à moins d'avoir quelqu'un qui tourne les pages pour soi, mais moi, ça m'énerve d'avoir un hystérique qui garde les yeux vissés soit sur votre tempe comme un chien guettant la tanière d'un renard, soit sur les feuillets. Alors, je vous appelle, promis.

Il s'éloigne en s'interrogeant sur le vouvoiement démodé, les robes légères et les baisers troublants. La rue piétonnière bardée de restaurants grecs, qu'un ami avait rebaptisée avenue Prince-Arthuropoulos, est déserte. Même l'harmoniciste en haillons, qui se contente de laisser le ruine-babines glisser entre ses lèvres sans interrompre son mouvement sauf pour ramasser des pièces, s'est évaporée. Seule l'odeur de viande grillée et d'ail persiste, probablement incrustée dans les briques.

Il retrouve sa cave, son moniteur, Max Linder et compagnie. Terry poursuit son visionnement sans piper mot, comme si son collègue revenait d'une courte visite aux toilettes. Benjamin s'en accommode sans problème, il est encore sous l'emprise de l'excitation abrupte qui ne veut plus le lâcher. Il appuie sur *play,* se cale dans son fauteuil, s'esclaffe dès les premières secondes.

Même Pierre Richard est drôle.

Elle l'appelle le soir même et lui fixe un rendez-vous pour minuit au Lola's Paradise, un resto pseudo-chic du boulevard Saint-Laurent ouvert jusqu'à l'aurore.

Il s'y présente à l'heure juste : un petit gong compte les secondes de la nouvelle journée pendant qu'il grimpe l'escalier. Une hôtesse aux cheveux platine et aux lèvres pulpeuses l'accueille avec le sourire de Mireille Darc. Elle le remorque jusqu'à une table calée contre la fenêtre où patiente Béatrice qui, d'un air absent, son cou nivéal en extension, contemple l'axe de la ville : la *Main,* sa faune et ses néons. Les reflets de phares dansent sur son visage, y dessinent des figures géométriques éphémères et mouvantes, comme un grand miroir qui n'en finit plus d'éclater et qui renvoie des tessons d'âmes perdues sur une peau immaculée.

L'hôtesse balance des hanches solides, entortillées dans une jupe de soie synthétique à motifs floraux qui se termine en V inversé où tanguent des cuisses rongées par la cellulite. Les murs sont tapissés de velours rouge sang, et des appliques répandent çà et là des flaques jaunes. Des banquettes confortables accommodent quelques groupes, dont quatre jeunes Italiens, semble-t-il, qui parlent fort et gesticulent au point de faire tressauter les cornes d'abondance sur leurs torses déjà couverts de poils, ainsi qu'un couple dépareillé formé d'une chanteuse à succès des années 1970 et d'un gigolo trop blond que sépare une bouteille de champagne. Béatrice a élu une table avec deux fauteuils médaillon à imprimé léopard, probablement du vinyle.

Elle porte une robe fourreau bleu électrique, sans manches et au corsage droit. Sa peau, poudrée, ruisselle d'une lumière blanche à reflets roses et elle a réussi à dompter sa crinière pour en faire une tour de Babel orange spiralant vers le lustre suspendu au-dessus d'elle.

– Voilà, bon appétit, fait la blonde en déroulant bras, poignet et doigts vers la chaise vide comme si elle lui présentait une cantatrice célèbre.

Elle s'éloigne en exagérant son roulement de hanches, comme une danseuse de samba décidée à ne pas rentrer seule à la maison.

Il contemple Béatrice, distraite par le spectacle de la rue. Elle a posé son menton sur le revers de sa main droite, doigts repliés contre sa gorge, ce qui lui donne un air de cacatoès à crête de feu. Elle a tracé un mince trait noir à l'orée de ses cils, le relevant près des tempes, longs S couchés sur un fin papyrus ; ses narines sont des cédilles nettes gravées sur un ivoire ; le lustre inonde son front d'une lumière égale qui efface les plis et rehausse un grain de beauté fiché en apostrophe sur le sourcil ; ses lèvres, pâles et relâchées, sont des tildes unis par un doute persistant.

Ce visage, songe-t-il, est un texte.

Le douzième coup de minuit la tire de sa rêverie et elle tourne lentement son nez de poupée vers le jeune homme transi de désir qui se dandine devant elle. D'une inclinaison presque hiératique de la tête, elle lui commande de s'asseoir et, bien sûr, il lui obéit.

Il la trouve magnifiquement différente. Il est convaincu d'être en voie de s'amouracher d'une émule de Protée. Il sent qu'une méfiance naît au creux de son ventre, mais son excitation, vive et mâle, vient aussitôt l'étrangler. Il la désire.

Elle a posé des gants de soie, de la même teinte que sa robe, sur un petit sac de nacre. Béatrice est marine, cette nuit. Elle l'embrasse de son regard œil-de-tigre et lui dit bonsoir dans un soupir grave, comme

si elle-même était admirative, mais de l'effet qu'elle lui fait. Mademoiselle Chien-Chat, la surnomme-t-il malgré lui : langue rêche, voix de gros bouledogue calme.

Elle commande une assiette de saumon fumé, suivie d'un ris de veau à l'orange, lui se contentera d'une simple bavette, même s'il est affamé : il redoute l'addition. Elle aime le bon vin, il sirote le sien, le noie de trois gorgées d'eau. Fromages. Dessert. Thé. Digestif. Elle ne se prive pas.

Elle parle peu, veut absolument qu'il lui résume sa journée et s'amuse follement quand il lui relate les habitudes idiosyncrasiques de Terry, son pendant anglophone. Comment il se cure les dents avec un carton d'allumettes, puis le nez à l'aide de son petit doigt, enfin les oreilles en s'y enfonçant la gomme à effacer au bout de son crayon de bois jaune. Il rote. Il fait craquer ses jointures en les écrasant contre la table. Il rit même pendant qu'il glisse une vidéocassette dans la fente de l'appareil, puis il regarde Benjamin et se calme aussitôt, grimace, de dégoût peut-être, et appuie sur le bouton.

Elle lui demande de lui résumer tel ou tel film, surtout les muets.

— Je les trouve franchement plus drôles que ceux d'aujourd'hui, non ? Ils se donnent un mal terrible pour nous faire pisser sans nous casser les oreilles. Mais, sûrement que c'est dû à ma formation de musicienne et à mon esprit de détective. Je considère que chaque note est suspecte, vous savez. Il faut la questionner sans répit, mettre en doute sa prétendue pertinence. Pourquoi vient-elle briser le silence ?

Puis elle soupire et lui destine un grand sourire.

Il réclame l'addition et la cueille en déglutissant. Le visage miraculeusement impassible, il tire son portefeuille de sa poche, mais, vive comme l'éclair, elle lui arrache des mains le petit étui protégeant le bout de papier. Il proteste, en vain : c'est lui qui devrait l'inviter. Elle l'ignore, tend sa carte de crédit au garçon qui, momentanément étonné, bafouille un merci avant de regagner la caisse en se dandinant.

— Vous êtes mon gigolo, j'imagine. Ne me décevez pas.

Et elle éclate de rire.

Ils arpentent le boulevard d'un pas long. L'air est lourd, un orage menace depuis la fin de la journée, puis se résorbe avant de réapparaître, plus mauve encore, grondant de loin. Et disparaît, pour laisser derrière lui comme un rideau de brouillard qui emmitoufle les réverbères et grise leurs feux. Des fêtards patientent à l'entrée des bars, les femmes rient à gorge déployée, leurs compagnons paonnent, cheveux gominés, chemise au col évasé, chaussures luisantes où se reflètent, tordus, les néons. Certains regardent le jeune couple qui déambule en silence et reluquent la fille au corps de neige drapé d'azur furieux.

La rue Marie-Anne déboule vers l'est, étroit tapis de grès sur une idée de village ancien avec ses maisonnettes déjetées par des années de laisser-aller et de terre glaiseuse cassée et pétrie par les dégels.

— Benjamin, commence-t-elle sur un ton solennel. Je peux te poser une question étrange ?

— Mes favorites.

Il est heureux : elle le tutoie. Elle s'arrête devant un restaurant brésilien, fait mine de consulter le menu, et :

– Il t'arrive d'avoir des pensées tordues ? Des histoires vraiment hors du commun, des impulsions incompréhensibles ?

– Nous en avons tous, sûrement. Pour voir, donne-moi un exemple.

– Hum. Bien sûr. Prenons tantôt, quand nous étions assis près de la fenêtre, au Lola. Tu te rappelles la scène ? Nous regardions tous les deux les gens qui faisaient la queue à l'entrée de la discothèque. Ils étaient quoi, deux étages plus bas ? Tout à coup, j'ai eu une des ces idées saugrenues : et si je me levais, si je saisissais ma chaise pour défoncer la vitre avant de me jeter sur eux, je veux dire, de toutes mes forces, avec un souhait de mort dans la tête, comment aurais-tu réagi ? Je me suis demandé à quel point j'aurais dévié ta vie de son cours tranquille. La mienne, le cas aurait été entendu. Mais la tienne, sans compter les gens sur le trottoir qui attendaient patiemment qu'un gros bêta leur permette de passer ? Seraient-ils reve-nus les semaines suivantes ? Auraient-ils toléré qu'on les laisse poireauter dehors, sous la pluie, le vent et les bonnes femmes qui se défenestrent ?

– Tu fais de l'uchronie, il me semble, réplique-t-il. Tu n'es pas seule dans ton cas.

Elle se tourne vers lui et, ses yeux ronds de ti-gresse baignés de larmes :

– Tu crois que vivre peut faire une différence ? Je veux dire, au bout du compte, mourir, n'est-ce pas la manifestation la plus nette de l'existence ?

– En effet, parvient-il à répondre, seuls les vivants meurent.

Elle semble moyennement consolée, retourne au menu affiché derrière une vitre couverte de graffiti imparfaitement effacés.

– Tu comprends, je trouve que les gens en rajoutent beaucoup dès que la Faucheuse met le pied dans une conversation. Ils la perçoivent comme une négation, pourtant une lumière n'est jamais plus aveuglante qu'au moment même où elle s'éteint. Dis, toi aussi, tu crois que je suis dérangée ?

Elle lui lance un regard redevenu sec, de biais, un petit rictus pliant ses fossettes. Il renifle son parfum végétal et sa tristesse.

– Pour te parler franchement, je ne me pose pas la question, fait-il. Mais tes concerts d'orgue doivent être quelque chose.

Elle glisse sa main sur son coude, couche sa tête contre son épaule et, vive, y plante un baiser avant de l'entraîner chez elle, avenue Coloniale.

Son appartement de six grandes pièces occupe le rez-de-chaussée d'un triplex rénové avec goût. Les murs sont nus, sauf pour les cimaises d'origine à un mètre du sol et les épaisses corniches soulignant les plafonds où flottent des oves à volutes. Une des chambres ne compte que le lit, en fait un futon recouvert d'une courtepointe aux teintes vives. Benjamin s'y retrouve rapidement allongé, sans avoir le temps de visiter les lieux.

À peine s'est-il étalé sur la mosaïque multicolore qu'elle s'acharne sur sa braguette, la fait glisser, y passe la main pour en extirper son sexe encore mou. Béatrice a une bouche très chaude, comme si elle venait d'avaler une gorgée de thé bouillant. Elle émet

de légers grognements pendant que sa langue enveloppe le bout de chair qui, progressivement, atteint sa
taille maximale, puis se concentre sur le gland, normalement rouge, mais sûrement violet, se dit Benjamin,
s'il se fie à la force de succion à laquelle l'engin est
soumis. Elle laisse ses ongles se promener autour de
l'anus et gratouiller les testicules qui, affolés par l'excitation, se réfugient de plus en plus profondément
dans leurs bourses. Elle prend une grande inspiration
et enfonce le membre au fond de sa gorge, le poussant
même jusqu'à forcer l'épiglotte, l'y maintenant jusqu'à ce qu'elle s'étouffe avant de le laisser ressortir
couvert d'une bave visqueuse et translucide comme
de la gélatine.

Sa bouche remonte le long de son aine sans abandonner complètement son mouvement de succion,
elle longe l'os iliaque, bifurque vers le bas-ventre, suit
la cage thoracique, poursuit plus loin, jusqu'au mame-
lon gauche, puis jusqu'à l'autre, monte à l'assaut de
l'épaule, progresse, atteint le trapèze, s'attarde à l'oreille,
aborde la mâchoire et se plante sur ses lèvres d'où
s'échappent, sans qu'il ne s'en soit rendu compte, des
gémissements aigus.

Ils s'embrassent et Benjamin peut goûter sa propre
peau, son odeur musquée de mâle excité. Finalement,
elle le chevauche. Il voudrait la renverser, mais elle
résiste et, dotée d'une force surprenante, elle le saisit
aux poignets et les plaque au-dessus de lui, unis sur
un traversin moelleux. Il ne peut que la laisser faire et
l'observe qui révulse les yeux à mesure que sa vulve
l'avale, comme un automate obéissant à une stimula-
tion mécanique.

Son sexe l'aspire, comme une sangsue fantastique, songe-t-il, tiède et gorgée de fluides, eau, sang, mucus, il ne sait plus. Il oublie qui il est et pourquoi il l'est, la poupée clignote des paupières de plus en plus rapidement, déversant une mare chaude sur son ventre, elle ne crie pas «maman» mais «oui», et il jouit : son corps entre en apesanteur, et l'explosion l'emporte vers les tréfonds de la caverne moite et bientôt ruisselante de suc blanc et odorant.

Elle enserre sa gorge, fait mine de refermer sa poigne, lui fait un air faussement courroucé et se laisse tomber sur le côté en émettant un râle profond.

– C'était bon, se contente-t-elle de dire. Ça te dérange si je fume?

Elle saute du lit sans attendre sa réponse, pressentant sans doute qu'il n'y verrait rien de mal. Elle allume une minuscule cigarette parfumée au gingembre et Benjamin admire son dos livide où se déverse la lave en fusion qui jaillit du crâne et cascade dans la vallée gardée de part et d'autre par une sentinelle osseuse : des omoplates circonflexes. Du sommet s'échappe en volutes blanches une fumée épicée.

Il avance une main vers la crinière rousse, y glisse les doigts et caresse sa peau brûlante de ses jointures, les cheveux coulant contre sa paume. Elle incline légèrement la tête et Benjamin capte son soudain accès de mélancolie, il imagine son joli visage assombri par un rictus de femme déçue.

– Tu sais, fait-elle en exhalant un long nuage, mon père ne m'a jamais aimée. Pour être plus précise, j'estime qu'il me dévisageait avec une expression de reproche. Il désapprouvait mes cheveux, comme si je

les avais choisis, j'ai même l'impression que ça le dégoûtait. Ma mère, de son côté, se contentait de me ficher un baiser sur la tête avant de dire : «C'est son histoire.» Puis elle est morte. Mon frère lui ressemblait, un grand brun, alors il a monopolisé toute l'attention de notre père et l'affection dont il était capable. Je me trouvais hideuse, tu sais. J'en étais venue à croire que mon odeur corporelle me rendait repoussante. Puis mon père, qui a fait fortune en achetant des taudis et en les revendant à prix d'or, mal retapés, m'a envoyée en internat, chez les nonnes. Je ne comprenais rien à cet éloignement et les seules nouvelles que je recevais de ma famille, je les devais soit à mon frère, qui vivait la grande vie, soit à ma marraine.

Pour une raison qu'elle ignore, elle entreprend de faire son arbre généalogique et découvre que ses grands-parents paternels sont de véritables cousins. Sa tante, qui l'avait prise sous son aile, lui confirme la chose. Elle lui explique que, aux yeux de son aîné, sa rousseur représente un rappel insupportable de cette consanguinité.

— J'étais, au bout du compte, l'illustration vivante de ce gène honteux, selon lui : une mutante. Alors que ça n'a absolument rien à voir avec la couleur des cheveux. Enfin, je crois. Reste qu'il cherche à se faire pardonner en me refilant des tonnes et des tonnes de son fric pourri. Tant mieux. Surtout depuis qu'il a appris que mon frère se défonce à la cocaïne. Je sais, je suis méchante.

Elle éteint son mégot en le noyant d'une coulée de bave, le jette dans une soucoupe de porcelaine qui traînait sur le parquet et se tourne vers lui, l'air radieux.

– Toi, tu crois que je suis une mutante ?

Pour seule réponse, il la prend dans ses bras, enfouit son nez dans sa terrible rousseur, laisse ses doigts fourrager dans le petit nid de broussaille orange et les porte à sa bouche pour les lécher.

L'été s'écoule à une vitesse folle, ponctué de films allant du correct au débile, de sorties nocturnes payées par Béatrice, de baises éclair, pour ne pas dire furieuses, qui lui donnent parfois l'impression d'avoir été agressé par un fauve à l'appétit inassouvissable.

Il croit l'aimer, pour autant qu'il puisse identifier l'état nommé tel par ceux qui lui en ont parlé. Il sait qu'un calme d'une intensité inconnue de lui jusqu'alors s'empare de son être tant psychique que physique dès qu'il la voit s'approcher ou qu'il renifle un vêtement qu'elle a laissé traîner. Il raffole de sa voix virile, de ses grosses billes aux teintes changeantes selon l'humeur et le temps, de sa chevelure, bien entendu, qui évoque pour lui l'animalité chez l'humain, une possible sauvagerie qu'il imaginait à jamais perdue pour notre espèce. Il absorbe avec un ravissement muet les confidences étranges qu'elle lui fait, de celles que nous avons tous en réserve, mais que nous gardons secrètes, comme s'il lui manquait cette barrière élevée dès l'enfance et que plusieurs désignent par *pudeur,* d'autres par *hypocrisie*. Il partage ses goûts musicaux et ils débattent de lectures pendant des heures, allongés sur la catalogne usée, car elle insiste pour la laver après chacune de ses visites. Elle lui prodigue un puissant succédané de bonheur qui le dispense de dormir des nuits pleines, de se bourrer de café avant de rejoindre le Musée des idioties et le zombi qui l'imite dans sa

quête des scènes truculentes, mais en version Shake-speare. Ou plutôt en version Eddie Murphy.

À la manière dont elle glisse une main dans la sienne quand ils arpentent une rue ou, surtout, un sentier dans un parc, il comprend qu'elle l'a adopté comme compagnon privilégié de son quotidien, qu'elle tient à lui, qu'elle lui semble plus légère que la fois où elle l'a abordé sur le campus, comme si la naissance d'une affection s'était manifestée par une bienfaisante intromission d'hélium dans ses membres.

Octobre arrive avec son lot de pluie dont il se décharge par paquets lourds, son semestre universitaire bourré de lectures, d'allers-retours entre son appartement et celui de Béatrice, qui prépare un récital à l'église Saint-Jean-Baptiste. Elle consacre des après-midi complets à ses répétitions, assise devant un orgue invisible, obéissant à une chorégraphie étrange faite de poussées, de tractions, de gigues énergiques et soudaines comme des crises d'épilepsie, de lents balancements du torse et de la tête interrompus par une violente crispation des bras, puis du corps au complet. Elle mange plus légèrement, lui semble-t-il, et s'assoupit presque aussitôt après avoir atteint et dépassé l'orgasme, et il l'a surprise, une fois, en larmes, installée sur la cuvette, couvercle refermé.

Novembre passe, gris et blanc.

Un professeur d'anthropologie remarque Benjamin, sa force de concentration, son calme, l'acuité de ses questions et des possibles réponses qu'il leur adresse sans craindre de se tromper, dévoué à la cause d'une certaine vérité. L'homme, un vieillard vigoureux, rompu aux longues périodes d'exploration et d'observation

sous tous les climats imaginables, le prend sous son aile et lui offre de se joindre à son équipe qui, dès janvier, ira s'enfoncer au cœur de la forêt tropicale.

– Le lac Paniai, pour être plus exact, fait-il. Aux alentours, les gens parlent encore l'une des huit cents et quelques langues de l'archipel de la Papouasie et de la Nouvelle-Guinée. Nous nous occupons de tout pour vous, visa, inoculations, assurances. Votre trimestre d'hiver sera foutu, mais je me permets de vous annoncer que les cours qui seront alors donnés n'offrent qu'un intérêt relatif : vous récolterez vos points d'étude, ces crédits sans intérêt, mais vous n'apprendrez pas le quart de ce que six mois dans la merde brûlante vous inculqueront. Car c'est ce que vous penserez au bout de quatre jours, une fois le décalage horaire évaporé : «Je suis dans une merde trop chaude», et les moustiques renforceront votre impression. Mais vous persévérerez, parce que vous êtes un batailleur, je le sens, et que, de toute manière, il n'y a qu'un avion tous les quinze jours et encore, si la pluie ne se met pas de la partie, sans parler des sautes d'humeur des plaques tectoniques qui démantibulent la piste d'atterrissage. Alors?

Benjamin demande trois jours pour y réfléchir : il prévoit en discuter avec Béatrice, même si sa décision est déjà prise, mais voilà, le concert se déroule dès le lendemain, il veut lui laisser vingt-quatre heures pour savourer son triomphe – ou, au contraire, digérer sa déconfiture – avant de lui annoncer son départ imminent.

Le matin de la journée fatidique, elle lui saute dessus pour, comme elle aime l'appeler, une botte express avant de marcher jusqu'au temple pour une ultime séance de répétition et d'essais sonores. Ils se donnent

rendez-vous pour la fin de l'après-midi dans un restaurant du Plateau-Mont-Royal.

– J'ai envie d'une crêpe gigantesque avant de lâcher mon fou. Après le concert, tu me diras si je joue à l'orgue comme je me débrouille au lit.

Elle l'embrasse sur le nez avant d'y donner une chiquenaude délicate et elle s'éloigne en faisant balancer fougueusement sa crinière rebelle, sans se douter que les événements de cette soirée, pour une raison restée nébuleuse même pour lui, allaient marquer la mort de leur fréquentation.

Vingt ans plus tard, Benjamin se prépare pour des retrouvailles qui risquent d'être mouvementées. Il se demande si une amende honorable de sa part devrait figurer au programme.

Les fidèles reprennent place sur leurs bancs en suçant l'hostie d'un air comiquement recueilli, juge-t-il. Il y a, remarque-t-il, une expression propre aux communiants qui ne se trouve nulle part ailleurs, un cocktail savoureux de tristesse et de gratitude avec un trait d'amertume ou de culpabilité. L'eucharistie est un mystérieux Manhattan *on the rocks*.

L'escalier menant jusqu'à l'orgue est une vis étroite et serrée garnie de contremarches qui ont dû obliger Béatrice à opérer de puissantes tractions des jambes pour rejoindre son instrument. Benjamin s'élève donc selon une verticale presque parfaite, en spiralant vers le sommet. Les dernières notes tonnent, amples et graves, puis s'éteignent sur ce qui ressemble à un grognement d'hippopotame.

Béatrice a épaissi avec l'âge, et ses cheveux, ramassés en une botte drue ont foncé, comme un cuivre

aux premières phases de son oxydation. Elle recouvre le jeu de touches d'un feutre mauve et cueille les partitions qui ont atterri sur le vieux parquet mati et gondolé par les années. Une nuée de poussière fine gravite autour d'elle et la nimbe momentanément d'un halo neigeux qu'argentent les reflets des luminaires diffusés par les tuyaux de métal. Elle prend un certain temps avant de se rendre compte de la présence d'un intrus, concentrée sur sa tâche de recueillir les feuillets bourrés de notes que, l'heure précédente, elle avait répandues, claires, franches et bien rondes.

Il la contemple, planté sur l'avant-dernière marche, prêt à rebrousser chemin advenant une tempête rousse, car elle pourrait le couvrir de reproches, voire l'agonir d'injures.

Ses épaules de musicienne, fortes et massives, semblent se comprimer soudain, comme si elles prévenaient leur propriétaire du reflux d'un passé lointain. Elle se redresse lentement, presque mécaniquement, automate se mettant au garde-à-vous, son remontoir épuisé. Elle se retourne, le paquet de feuillets contre sa poitrine désormais généreuse et, impassible, visse ses yeux de bois jaune sur Benjamin, l'air inexpressif. Puis, comme le givre sous le blizzard, la vie renaît en dentelle sur ses joues, sur ses lèvres, irradie de son visage. Elle sourit, pâlement, comme celle qui, après avoir fouillé dans une vieille malle du grenier, retrouve sa robe de première communiante, minuscule et inutile. Elle dépose sa pile, écarte les bras en frétillant des doigts. Elle le rejoint, le colle contre elle, l'enserre de toutes ses forces en éclatant d'un grand rire :

– La vie a de ces bonnes blagues ! parvient-elle à dire entre deux hoquets.

Elle dénoue son emprise, le tient à bout de bras pour le dévisager comme un commissaire-priseur évalue un chippendale, sourcils froncés, puis l'invite à s'asseoir sur le petit banc calé contre la balustrade, sous un friselis d'ébène d'apparence graisseuse. Elle s'installe à côté de l'orgue, y plante les coudes.

– Dis donc, fait-elle, tu n'as pas pris une once ! Alors que moi…

Elle le questionne sur ces vingt années qui les ont séparés. Il étanche sa curiosité, résume pour son bénéfice sa vie, la débitant en minces tranches superposées comme un charcutier couche son bacon. Elle l'écoute, son menton calé sur ses gros doigts fléchis tête-bêche lui donnant l'allure d'un confesseur indulgent qui, de temps à autre, suppute les péchés avoués. Elle ponctue le récit de Benjamin de brefs coups du chef accompagnés d'un hum hum qui semble signifier qu'elle est prête pour une prochaine salve.

Une fois le sujet épuisé, elle se redresse et, ainsi postée, droite devant l'instrument monumental, elle ressemble à un énorme paon doté d'une aigrette mordorée et d'un éventail bistre et or.

– C'est tout de même truculent, tu ne trouves pas ? Tu es devenu linguiste et tu me retrouves ici, dans une église dédiée à Augustin, ton patron dans l'au-delà et celui de tes collègues. Mais j'imagine que, s'il existe, notre bon vieux saint doit nourrir un petit faible pour toi.

Devant son air ahuri, elle poursuit :

– Ne t'inquiète pas, je ne me suis pas métamorphosée en *Jesus freak* aux portes de la sénilité. C'est

que, depuis quelques années, j'aime bien savoir où je pose les pieds avant d'aller plus loin.

Benjamin se tortille sur son siège, pressentant une décharge de reproches, mais non :

— Le curé de la paroisse en connaît un trait sur son canonisé favori et il me rebat les oreilles sans se lasser d'anecdotes interminables. Tu as vu les vitraux et les ex-voto ? Le vol de poires, les tentations charnelles à Carthage, sa rencontre des manichéens, sa conversion, et je te fais grâce du reste, c'est un téléroman diffusé à vingt heures. Bref, le bon évêque d'Hippone s'est demandé à un moment donné de sa trop longue vie si la relation entre le fidèle et son Dieu est du domaine de la communion ou de la communication ? Autrement dit, est-ce que le courant passe par l'intellect ou par les sentiments ? C'est là que tu entres en jeu, mon joli, tu ne crois pas ?

— Je ne vois pas où tu veux en venir, parvient-il à articuler, les poumons comprimés par une crainte à la fois lourde et diffuse comme un nuage de mercure.

— Relaxe, je t'en prie, je n'ai pas l'intention de t'écorcher, au propre comme au figuré. Je tente seulement d'exprimer de vive voix ce qui me chicote depuis des lustres et j'espère que les paroles vont s'évaporer en amenant avec elles le mystère. Il n'en demeure pas moins que je considère comme ironique le fait qu'un homme comme toi, incapable de partager ses sentiments comme ses pensées intimes, ait choisi la langue comme matériau pour son travail. Ironique n'est pas le bon terme, d'ailleurs. Cocasse ? À un moment donné, je me suis demandé si, en vérité, les créatures comme toi sont susceptibles d'aimer. Peut-être as-tu élu les

mots comme forteresse, avec ses meurtrières, ses lances coupantes et ses chaudières de poix bouillante ? Si ça se trouve, cette placidité que tu habites plus que le contraire ne traduirait, dans la vie de tous les jours, qu'une tristesse permanente ?

Il baisse les yeux, les laisse rouler vers l'escalier en colimaçon qui disparaît vers les ténèbres de la foi et le long nuage mourant de parfum balsamique. Elle remarque son mouvement et plaque ses mains sur ses hanches, se suce les joues, accentuant son air d'oiseau royal.

– D'accord, dit-elle, j'arrête. C'est que depuis la visite de ce Kurt, ma cervelle fait du deux cents à l'heure.

– Est-ce que tu lui as raconté la même chose ?

Elle expire bruyamment par les narines, fait claquer sa langue, et :

– Il était assis exactement là où tu te trouves, sauf que lui a cogné contre le garde-fou pour attirer mon attention. Pendant une seconde ou deux, j'ai cru que j'avais traversé un portail temporel, un genre de chronotron que quelqu'un aurait laissé traîner et qui m'aurait permis de culbuter vingt et quelques années en arrière : c'était toi, pratiquement tel quel, mais en moins grand et, comme je l'ai remarqué une fois revenue de mon choc, avec un je-ne-sais-quoi de… différent. Des yeux en amande, par exemple, et des traits un brin plus fins. Délicats, disons. Un teint mat, peut-être. Avec un petit accent, ce qui est normal vu qu'il a fréquenté un collège français, mais ne me demande pas où.

« Il est très courtois, avec des gestes lents, comme s'il approchait une vieille dame pour lui offrir de porter ses sacs et qu'il craignait de l'effaroucher. Il semble

s'intéresser à mon travail. Il me complimente sur, je te rapporte ses paroles, ma virtuosité, mon choix de musique pour une messe matinale, du Fleury, je me souviens, mais je me rends compte assez vite qu'il ne fait que la conversation avant d'en venir au fait. Et le fait, c'est toi.»

Benjamin attend la suite, se fait violence pour rester impassible, comme une imitation de chair des statues d'Augustin et de la Vierge du Purgatoire fichées un bon cinq mètres au-dessous de lui, leurs visages animés par le vacillement des cierges, comme le sien, que froisse par intermittence une curiosité impossible à contenir. Elle se lève, s'avance vers lui, bifurque légèrement, déploie ses mains d'homme sur le parapet et, bras tendus, vise le sommet de la nef de son petit nez, ses taches de rousseur rehaussées par les feux de la rosace embrasée par un soleil ressuscité.

– Je me dis que l'occasion est trop bonne pour parler de moi, reprend-elle. Enfin, de la part de ta personne restée inscrite et intacte au creux de mon cœur, excusez le mélodrame. J'en ai plein mon casque de satisfaire la demande sans en retirer un semblant de bonheur. Et je me pose la question suivante : est-ce que le passé est si réel que cela? Les événements révolus, imprimés dans un recoin de mon cerveau, sont-ils tels que je les ressens? Qu'en est-il de l'avenir, alors, si le présent est la crête de la vague? Pourquoi hier serait plus tangible, plus solide que demain dont nous ne savons, je me permets de te rappeler, de quoi il sera fait? Toi, il y a vingt-deux, vingt-trois ans, n'existe plus. Finalement, j'accepte de lui faire le récit de ma

vie. Je lui lance : petit, si je m'assoyais sous un orme pour te le raconter, il pleurerait toutes ses feuilles.

Elle tourne le visage dans sa direction. Ses lèvres creusent un sillon droit comme un *i* sur sa joue de poupée flétrie, un fil tendu entre sa pommette et sa mâchoire. Elle lui annonce qu'elle lui fera grâce des détails biographiques : son père est mort en lui laissant sa fortune, mais en fidéicommis, faisant d'elle une rentière précoce, hantée chaque premier jour du mois par le spectre de son bienfaiteur, et ce, par l'entremise d'un avis de dépôt dans son compte chèques; elle épouse un dentiste qu'elle retrouve pendu dans la salle de bains; elle perd l'usage de ses jambes pour une raison tout aussi mystérieuse que leur régénération; elle se recroqueville et devient une formidable recluse; elle se réfugie à New York puis, à l'automne 2001, à Philadelphie où elle visite les églises, de la première à la dernière, à l'affût des orgues laissées à l'abandon et jette son dévolu sur un instrument pratiquement oublié dans Frankford, un quartier peu recommandable.

– Un joyau à remonter et à polir. C'était comme si je reconstruisais ma propre vie, avec les pédales déglinguées et la soufflerie crevée. Tu savais que les cousins de Roosevelt étaient de formidables facteurs d'orgues? Des machins absolument époustouflants, des mammouths d'ébène et d'ivoire. Dieu sait comment cette congrégation s'est offert un luxe pareil. Il était tellement gros que le plancher s'était affaissé : on aurait dit un vieux quai éventré par un drakkar. Personne n'y avait touché depuis cinquante ans, mais le moteur fonctionnait à merveille. Imagine le râle qui

.

sort de ce Lazare d'une tonne avant même de mettre un doigt sur le clavier. En anglais, ils ont l'expression *to cipher*. Mes oreilles bourdonnent rien qu'à me re-jouer le film. N'empêche, je l'ai apprivoisé, l'animal, parce que c'est une créature vivante, tu comprends, chacun possède une voix qui lui est propre et connaît des sautes d'humeur et des maux : ça crache, ça gémit, ça se laisse prier pour donner ensuite un son bien fort, ou au contraire ça te vomit en gros vrac assourdissant le paquet de notes que tu lui as cloué dans le ventre.

Bref, précise-t-elle, c'était le Roosevelt numéro 701 et il a brûlé avec l'église avant son premier concert du nouveau millénaire. Même les tuyaux ont fondu. Alors elle est revenue au pays, la queue entre les jambes.

– Je te jure, perdre un tel bijou sans espoir de le retrouver, c'est pire qu'une peine d'amour. J'en sais quelque chose.

Elle s'est retournée et contemple le Casavant de-vant elle. Une casserole, lui assure-t-elle, comparé à l'autre.

– Alors, pour en revenir à notre histoire, vu que mon visiteur est bien sage et qu'il la gobe sans bâiller, je condescends à lui parler de nous, enfin de ce qui en tient lieu, c'est-à-dire d'insuffler momentanément vie au fantôme de celle que j'étais à l'époque. C'est la seule manière dont je peux te l'expliquer avant de me lancer à nouveau dans l'exercice.

Elle laisse un auriculaire glisser sur les touches d'ivoire jaune du monstre qui dépassent du feutre, tel Ulysse narguant un Polyphème assoupi. Elle tord un peu le cou, jette un regard latéral à Benjamin, comme pour le défier de faire la même chose, découvre un

genou en plaquant sa fesse sur un bout de la console, renifle brièvement, se racle la gorge, hoche la tête et continue, les doigts noués sur une cuisse :

– Je lui confie quelles émotions me saisissent sans prévenir quand, à l'époque, je pose les yeux sur toi. Pas à chaque coup, mais selon un rythme capricieux, comme celui d'un hoquet. Ainsi, un émerveillement qui déferle sur mon esprit devant ce que j'appelle ta beauté si particulière, une sensation qui, du moment qu'elle s'empare de moi, ne me lâche qu'aux portes du sommeil pour me cueillir à nouveau au réveil, mais métamorphosée en désespoir. Je songe que ces moments ne se répéteront plus jamais, puis tu réapparais debout au pied du lit, nu avec un bout de muffin fiché entre les dents, et un autre sentiment m'envahit, plus doux sans se départir de tristesse, comme si tu me manquais déjà alors que tu ne vas nulle part. Sans doute, d'autres ressentent-ils ces mêmes élans incontrôlables en jouant avec leurs enfants ou en tripotant leur chat. Peut-être ont-ils chats et enfants et ne l'éprouvent-ils qu'en astiquant leur voiture ou hypnotisés par leur écran plasma ? Je ne les juge pas. Je ne les juge plus.

Elle lui donne comme autre exemple ce coup qu'elle encaisse au ventre en le voyant nu, encore, et fragile dans sa cuisine, buvant au goulot un jus d'orange, en vrai gars.

– C'est cette sensation d'avoir à portée de la main une certaine manifestation de la perfection qui me renverse : la merveilleuse vulnérabilité de mon prochain et, en même temps, sa puissance inaltérable. C'est un privilège terrible que d'assister au spectacle d'un homme à poil qui vide un carton de Tropicana,

les yeux vissés au plafond, la pomme d'Adam qui sursaute à chaque gorgée, et de pouvoir se dire : le jour où je passerai l'arme à gauche, j'aimerais bien ressentir ce qui me bouleverse en ce moment. La mort n'en sera que plus douce.

Benjamin a pâli. Elle se lève, vient poser une main sur son épaule en traînant les pieds comme une ballerine épuisée et le contemple, le visage empreint d'une sérénité de vieille routière des sentiments.

— Tu te souviens de la scène, maintenant, hein ? C'était la veille de ta disparition, puisqu'il faut appeler les choses par leur nom.

Oui, il la revoit, lèvre pendante, qui pousse un étrange gémissement et fait demi-tour et se réfugie dans une pièce gardée vide pour des visiteurs improbables. Carton encore en main, il la rejoint et la trouve en larmes, assise en tailleur sur le plancher de bois franc. Il la prend dans ses bras et la questionne. Tout ce qu'elle parvient à balbutier tourne autour de la nervosité avant son concert à la basilique.

— Un mensonge, bien entendu : je n'ai jamais connu cette chose que les autres appellent le trac. N'empêche, si j'avais compris que je te voyais pour la dernière fois dans le plus simple appareil, j'aurais annulé la soirée juste pour goûter pleinement au spectacle ! Voilà ce que je lui ai dit, mais je me suis arrêtée là dans mon récit. Pourquoi en rajouter avec mon désarroi après ta disparition ? Je te jure, un orme en aurait pleuré toutes ses feuilles. Enfin, je ne sais pas si mes divagations l'inspirent, mais il me raconte son histoire.

Cette fois, Benjamin se redresse, mais avec peine. Ses genoux et ses cuisses ont souffert de la posture

trop longue couplée à une tension constante qui n'a, en aucun moment durant le panorama biographique de Béatrice, jamais relâché son emprise. Son sang s'est transmué en lave bouillante qui crépite dans ses artères en diffusant des vagues de picotement à la limite du tolérable, comme si on lui avait planté dans la peau des milliers d'aiguilles chauffées à blanc. Peut-être Béatrice prend-elle sa grimace comme une expression de crainte ou d'agacement?

– Oh, il l'a fait en trois coups de cuiller à pot. Il a beaucoup voyagé avec sa mère, qui est morte en avril dernier en lui confiant ses petits secrets, ne me demande pas lesquels. Il veut en apprendre un brin sur ta vie avant de t'adresser la parole, une position qui se défend, il me semble. J'aurais gagné à l'imiter. Il prétend s'appeler Kurt. Je ne crois pas que ce soit son vrai prénom, j'ai l'oreille musicale et il a faussé, si l'on peut dire, en se présentant. Je me répète sans doute : il est ton portrait craché, mais en plus compact, tristesse incluse.

– J'aimerais que quelqu'un m'explique pourquoi tout le monde s'amuse à me trouver triste.

– Parce que tu l'es, ce qui te donne cet air mystérieux qui fait craquer les filles. Pour terminer l'histoire de ma rencontre avec ton fils – tu imagines, d'ailleurs, l'accès de jalousie qui m'a saisie en constatant que tu avais élu quelqu'un d'autre pour, tu sais, perpétuer la marchandise – il me demande de lui proposer un relais biographique, si on peut dire. Un témoin qui peut poursuivre la narration de ta vie passionnante.

– Et?

– C'est ton ancienne prof qui lui a parlé de moi. Pourquoi ? Tu ne te poses pas la question ? Après tout, tu ne m'avais jamais mentionné n'était-ce son nom. Tu ignores qu'elle et moi, nous avons échangé deux, trois mots à l'époque, c'est-à-dire le soir même de ce que je pourrais appeler mon concert fatidique.

Il vient la rejoindre au Ty-Breiz, à côté du parc Lafontaine. Béatrice a besoin d'une crêpe gigantesque pour se donner des forces avant de se colleter avec le dinosaure de Saint-Jean-Baptiste. Le repas est parfait. Benjamin est même affectueux, ce qui ne lui arrive pas souvent, encore moins en public, et il est plein d'attentions pour elle. La petite crise d'hystérie matinale l'a sans doute ramolli et il n'arrête pas de lui caresser les bras comme pour s'assurer qu'elle ne s'évapore pas ou qu'elle ne va pas exploser sans crier gare.

Il lui fiche un baiser au creux du cou et s'excuse avant de s'éloigner pour une minute. Béatrice a le teint tout rose, elle pressent que la soirée sera mémorable et de fait, elle le sera. Elle jette un coup d'œil autour et aperçoit, à l'autre bout du restaurant, cette bonne femme aux cheveux trop noirs pour être vrais qui lui sourit avec ce qui ressemble à de la tendresse. L'étrangère saisit son addition, se lève, s'approche de leur table, se présente, Odile. Elle l'a connu enfant, dit-elle. Elle se rappelle comme il était morose, alors, comme si le garçon avait été condamné dès sa naissance à la mélancolie et au découragement.

– Ça la rend folle de joie de te voir heureux. Elle m'assure que nous formons le couple idéal, que l'amour nous enveloppe et tout le baratin. Dès qu'elle entend la porte des toilettes se refermer, elle m'implore de ne

rien lui dévoiler de notre conversation, puis elle se sauve jusqu'à la caisse. Je ne te dis rien.

Ce que madame Le Doaré lui a révélé lui a vraiment fait fondre ce qu'il lui restait de glacé dans le cœur. Elle flotte jusqu'à l'église, la rue Rachel lui semble plus belle qu'à l'accoutumée, avec le mont Royal qui attend au bout. Elle est tellement étourdie par une sérénité d'amoureuse qu'elle lui propose de monter au jubé pour la voir à l'œuvre.

— Ce que je ne fais jamais et ne ferai plus, soit dit en passant. Je donne le meilleur concert de ma vie, je te le garantis, l'orgue obéit à mes moindres commandes, comme un tigre se soumet finalement à son dresseur et enfile les sauts et les cabrioles avant de traverser des cerceaux enflammés sans rechigner. Une fois le récital terminé, je me retourne, je suis en nage, j'ai les cheveux en broussailles et je me dis, merde, il va me trouver drôlement dégueulasse. Tu n'es plus là, le pion à la porte m'apprend que tu es parti au milieu de la soirée, l'air totalement ravagé. Puis, plus de nouvelles, pas un appel, tu es même disparu du campus. Si je t'en demande la raison, qui sait ce que tu trouveras à me répondre.

— J'ai quitté le pays.

C'est tout ce qu'il offre comme explication et Béatrice laisse fuser un rire étouffé, celui des éternels déçus qui s'étonnent d'avoir espéré une révélation. Elle se fiche debout, se masse une fesse et, peut-on dire, le toise, une lueur de malice dans ses yeux de chat. Elle devine la question qui brûle les lèvres de l'homme qui lui a broyé le cœur. Elle plonge, sans doute, au fond de son être, en explore les recoins à la recherche

d'un semblant de méchanceté, mais en émerge bredouille.

– Je lui ai donné le nom qu'il cherchait. La prochaine étape : Gérard Ringuet.

– Mon oncle ? Pourquoi ?

Elle hausse les épaules, fait papillonner ses cils : il en connaît la raison. Il l'a simplement oubliée.

Dans sa main frétille, sous l'action d'un vent nerveux, le bout de carton chiffonné sur lequel court l'écriture enfantine de Dahlia, aux volutes et aux jambages exagérés. Des traits de personnalité trop appuyés pour être authentiques, juge-t-il, sourire en coin.

La nuit porte son parfum de feuilles mortes; la lune, escortée de rares nuages d'une rondeur presque irréelle, talque le granit des triplex; des citrouilles grimaçantes, abandonnées sur les seuils, semblent attendre l'apparition d'un corps de paille sur lequel se greffer; des dizaines de fenêtres réverbèrent l'ennui mauve des téléviseurs; un lampadaire clignote, puis s'éteint pour de bon, perçant un trou noir dans une rue blafarde.

Des ballons à demi dégonflés, accrochés à un arbre nu, luttent tristement contre la pesanteur, des petites coupes en plastique traînent, vides, sur la balustrade du balcon de bois peint d'un vert jadis tendre, au-dessus d'une chaudière de fer-blanc remplie de sable et de mégots. Du rez-de-chaussée lui parvient une pulsation aussi grave que lente et la voix de Sade traverse les pierres pour se perdre dans l'air glacé d'un octobre mourant.

Deux filles à peine majeures passent la porte, en chemisettes trop courtes qui laissent percer leurs ventres sans plis. Leurs rires cristallins déchirent l'espace et vont se briser, semble-t-il, sur les façades froides par vagues rapides et nerveuses, comme si les deux sirènes à nombril rose et tendu tiraient des roquettes acoustiques bourrées d'éclats aigus et un brin nasillards. L'une d'elles extirpe un joint miraculeusement intact de sa pochette de jean, le porte à ses lèvres et se penche sur le briquet jetable allumé par sa complice. Une flamme minuscule s'élève aussitôt et la scène évoque une adoration peinte par Georges de La Tour.

Elles sont attirantes et, constate Benjamin, profondément soulagé, elles ne figurent pas parmi ses étudiantes. Il grimpe les trois marches d'un pas leste. Des volutes d'arôme à la fois rêche et floral l'accueillent et, déjà, l'étourdissent, peut-être par simple suggestion.

– Salut, fait la plus mignonne.

Elle lui offre un sourire parfait de starlette américaine, pour lequel ses parents se sont sans doute saignés jusqu'à la dernière goutte, un clavier aux notes immaculées qui laisse fuser une vapeur grise et paresseuse sinuant sur la pommette rose puis, hop, qui disparaît au-dessus de sa tête comme un ectoplasme aspiré par le néant.

Elle tend le pétard ridé à l'autre, une blonde au visage trop long fendu d'une bouche de poupée à peine assez grande pour accommoder la rouleuse.

Pendant que sa copine s'active à faire grésiller l'herbe, elle s'approche de lui, le détaille de la tête aux pieds et s'arrête au nez fantastiquement droit du nouvel arrivé. À première vue, la jeune femme ne

semble pas incommodée outre mesure par la fraîcheur crue de l'air, mais ses mamelons jurent le contraire, pointant nets et rigides sous la cotonnette indienne. Malgré les pupilles dilatées, il remarque le gris métallique des yeux, d'où s'élancent en faisceaux identiques de minces rayons noirs.

Il se contente de pencher sèchement la tête vers la porte en battant lentement des paupières, puis marmotte un bonsoir pratiquement inaudible avant de saisir la poignée de fonte où, dirait-on, l'hiver au grand complet s'est ramassé. Elle pose une main douce et tiède sur la sienne, et :

– Tu veux une *toke*?

Sa voisine tente d'afficher un sourire et ne parvient qu'à atteindre le trait relevé à chaque extrémité d'une virgule pas plus grande qu'une agrafe de bureau. Elle n'est pas vraiment vilaine, songe-t-il, mais ses yeux, même rivés sur vous, semblent fuyants, comme ballottés par le liquide glaireux qui tangue au fond.

Il refuse poliment, explique que, non, il ne *toke* pas.

– Oh, moi non plus, réplique-t-elle, déclenchant chez sa copine une toux que Benjamin juge approbatrice.

La blonde évoque quelque chose à son esprit, avec ses lèvres fendues au scalpel, ses joues creuses, mais lisses, ses mâchoires solides dont la carrure est soulignée par un port presque hautain de cracheuse de fumée reprenant le contrôle de ses bronches. Elle lui rappelle quelqu'un, mais vaguement, une créature sans existence propre, songe-t-il. Un mort, peut-être, comme il en a croisé souvent au cours de ses pérégrinations.

– L'odeur du tabac me donne mal au cœur, même, ajoute la propriétaire des mamelons candis. Mais ça, fait-elle en reprenant possession du joint, je trouve que ça sent super, meilleur que tous ces parfums trop chers pour rien. Et puis, ça ne te met pas les poumons en morceaux, pour la bonne raison que t'as pas besoin d'en fumer trente par jour, et si c'est le cas, t'es un loser de toute manière, pas vrai?

Benjamin doit admettre qu'elle a raison. Il s'empare du pétard, le pince entre ses jolis doigts et aspire lentement, goûtant, en effet, les exhalations légèrement boisées de l'herbe encore tendre, avec des pointes de mousse moite.

– À ta place, j'irais doucement si t'as pas inhalé depuis un bout. Parce que c'est de la cocotte de Québec Gold.

Les deux filles tendent le cou pour le contempler et leur teint se nacre sous la caresse de la lune. De son côté, il admire les gorges trop blanches, comme de l'albâtre pur, il lui semble même distinguer le rose vif des aréoles frottant sous le tissu trop fin pour la saison. Il songe à frôler l'ombilic aux plis rigides, qu'un anneau mord en permanence, avant de glisser une main sous le bustier. Il est convaincu qu'elle le laisserait faire, ramollie par l'herbe et Dieu sait quoi. La blonde toussote. Elle a pris un air blasé, habituée qu'elle est sans doute à jouer, dans la grande messe des séductions, le rôle d'acolyte, et aussitôt, Benjamin la replace dans son répertoire des statues monumentales et autres monolithes de tuf. Il lui tend le joint.

– Boustrophédon, lâche-t-il.

Ses deux interlocutrices échangent un regard mi-amusé mi-inquiet.

– *Yeah, whatever,* lance la plus jolie.

– C'est le mode d'écriture du rongo-rongo de l'île de Pâques, poursuit-il, les yeux rivés sur le moaï de chair à poil blond boudant devant lui. Pour le lire, il faut changer de sens à chaque ligne, car le texte a été gravé comme un bœuf creuse les sillons dans un champ. De droite à gauche, puis de gauche à droite, et les symboles inversés.

– Et qu'est-ce que ça raconte ?

Benjamin se laisse emporter par le sujet, parce que, justement, nul ne peut traduire avec certitude quelles histoires ces signes cherchent à transmettre, personne n'est parvenu à deviner quel discours, quelle pensée, quel désespoir ils fixent pour une éternité relative.

– Alors comment savez-vous que c'est écrit en bouts de Phédon ? demandent en chœur les mamelons.

– Concrètement, il s'agit de glyphes, voire de pictogrammes, peut-être liés à ceux de l'époque Zhou, en Asie : une vulve, un phallus, une fourmi, par exemple.

– Ça me démange rien que d'y penser, lance la sculpture pascale ramenée à la vie.

– Ces caractères, une fois repérés sur la tablette à l'endroit, on les retrouve plus loin, parfois à l'envers, comme tous les autres signes sur la même ligne. Bref, ce sont sans doute des chants sacrés, des incantations.

Il se tait.

Quatre yeux aux sclérotiques rosies semblent vissés sur un point situé derrière sa nuque, comme si Benjamin s'était subitement dématérialisé et que les

deux jeunes femmes venaient de localiser le site précis où se cachent depuis des millénaires l'ennui et ses complices, c'est-à-dire le verbiage et les fixettes.

La plus jolie a adopté une moue de nymphette nabokovienne, comme pour étrangler le désir qui la saisit depuis l'apparition de l'escogriffe à la barbe et aux longues mains soignées. Sa siamoise songe sûrement à quelqu'un d'autre, à un étudiant de son âge, sans doute, ou à un livreur de pizza qui la tourmente. D'ailleurs :

– Pourquoi les gars peuvent pas s'empêcher d'ouvrir grand la gueule devant une fille ? demande-t-elle, l'œil toujours perdu au-delà de la réalité d'octobre. C'est vrai, quoi, c'est comme si le silence leur faisait peur. Quoi, ça leur rapetisse le machin-truc de juste entendre la vie qui passe ?

Benjamin parvient à hausser les épaules, puis :

– C'est notre façon d'être seuls malgré tout, j'imagine.

Il saisit la poignée, pousse la porte et pose un pied sur le paillasson jonché de baskets et de mocassins.

– Dans ce cas-là, fait l'une des deux filles, tu trouveras plein de monde pour faire ton solo, pas de problème.

Il referme derrière lui, se déchausse et s'enfonce dans le couloir où discute une faune bigarrée et raisonnablement joyeuse qui le laisse passer avec un détachement feint, mais, est-ce l'effet du cannabis ? Benjamin encaisse comme autant de vives piqûres les coups d'œil qui mitraillent son corps entier.

Dahlia et le Viking occupent un rez-de-chaussée typique du Montréal d'après-guerre, un six pièces aux

boiseries rendues à leur état naturel avant d'être vernies, un logement doté d'un solide plancher d'érable, ici teint pour lui donner une texture exotique, entre ébène et wengé.

Semés de-ci de-là d'un étroit corridor mal éclairé, un salon spacieux percé de trois paires de fenêtres à croisillons derrière lesquelles s'étirent, trop blancs sous les rayons crus de la lune, les nuages de cannabis émis par le duo de ricaneuses, une *chambre des maîtres* trois fois plus vaste que les deux autres, faites pour des enfants qui ne viendront plus. Finalement, le passage débouche sur une cuisine format familial capable d'accueillir tous les appareils ménagers imaginables, ainsi qu'une grande table de mélamine Arborite garnie d'une dizaine de chaises dépareillées. Ces dernières sont occupées par les membres d'une tribu recueillie, semble-t-il, autour de burettes de bière et de calices de vin rouge.

Benjamin remarque à quel point la mode est aux cheveux longs et négligés, aux barbes jeunes et hirsutes, aux ongles en deuil. Il a l'impression d'évoluer dans un film d'archives et ne se surprendrait nullement de tomber sur Gilles Deleuze assis devant une meute de disciples qui boivent ses paroles en feignant de copiner avec lui, d'égaux à égal.

Fidèle à la tradition québécoise, le gros de la fête se déroule entre la cuisinière et la porte arrière, ouvrant sur une cour de format honnête qu'un lampadaire, par sa lueur jaunâtre, parvient à tirer des ténèbres comme un torchon d'un marécage. L'aluminium d'un toboggan déglingué trace dans la pénombre un trait bleu et oblique qu'un esprit mélancolique prendrait pour le

fossile d'un rire d'enfant. Des mottes de terre, figées par la froidure neuve, dressent de rares épines herbues et brunies par la mort, comme pour se défendre du couple enlacé qui titube comme des danseurs massacrant un tango, électrisés par leur baiser sauvage d'où s'échappent des volutes de vapeur déchirées d'un coup sec par la bise.

La cuisine, avec ses tons de crème et d'orange doux, diffuse une impression de chaleur familiale qu'attise la conversation bruyante des invités. Un garçon d'une vingtaine d'années, à cheval sur sa chaise, un coude calé sur le dossier, caresse de l'autre main la cuisse d'une femme résolument plus âgée qui, en retour, masse sa chevelure par longs mouvements à la fois énergiques et lascifs. Elle opte pour un air absent et donne l'impression que son attention est concentrée sur cette paume de mâle qui parcourt le territoire intime délimité par son genou et la pochette de son blue-jean moulant. Elle porte un tee-shirt ample passé sur une camisole de travailleur de chantier, qui laisse deviner un corps vigoureux, sûrement entretenu par des visites régulières à la piscine ou au gym. Elle accuse fièrement son âge, la quarantaine sérieusement entamée, et son visage ne trahit aucune trace de maquillage, hormis une poudre qui matit sa peau sans en effacer les sillons creusés par les années.

Elle fait face aux armoires de couleur citrouille et ses yeux, d'un marron dilué, en acquièrent une patine d'aspect métallique, un alliage révolutionnaire aux vertus alchimiques. Quiconque l'observe est en droit de se demander si elle parvient à deviner quelles assiettes, quels verres se cachent derrière les portes de

bois. Son compagnon se tord le cou par intermittence pour lui jeter de brefs regards de louveteau, n'attendant qu'un signe de sa part pour quitter sa chaise et se laisser emporter vers une pièce dérobée, voire le balcon et sa cour mal éclairée.

Les autres mâles font des efforts surhumains pour garder leur sérieux devant les propos d'une jolie fille, à la tête rasée et aux oreilles alourdies par des créoles aussi grandes que des auréoles. Elle semble visser son index dans chaque argument qu'elle apporte. Ils tètent leurs bières au goulot, qu'ils saisissent entre le majeur et le pouce selon une possible chorégraphie de machos ramollis par l'ennui. Parmi eux, le Viking irradie de blondeur, sa barbichette et ses sourcils flamboyant sous la suspension coiffant la table d'un cône de lumière jaune.

Benjamin embrasse la scène grâce à un lent panoramique irréellement régulier au point où il se demande si ce n'est pas l'appartement qui défile autour de lui à la manière d'un carrousel de foire mû par un moteur fatigué, mais huilé de fraîche date et silencieux. Le décor semble avoir été avivé par un artiste méconnu, un coloriste-photographe de l'époque de la bichromie, dirait-il, et les objets, les acteurs ont acquis une épaisseur inusitée. Une rotondité, songe-t-il. Par exemple, la table pourrait en cacher une autre derrière son renflement, tel jeune homme considérerait sa bouteille en s'étonnant qu'une seule de ses mains puisse assujettir un contenant à ce point distendu. Même les paroles acquièrent une rondeur, une plénitude sonores qui résonnent dans son cerveau, lui-même reposant dans une ouate réconfortante.

Clouée au mur, une horloge-chat – ou un chat-horloge – bonne à donner des cauchemars aux enfants, marque les secondes d'un battement latéral d'yeux parfaitement sphériques et totalement indifférents aux épreuves que la vie nous réserve sur terre, un mouvement qu'équilibre parfaitement le va-et-vient de sa longue queue noire en céramique. Des rideaux de méchant coton ajouré molletonnent une des fenêtres comme des coussins de sucre candi et donnent au décor une texture digne des maisons en pain d'épice. Des reproductions d'œuvres de Bacon et de Freud, présences incongrues dans un cadre prandial, veulent s'animer, puis abandonnent la partie, le rouquin hébété à jamais avec un rat contre sa cuisse, Innocent figé dans son cri pour l'éternité. Le vieux frigo *avocado* bourdonne dans sa niche et donne l'impression de frissonner de l'intérieur. L'évier en inox déborde d'assiettes et de verres, avaloire nickelée d'ogre assoupi au beau milieu de son festin.

La jeune femme aux créoles qui se balancent furieusement sous ses oreilles d'un blanc de meringue vocifère les fruits de son raisonnement, tête baissée, comme si elle s'adressait aux cuillers, aux soucoupes et aux tasses et qu'elle leur indiquait des preuves irréfutables, là, tapies quelque part entre le matou chronophage et le pape livide. Les autres l'observent avec un certain amusement, nourri par une affection palpable d'amis de longue date, pourvu que la chose soit possible pour eux.

Elle déroule l'interminable câble noueux de son argumentation avec une cadence de bulldozer rugissant, et Benjamin parvient avec peine à s'y agripper tant

ses sens s'engluent dans les ondes visuelles et sonores qui montent à l'assaut de sa conscience poreuse. Il isole ici un nom, reconnaît là un lieu, qu'unissent, lui semble-t-il, le bien et le mal. Il remercie les dieux que Shirley ne soit pas présent, car l'Adonis blond, comme il aimait se faire appeler, aurait pu en rajouter des couches et des couches sur le sujet.

Hanna Arendt. Eichmann. Le mal, donc, et son indécrottable banalité. La jeune femme, qu'Éric a interpellée par un Désirée traînant et adouci par une espèce de commisération qui implore son prochain à se couvrir quand un blizzard hurle au loin, redouble de fureur.

— Les maîtres de ce monde sont d'une médiocrité qui ne se relâchera qu'une fois leur dos au mur et des canons de mitraillettes sous le nez. Et encore. Ils n'ont rien à envier à ces criminels de guerre ou de lutte contre le terrorisme, tu comprends, puisque ce sont eux qui les poussent à commettre l'indéfendable au nom de la bonne cause. Et nous, nous répliquons à leurs moindres gestes, mais à une échelle, comment dire, plus mesquine. Ouais, voilà.

— Et ta solution?

Éric a choisi une voix chaude que les bourrasques, qui bardassent les vitres, donnent l'impression de vouloir attiser. Le ton, entre grave et baryton, s'insinue entre les convives et brosse leurs épaules qui se détendent malgré la tension, bientôt accompagnées dans ce relâchement par la lente rotation des chevelures et le craquement des vertèbres. Il pose ses yeux, aussi purs et bleus qu'une neige fraîche qui s'allonge à l'infini sous un ciel dévoilé, à hauteur du plexus de

son interlocutrice, ramasse ses lèvres sur une framboise, penche la tête et fait doucement glisser son beau nez dans le vide, semblable à un phoque titillant un ballon gonflé à l'hélium. Ainsi s'y prend-il pour désarmer l'adversaire et, sans dire un autre mot, pour inviter Désirée à abandonner sa posture de karatéka aux aguets.

Elle se décrispe, noue ses doigts compacts et laisse choir le réseau de chair sur la table, évoquant la percussion d'un météorite contre un plateau de grès avec, en écho lointain, l'entrechoquement des feuilles de métal et de céramique d'arbres enchanteurs.

Une mélancolie hivernale se déploie dans la pièce, sa dentelle de buée léchant les fenêtres, traînant avec elle un silence recueilli que soutient, comme des piliers invisibles, la respiration des convives. Désirée toussote pour chasser un filet graillonnant, renifle deux fois, relève un coin de sa bouche pour graver une fossette adorable dans sa joue satinée et, sur un ton de défaite :

– Je ne sais pas trop. Des jours, je me demande si la philanthropie, ce que les Anciens appelaient l'oblativité, suffit à régler les maux de notre monde, tu vois. Alors, à ce moment, me viennent ces idées de vengeance qui me révoltent moi-même.

Elle penche la tête vers l'arrière, fait glisser son menton vers la gauche en déjetant la mâchoire, comme si elle tentait de déloger un pépin pris entre ses molaires inférieures, les yeux fixés sur une petite tache grise au beau milieu du plafond et cherchant, peut-être, à lui donner un sens jusqu'alors insoupçonné. Les autres patientent, les bouteilles en suspension au-dessus de la table, et une tiédeur à la fois triste et rassérénante

irradie de la scène, tel un tableau de Rembrandt que Benjamin a déjà admiré il ne sait plus où.

À moins que cette impression de douce chaleur ne lui vienne d'une présence apparue à ses côtés et qu'il n'a que ressentie, son attention étant tournée entièrement vers le groupe. Il capte le déferlement tranquille de teintes intenses contre son flanc. Rouge, violet, jaune poussin. Il est impossible d'éprouver des couleurs sans les voir, songe-t-il, mais ne s'agit-il pas d'ondes frappant, à des degrés variables, la longue membrane que constitue son épiderme ?

Dalhia s'est glissée à sa droite. Elle a posé quelques doigts, très frais, sur son coude et contemple le même tableau que lui, une Cène aux tons vifs avec, en guise d'archange veillant sur les commensaux, un matou mécanique aux yeux exorbités. Benjamin affiche une impassibilité marmoréenne, comme si ces milliards de microscopiques points de contact glacés contre sa peau l'avaient statufié.

Lui revient immédiatement en mémoire ce court moment où, devant la fenêtre, il observait ce petit nimbus agonisant sur la ville avec Dahlia postée à ses côtés. Sauf que, maintenant, il a l'impression de se trouver à l'intérieur même de la maison des pluies et qu'un étrange sentiment de culpabilité éclot en lui : il s'en veut d'avoir considéré la modeste nuée comme un simple déversoir céleste et, surtout, de n'avoir retenu de l'allégorie de langue !Xoon que sa qualité poétique. Peut-être ces nimbus sont-ils, en effet, habités par des divinités, des entités minuscules et bienfaitrices qu'ils prodiguent par de lentes semaisons à la

terre des mortels ? Et si les paroles que la jeune femme aux créoles rutilantes émet devant ses pairs étaient des gouttes porteuses de raison, voire d'amour possibles ?

– C'est sûrement mon éducation religieuse qui court-circuite ma réflexion, reprend-elle. Va savoir. L'altruisme, c'est le grand thème du catholicisme. Je me trompe ? Mais que faire, alors, du bien et, surtout, du mal dans le message christique ? Je veux dire, est-ce que le fait d'aimer gratuitement son semblable peut vraiment venir à bout de la cruauté d'autrui, ou n'est-ce pas plutôt une formidable arnaque ? Qu'en penses-tu, toi qui surfes du côté des vainqueurs possibles ? Car tu as toutes les cartes dans ton jeu et tu le sais. Le bien et le mal, tu en fais quoi, au juste ?

Le Viking prend une longue goulée de sa bière, s'appliquant, croirait-on, à en exhiber nettement l'étiquette : une Païenne, blonde bien sûr. Il hausse les épaules en avalant sa rasade, sa grosse pomme d'Adam palpitant derrière une peau livide. Il laisse planer ses yeux arctiques au-dessus des têtes alignées devant lui pour finalement les planter sur Benjamin qui comprend que le jeune homme a capté sa présence depuis un bon bout de temps. Il lui sourit de toutes ses magnifiques dents et Benjamin, soudain intimidé, se gratte le menton, comme pris en défaut.

– Ça ne m'étonnerait pas une miette, fait Dahlia, que notre ami le professeur soit capable de nous éclairer sur le sujet.

Le professeur veut protester : que sait-il à propos du bien et du mal, le tic et le tac de notre grande horloge à mille yeux glissant sur les siècles ? Il revoit le

visage de Béatrice, enveloppe défraîchie cachant un cœur à jamais endolori, et cherche, dans la nuit noire de ses souvenirs d'homme involontairement insensible, les traits d'autres êtres qu'il aurait blessés, telle la mère de ce rejeton mystérieux.

Quelle ironie, songe-t-il, qu'une jeune femme assise là devant lui réveille le spectre du Galiléen, *poster boy* du Bien, alors que lui-même est aux prises avec le fantôme d'un fils hantant ses pensées comme des prières qu'il voudrait oublier !

Un murmure aussi grave qu'un ronflement de moteur court autour de la table, puis circule dans la pièce. La quarantenaire ne masse même plus la toison de son amant, mais contemple le long inconnu avec une curiosité d'Amazone évaluant le courage de Thésée.

Éric insiste, une petite moue presque cruelle tordant sa belle bouche :

– Allez, professeur, c'est mon anniversaire. Faites-le pour moi.

Le jeune homme exsude une sexualité potentiellement dévastatrice, qui semble sourdre du col et des manches de son tee-shirt en ruisselant le long des muscles. L'alcool a rougi ses pommettes et avivé ses lèvres. Ses longs cils d'or captent la lumière, l'emprisonnent et l'exhibent figée en paillettes éternelles au milieu desquelles patientent des lapis de la plus belle eau où scintillent des étoiles jaunes minuscules, mais si nettes que Benjamin pourrait les compter.

Il prend une profonde inspiration, replace une mèche égarée sur son front et plonge au creux de sa pauvre cervelle à la recherche d'un prétexte pour se

défiler, mais toutes les excuses se défont et se dissolvent dans le néant : il veut parler, il doit partager le produit de sa courte réflexion.

– Eh bien, commence-t-il d'une voix ténue, je ne suis pas théologien…

– Personne ne l'est ici, dit Désirée. J'étudie en histoire, et une bonne moitié d'entre nous est en administration. Vous êtes en terrain ami, vous n'avez pas à vous inquiéter.

Elle peut donc sourire, songe Benjamin.

– Eh bien, répète-t-il, si vous me permettez, mademoiselle : supposons que le Christ s'exprimait en araméen, *lingua franca* avant et après son arrivée parmi nous et sa malencontreuse crucifixion. Si c'est le cas, alors notre grand sacrifié ne pouvait entretenir ses contemporains ni du bien ni du mal, car ces concepts n'existent tout simplement pas dans cette langue. Non, en vérité, en vérité je vous le dis – rivière de petits rires approbateurs dans la pièce –, Jésus aurait sans doute parlé de «mûr» et d'«immature», mais du tandem *Good and Evil* cher à nos fantastiques voisins, jamais.

«Vous voyez, je crois qu'un idiome sert à désigner des choses utiles et nécessaires à notre vie, et les Araméens n'avaient rien à faire avec ces idées qui ne se rapportaient pas à l'agriculture, le commerce, l'éducation et la politique. Sans oublier les raisonnements d'ordre spirituel. Le bien et le mal, Désirée, auraient été, pour eux, une lâcheté intellectuelle, dont se rendent coupables les puissances lourdaudes de notre époque. Déclarer qu'une guerre sert à promouvoir la victoire du bien sur le mal vous exempte d'en expliquer les véritables raisons et tout le monde est à peu

près content. Jésus aurait pu dire qu'il faut dévaster l'Irak et l'Afghanistan pour les mêmes raisons que l'on jette des figues cueillies trop tôt, ou qu'on les cuit sous un soleil brûlant pour les mûrir précocement. »

Ça y est, songe-t-il malgré lui, la balle est partie et transperce l'espace où elle ne rencontre aucune résistance. En théorie, Benjamin pourrait poursuivre sa course à l'infini, il ne peut plus s'arrêter et espère que quelqu'un aura la bonté de le faire à sa place, mais hélas :

— Remarquez, peut-être n'auraient-ils pas inventé l'ordinateur, dont le langage s'appuie sur une opposition aussi basique, aussi primaire que le bien et le mal, c'est-à-dire le 0 et le 1, le oui et le non, le vide et le plein. Alors que la maturité d'un fruit, par exemple, peut être, somme toute, relative. Certains, comme moi, aiment leurs pommes vertes et les jugent donc prêtes à être croquées tôt dans la saison. Un programme informatique ne pourrait naître dans de telles conditions, système binaire oblige. Aussi, quand vous taperez votre thèse, disons, sur la guerre d'Indépendance états-unienne, votre texte sera immédiatement filtré par une instance morale, extrêmement appauvrie, soit, mais réelle, que vous le vouliez ou non.

« Peut-être Jésus s'exprimait-il parfois en hébreu, comme le supposent certains chercheurs. Dans ce cas, votre problème reste entier, car un hébraïsant chevronné vous apprendrait que cette bonne vieille langue, qui connaît un regain de vie de nos jours et figure parmi les rares ressuscitées de la tour de Babel, se limite aux idées du fonctionnel versus le dysfonctionnel, du savoir contre l'ignorance. De toute manière, j'opte pour

la première hypothèse : il s'adressait à ses disciples en araméen, donc exit le bien et le mal. Il aurait donc jugé comme matures les hommes simples d'esprit.

«Toutefois, les chrétiens prient en grec, mais je vous fais grâce des détails historico-linguistiques qui ont fait glisser le *daïmôn* depuis les sphères de la bonté relative jusqu'aux abîmes des entités malfaisantes. Bref...»

Le temps s'est arrêté et la pièce semble figée dans un ambre pur et miellé que les branches blafardes qui oscillent dans la nuit mettent en évidence. Quelqu'un lui révélerait qu'il s'est adressé à une photographie à giga résolution qu'il ne s'en surprendrait pas. De surcroît, les teintes chaudes renvoyées par les armoires et répétées par les chemises de flanelle à rayures contrastées, les tricots roses, rouges et ocre donnent à la scène une texture propre aux œuvres flamandes que Benjamin a pu admirer à Londres, à Bruxelles ou à Budapest, voire à Saint-Pétersbourg, tel ce «roi de la fève» peint par Jordaens qui, pour une raison qui lui échappe, ne quitte jamais son esprit, accroché dans un coin de cervelle et irradiant la bonne humeur. Seul le chat mécanique résiste à la pétrification du monde, ses gros globes glissant de droite à gauche sans à-coups, comme s'ils suivaient un match de ping-pong disputé au ralenti.

Benjamin éprouve à nouveau ce sentiment incoercible qui, en de rares occasions, s'empare de lui et le terrorise lorsqu'il contemple ses prochains : un amour fraternel sans limites enveloppe sa conscience et l'avale pour l'entraîner trop loin, comme un puits qui l'aspire jusqu'au cœur bouillant de la terre. Il réprime

la tentation de leur tendre ses longues mains, paumes levées vers le plafond que lèche le halo jaune diffusé par la lampe, de les offrir à la tablée comme un charismatique exhibant ses stigmates. Il considère cet état d'abandon possible comme une faiblesse, comme l'indice d'une friabilité que nul n'a encore soupçonnée.

Il veut que ses paroles inondent d'or et de baume ces hommes et ces femmes momentanément tétanisés par un caprice de son esprit, que leurs incertitudes s'évanouissent au contact de cette affection déferlante, qu'elles se retirent comme des impuretés avalées par un formidable jusant.

Benjamin a la fumette christique.

Le jeune mâle assis en cowboy sur sa chaise remue la tête en faisant craquer son cou, comme pour inviter sa compagne à reprendre le lent pétrissage de son cuir chevelu et, sans ouvrir les yeux :

— Autrement dit, le langage n'invente rien en tant que tel. Par exemple, les centaines de mots que les Innus ont mis au point pour décrire la neige ne sont que des outils ?

— Premièrement, je crois que, dans le domaine de la création, le vocabulaire en soi est une fin et, avec l'aide de l'imagination, un moyen. Remarquez, il s'agit d'une simple opinion. Deuxièmement, eh bien...

L'autre le toise, maintenant, avec l'arrogance propre aux jeunes étalons en rut perpétuel, sous le regard vaguement amusé de sa maîtresse. Benjamin se demande s'il doit abandonner la partie sur un verdict nul et laisser passer la formidable balle que son adversaire lui a expédiée. Dans cette circonstance, est-ce un silence pacificateur ou la vérité que commande l'amour fraternel ?

– À Philadelphie, un collègue qui avait du temps devant lui, sans doute, s'est mis en tête de dresser la liste des termes inuits, en fait des mots-phrases, servant à décrire une forme ou une autre de neige. Il n'en a dénombré que cinquante-deux.

– C'est déjà pas mal, fait le garçon.

Benjamin adopte un sourire mélancolique, touché par la naïveté, ou plutôt la témérité inconsciente de son vis-à-vis.

– En appliquant le même cadre de recherche à la langue de Shakespeare, il en a compté plus de cent trente. L'explication réside dans l'éventail plus étendu des variations climatiques sur l'ensemble de l'empire britannique, bien entendu, mais également dans l'évolution technologique dont il a été témoin. Ainsi, le frimas sur un moteur, les stalactites pendant d'un réacteur d'avion ont chacun un lexème, sinon son dérivé qui lui est propre en anglais. Les gens de l'Arctique n'en possèdent pas ou ont adopté ceux de l'homme blanc. L'étendue phénoménale de leur réservoir terminologique nivéal tient de la légende polaire.

La femme de Loth plante un baiser fugace sur la toison de son compagnon avant de lui murmurer une douceur à l'oreille. Le garçon sourit, et un fin rideau de bienveillance semble ruisseler sur ses joues. Les lèvres tassées en coin, il écarte de grandes mains et les laisse retomber bruyamment sur ses genoux. Et la cuisine, la salle à manger, les arbres retrouvent la vigueur qui les avait délaissés, accompagnés par une chanson langoureuse de Niagara repêchée des années 1990.

Dahlia resserre sa prise sur son coude et l'attire vers la table où, devant une bouteille de Jägermeister,

rayonne le Viking, flanqué d'une fille aux mèches multicolores et d'un garçon que les larges épaules d'un fêtard avaient dérobé à sa vue. Il est presque maigre et doté de doigts de poupée, longs, mais potelés, qu'il fait courir sur ses lèvres en les tapotant, comme s'il ruminait des idées profondes et, d'après ses yeux tournés vers une contrée lointaine, du côté sombre des choses.

Son nez mince et droit comme le fer d'une hache fend un visage aux traits délicats et nets où triomphe le contraste harmonieux du noir de ses cheveux et de ses poils contre son teint uniformément mat. Il a opté pour le sempiternel blue-jean qui, cintré et adhérant aux moindres courbes, révèle une taille fine posée sur des hanches solides et des cuisses galbées. Il flotte dans sa chemise à carreaux au vert vif croisé de lignes rouille, et la jeune fille assise près de lui le couve du regard ardent de l'amoureuse clandestine.

Benjamin lui trouve un air vaguement oriental et, immédiatement, sa poitrine se comprime par secousses, comme si elle cherchait le cœur qui y bat pourtant à tout rompre.

– Professeur ! s'exclame le jubilaire. Vous êtes mon cadeau préféré de la soirée.

Dahlia émet un léger sifflement sur deux tons, un *contre-ut* et un *ré,* comme un pépiement d'oiseau printanier. Éric adopte une moue faussement désolée, enfant gâté pris en défaut par une fée.

– Je veux dire : vous figurez parmi mes favoris, avec mon iPad et mes chaussettes de skieur.

Benjamin parvient à esquisser un sourire. Il lui serre la pince, bafouille de brefs souhaits et reste planté

devant le trio attablé. La jeune fille a choisi l'air boudeur de la vamp blasée, ses coulées de lave citron, mauve, indigo et cuivre égayant son visage aux angles rehaussés par d'habiles traits de crayon. Elle a posé le menton sur le revers de sa main et adopte un air buté, comme une star du rock attendant qu'un paparazzi soit expulsé par un tandem de gorilles.

Le garçon tourne vers lui des yeux émeraude et la lumière jaune danse dans ses prunelles sans parvenir à baver jusqu'aux iris pour les pâlir. Benjamin se rend à l'évidence : il est magnifique, l'illustration vivante d'un métissage réussi. Sa peau tapisse ses pommettes, son front, ses joues comme un cuir fin et basané, un chamois de la meilleure qualité. Ses longues paupières supportent des cils épais et drus, et à chaque battement, des éclairs crépitent comme les étincelles d'un brasier violent. Il considère Benjamin comme un tableau auquel il tenterait de donner un titre, c'est-à-dire avec un intérêt froid.

– Ne vous laissez pas impressionner par Jason, fait Dahlia avant de s'adresser au garçon. Tu te fies trop à ta beauté. Un jour, elle va t'abandonner sans te prévenir et tu feras quoi de ta personne, mon joli, hein ?

Jason quitte sa chaise sans détourner les yeux, qu'il garde vissés sur ceux de Benjamin, comme si, minuscules sémaphores brillant dans une nuit orange et *avocado,* ils tentaient de lui télégraphier un message secret. Son admiratrice l'imite et, une main posée sur l'épaule frêle de son dieu, elle disparaît avec lui au-delà de l'horizon gris du couloir et des chambres.

– Un bonhomme intrigant, pas vrai ? Il vous ressemble un peu, d'ailleurs, lance le Viking.

Il a croisé les doigts derrière sa nuque et ses biceps n'en paraissent que deux fois plus imposants, parcourus de veines bleues et, semble-t-il, gorgées de sang à en éclater. Benjamin doit se rendre à l'évidence : la jeunesse d'aujourd'hui est d'une beauté sidérante. Il se demande s'il doit en remercier les clips musicaux et les millions de sites Internet qui propagent ces représentations esthétiques trafiquées, avec leurs peaux impeccables et éternellement hâlées, leurs sourcils taillés et sculptés, leurs lèvres de velours, leurs dents parfaites et, bien entendu, leurs cuisses de triathloniens comme celles sur lesquelles, d'ailleurs, Dahlia, dangereuse Amazone aux seins intacts, pose sa magnifique croupe.

Sur la table gisent deux chiffres, des 2 en paraffine verte, et Benjamin se revoit à vingt-deux ans, à Tokyo, après un séjour catastrophique en Papouasie-Nouvelle-Guinée, sur les rives de l'abominable lac Paniai, en fait une centrifugeuse de culture microbienne, un nid de moustiques enragés, là où les autochtones considèrent les visiteurs, qu'ils soient touristes ou chercheurs, comme une simple variante des parasites qui grouillent dans la nappe d'eau traîtresse. Il avait laissé derrière lui l'équipe menée par le professeur Guertin, qui, une fois le pied posé en Indonésie, s'était révélé être une vieille créature odieuse, un tyran nasillard porté sur l'alcool et les adolescentes du cru prêtes à tout pour s'offrir la paire de baskets vendue à prix d'or à Enarotali, le chef-lieu aux sentiers en terre battue, ou au marché de Waghete, trente kilomètres plus loin, un trou perdu qu'ils avaient baptisé le rectum papou.

Il s'était retrouvé à Tokyo par miracle, rescapé par une routarde néerlandaise qui l'avait pris sous son aile

et dans son sac de couchage, horrifiée par ce clan de chercheurs patrouillant dans la montagne qui passaient leur temps, dans le meilleur des cas, à interroger des enfants butés que la mission catholique avait, de toute manière, détournés à jamais de leur culture d'origine. Kim, mi-Turque mi-Néerlandaise, maniait le français avec grâce, le persillant d'intonations originales, mais délicates.

Sous les regards amusés de Dahlia et d'Éric, Benjamin semble égaré dans le royaume du grand Cannabis 1er. À dire vrai, il se demande si Kim avait une réserve de capotes dans son fourre-tout; il revoit sa belle peau ambrée et ses yeux en amande. Jason lui ressemble-t-il vraiment? Parle-t-il le français avec un accent semblable à celui d'une certaine Hollandaise au corps élancé? Il laisse de côté les bouts de cire et reporte son attention sur Éric et l'amazone qui l'observent maintenant avec, justement, un air de sociolinguistes manqués.

– Dites, fait Dahlia en riant, vous avez fumé, hein, c'est ça? Tu te rends compte, Éric, notre bon professeur est sous l'influence libératrice du dieu Cannabis. Génial. Tu pourras lui refiler ta profonde question existentielle du jour, mon grand, peut-être que la réponse se trouve là-bas, entre les vapes et la lumière éternelle?

Éric s'esclaffe à son tour en rabattant les bras, mains croisées sur son sexe, un mouvement contradictoire, juge Benjamin, opposant ouverture et fermeture.

– Eh bien, fait le Viking, il y a un truc qui me court-circuite la cervelle depuis tantôt. C'est comme une chauve-souris qui s'épivarde dans une chambre

ronde, c'est-à-dire complètement perdue sans trouver un bout d'angle auquel s'accrocher. Ça vous arrive, ce genre d'histoire ? Vous tranchez un gâteau d'anniversaire, aux carottes, soit dit en passant, et délicieux. Tout à coup, une interrogation idiote germe dans votre tête et elle gonfle, elle grossit de minute en minute pour se métamorphoser en cube de Rubik. Les pires, ce sont les situations quotidiennes, enfin, les états usuels dans lesquels nous sommes plongés depuis notre naissance et qui, tout d'un coup, prennent une importance disproportionnée. Et puis, bing, ça devient une énigme. Donc, éclairez ma lanterne, docteur, pourquoi notre index de la main est-il plus court que son voisin le majeur, alors que celui du pied est plus long ?

– Vous comprenez, poursuit Dahlia, dans quel dilemme je me trouve. L'homme que j'aime se laisse distraire par des histoires pas possibles. Moi, je lui dis que la course demande une traction maximale que notre pied, configuré comme il l'est, offre au max. Mais il m'envoie promener, je vous le jure, sans galanterie, parce qu'il y a des pieds romains, des pieds grecs et tout le bazar avec un gros orteil plus ou moins long. Il a trouvé ces détails avec son nouveau iPad, mais rien de plus consistant. Remarquez, c'est comme se demander pourquoi certains pénis sont plus imposants que d'autres, mais grâce au ciel, les hommes n'en possèdent qu'un, aux dernières nouvelles. Vous imaginez la migraine s'ils en comptaient dix ? Vingt ? Ils ne nous adresseraient plus la parole. Alors peut-être qu'un linguiste connaît la réponse ou, au moins, peut en offrir une pouvant satisfaire notre anatomiste en herbe pour ses vingt-deux ans ?

Benjamin leur demande dans quelles vapes eux-mêmes se débattent, et ils se contentent de sourire, persuadés que, au moment où le bon professeur s'inquiète de leur consommation d'amphétamines, une marée déferle dans les circonvolutions de son cerveau de grand sage des langues.

– J'ai un ami à qui je pourrais présenter le problème. Il connaît les solutions aux énigmes les plus abracadabrantes, y compris celles qui habitent notre esprit du matin au soir sans faire de bruit. De mon côté, je ne peux offrir qu'un avis d'ordre étymologique. Le majeur, qu'il soit de main ou de pied, porte aussi un nom latin : l'*impedicus*. Soit il tient son origine du pied, *pedus,* justement, soit il le prend de *impudencia,* d'où *digitus impudicus,* le doigt insolent. Quelle serait l'utilité de tendre un orteil d'honneur à son adversaire ?

Éric semble amusé, sinon satisfait. Il lève sa bière et Dahlia est contente. Elle saisit la main de Benjamin et glisse un petit grain froid au milieu de sa paume. Elle lui décoche un clin d'œil.

– Allez, nous ne le dirons à personne. Ecstasy. C'est fait maison par mon gynécologue. De la MDMA *top quality.*

Benjamin hésite, puis se décide à refuser son offre. Mais Désirée vient le saluer. Elle semble se mouvoir au ralenti. C'est le genre de grande fille dont les traits s'adoucissent quand elle s'approche, et même ses créoles paraissent plus légères. Elle lui plante de courts baisers sur les joues, un, deux, trois pour la France, et laisse ses pommettes reposer suffisamment de temps contre les siennes pour le réchauffer. Sa peau est satinée et ses longs cils papillonnent contre la tempe de

Benjamin. Elle fleure la poudre et la rose nouvelle. Elle se recule en renversant légèrement la tête vers l'arrière, comme si, d'un coup de dents, elle arrachait l'idée de mâle lubrique qui pointe derrière le front du beau professeur.

Sa poitrine est chaude et ronde, parfaitement soutenue par le corsage à décolleté plongeant. Elle le remercie pour son intervention sur le bien et le mal évangéliques et, surtout, pour avoir gentiment rivé son clou au doctorant en psychologie qui touche à tout, pose mille questions, mais ne saisit rien.

– Il se moque de mes interrogations judéo-chrétiennes, lui, le freudien à tous crins. Je vous demande, y a-t-il une si grande différence entre une Église fondée sur le sacrifice du Fils, et une secte vouée à l'assassinat du père ?

Puis elle le saisit par le poignet.

– À votre place, je l'avalerais, ce petit comprimé. Ne vous inquiétez pas, je veillerai sur vous.

Elle relâche sa prise et s'éloigne en balançant les hanches à la brésilienne, le cou juste assez tordu pour ne pas le perdre des yeux, son joli menton frottant contre son épaule.

Dahlia se redresse, bientôt imitée par Éric. Il la saisit par la taille, son sexe, de toute évidence durci, frôlant la fesse de la jeune femme. Ses grosses mains presque rougeaudes remontent le long des côtes, suivent la courbe des seins de Dahlia, poursuivent leur course jusqu'aux aisselles, jusqu'à la gorge puis, délicatement, se referment sous la mâchoire et lui impriment une légère rotation, suffisante pour permettre à Éric de planter la langue dans la bouche de Dahlia. Il

l'attire à reculons vers le frigo et, comme des loups aspirés par la forêt abandonnent une carcasse, ils laissent en plan Benjamin qui contemple le petit comprimé blanc niché entre les lignes gravées sur sa paume.

Il hésite. Il veut retrouver ce mystérieux Jason, mais plus encore, il désire rattraper Désirée, qui porte parfaitement son nom. Il décide de confier au hasard le soin de choisir pour lui et, sous le fracas d'assiettes et de casseroles bouleversées sur le comptoir de cuisine, il fait volte-face. Il rejoint le corridor en laissant derrière lui les invités attablés, à peine distraits par les ébats du jeune couple.

L'appartement lui paraît plus vaste et plus peuplé qu'à son arrivée et peut-être est-ce parce qu'il recherche quelqu'un ou quelqu'une avec, de surcroît, un comprimé d'ecstasy qui ramollit au creux de sa main. Une jeune fille, dans les bras d'une autre plus jeune encore, lui sourit, et il reconnaît l'une de ses étudiantes. Il la revoit jeter d'innombrables notes dans son grand cahier Canada, comme une sténographe des années 1970 téléportée au siècle des iPhone enregistreurs, sinon des transcripteurs automatiques qu'un quelconque laboratoire Apple ou Microsoft finit de peaufiner.

Les murs portent de vieilles boiseries décapées et cirées qui ondulent comme de grosses veines bourgogne pompant la nuit hors du logement pour la déverser sur la ville. Des couples enlacés discutent avec d'autres couples enlacés, et Benjamin songe soudain que, s'il additionnait l'âge des composantes de certains duos amoureux, le total risquerait au mieux d'égaler le sien propre. Quarante-quatre ans, quarante-quatre

ans, Dieu du ciel, à quel moment a-t-il basculé sur le versant opposé à la jeunesse ?

Il se sent terriblement vieux, en effet, et il imprime donc à son corps un élan artificiel, une vitalité exagérée. Il roule des mécaniques et laisse ses bras se balancer comme un gorille maladroit, mais garde le torse soutenu par des hanches souples et des jambes légères : en fait, il boxe contre l'avachissement de ses muscles, contre l'ankylose progressive, bref contre toutes les années, c'est-à-dire les siennes et celles des autres.

Il se trouve ridicule et ne peut s'empêcher de l'être.

Les deux filles au redoutable pétard qui l'avaient accueilli sur le balcon se trémoussent devant des garçons magnifiquement ordinaires, aux cheveux longs et gras, aux joues minées par l'acné et aux yeux enfiévrés par le désir. Allumés, oui, par la concupiscence, songe-t-il en réprimant un petit rire.

Benjamin se retrouve soudain dans une chambre d'enfant métamorphosée en bureau aux murs tapissés de livres classés par ordre résolument alphabétique, tous genres confondus. André Breton est pris en sandwich entre Ray Bradbury et Chico Buarque, surréalisme entre tropicalisme et anticipation ; Deleuze entre les plis Carole David et Michael Delisle ; Homère et Hugo écrasant, à juste titre, Houellebecq ; soutenu par Sciascia et Sepúlveda, le *Max e os Felinos,* de Scliar, à quatre rangées du *Pi* de Martel.

Il se questionne sur la terrible efficacité des liseuses électroniques, sur la possibilité de cerner la personnalité d'un hôte quand les bibliothèques auront disparu des maisons et des chics lofts aux fenêtres démesurées.

Les humains se retirent dans une forme d'autisme, lui semble-t-il, mais savent-ils qu'il s'agit d'un refuge illusoire que la technologie menace de violer dès que leurs ordinateurs clignotent, voire que ces veinules gainées de Teflon pulsent de l'électricité derrière de minces cloisons en dur?

Qu'en est-il de ce Jason au regard perçant? Il devra questionner Dahlia à son sujet, mais une fois ses ébats terminés entre les verres sales et l'évier en inox. Le connaît-elle depuis longtemps? Sinon, d'où vient-il? Parle-t-il avec un accent «exotique»? Aux douaniers, présente-t-il un passeport néerlandais? Et sa mère ne se prénommerait-elle pas Kim, par hasard? Kim, la Métisse au sang turc, qui l'avait rescapé de la Papouasie, de ses moustiques, de ses tribus occidentalisées et de ses ethnologues désaxés?

Il en est rendu là dans ses pensées quand un parfum fleuri envahit subrepticement la pièce. Rose et poudre. Créoles et Désirée. Elle l'observe qui passe son doigt gracile sur la coiffe des livres, comme s'il caressait le dos d'une amante trop maigre. Sa longue silhouette se dessine dans le clair-obscur et une braise crépite, jaune, au creux de ses prunelles, éclats que les boucles d'oreille semblent réverbérer comme les reflets d'un fanal danseraient paresseusement sur un océan calme.

Elle s'approche d'un pas lent, son corps tanguant dans la moitié de nuit qui les enveloppe. Benjamin discerne les lèvres pleines qui se tendent pour sourire. Ou pour mordre. La poudre et la rose, la poudre et la rose, se redit-il comme s'il répétait vade retro.

Elle accoste la bibliothèque et pose un index à l'ongle court au sommet de *Lolita*; le feu s'est apaisé

dans un nid charbonneux ; les muscles et les ligaments du cou glissent et palpitent pendant qu'elle déglutit ; sa clavicule se soulève lentement à chaque respiration, longue clé des désirs où des lèvres rêvent de s'échouer ; des veines se gonflent et s'évanouissent au gré de l'aorte et, espère-t-il, de l'excitation. À cet instant, Benjamin se laisse submerger par une lame d'admiration et d'affection pure pour la mécanique humaine, formidable machine qui transmue de vulgaires nutriments en occurrences de possibles gestes de tendresse et de plaisirs à atteindre. En effet, il est à la fois ému et bourrelé d'une certaine tristesse, car il est convaincu que personne à part lui ne ressent un choc amoureux d'une telle ampleur pour un corps en sa qualité de manifestation de la perfection en ce bas monde.

Elle attend.

Le comprimé nage dans un ruisseau de sueur qui emprunte les plis de sa paume. Benjamin s'essuie la main contre son pantalon où apparaît alors ce qui ressemble à un point d'interrogation. Il s'incline vers elle. Ses narines frottent contre son crâne, hémisphère herbu et tiède.

Bien entendu, il trouve ridicule cette effusion incontrôlable d'émotions qui menacent de faire sauter les balises qui lui interdisent, normalement, de s'écarter du droit chemin de la réflexion et de la raison. Un foyer de chaleur éclot au creux de son bas-ventre et irradie jusqu'à ses épaules : il veut la prendre dans ses bras. Le feu s'intensifie et plonge vers ses cuisses, emballant ses testicules et son sexe qui durcit : il brûle de caler son bassin contre le sien et de lui imprimer le lent bercement du désir naissant. Il résiste du mieux

qu'il peut, mais elle colle sa hanche contre lui, puis se retourne à moitié pour lui offrir sa nuque, prête pour la morsure.

Benjamin perçoit déjà le picotement frais d'une gouttelette baveuse contre son méat, le célèbre liquide de Cowper, songe-t-il, incapable de neutraliser cette zone de son cerveau qui lui interdit une perte totale de contrôle sur ses actes, sur ses pensées, sur son savoir. Il le constate et s'en désole : il a l'impression qu'une part de lui-même se détache de son corps et l'observe, lui, tel un animal de laboratoire ou comme un graffiti mystérieux sur la paroi mouvante des idées et des gestes.

De sa main droite, elle saisit son poignet gauche et plaque ses doigts contre sa taille. Elle tend son menton vers lui, lèvres entrouvertes, et Benjamin se prépare à y plonger la langue quand la frêle silhouette de Jason se dessine, encadrée dans la porte. Il a revêtu un mince manteau de toile cirée, un simple coupe-vent printanier orange qui lui donne un air d'écolier surdimensionné, et il semble l'observer tout en parlant avec son adoratrice.

Les deux couples ont adopté des positions analogues, mais après les avoir permutées. Benjamin éprouve l'impression de se regarder en aimante compagnie, mais par le truchement d'une caméra rajeunissante dont les impulsions numériques sont relayées en direct, et inversées, sur un écran HD.

La fille s'énerve et saisit Jason par les pans ouverts de son manteau, ses poings formant deux gros nœuds tressautant de part et d'autre du plexus solaire. Elle l'implore de rester, devine Benjamin. Ses cheveux multicolores lui confèrent une allure d'ara furieux agrippé

à un totem. Il lui murmure quelques paroles, cruelles sans doute, mais sur un ton monocorde, celui qu'adoptent les hommes immuables.

Ses iris, brossés par la lumière oblique, semblent s'être effacés, ou plutôt, avoir été absorbés par la prunelle, comme ces galaxies soumises à une densité terrible, sucées et digérées par un trou noir. Ses traits fendent son visage, trame de peau blanche et tendue couronnée par ce qui ressemble à des plumes de corbeau savamment placées, c'est-à-dire négligées de façon experte.

Oui, songe Benjamin, ces éphèbes et ces lolitas répliquent à la perfection, après les avoir fondus pour composer un prototype unique et personnel, ces modèles de beauté irréelle, botoxés et photoshoppés, peuplant les clips musicaux et, de plus en plus, les pages Internet. Qui nous dit que la seconde révolution sexuelle, sœur cadette et technologique de la première, n'est, en vérité, rien de moins qu'une réformation morale déguisée en prouesses esthétiques ? Même le relâchement musculaire, dont les représentants de la génération nouvelle semblent affligés, figure au répertoire d'attitudes et de poses conformes, imposées, voire déontiques, un genre de télégramme corporel adressé à ce magma informe et de plus en plus éloigné de soi que certains désignent par le terme de « société ». Je suis l'un des vôtres. Stop.

L'innocence est morte et il se demande quels liens il nous reste à tisser entre ce deuil à faire et la désincarnation progressive de notre existence et, pourquoi pas, de notre histoire en construction. Ainsi en est-il de ces guerres dématérialisées où les seuls combattants

ne seront bientôt que des civils non identifiables, et de ces famines bientôt plus que dénoncées par des actrices abonnées aux cures amaigrissantes. Soudain, le désir s'évapore. Désirée, qui portait si bien son nom, paraît se mouvoir dans un décor de carton-pâte de soap-opéra, coincée sous un spot entre son partenaire, un cameraman et un technicien du son.

Coupez.

La comédienne s'est retournée vers la porte et, une moue contrariée imprimée sur ses belles lèvres, elle flanque une petite tape sur l'épaule de Benjamin avant de lancer sa dernière réplique, plutôt énigmatique.

— Tu sais, il fallait le dire, lance-t-elle avant de s'éloigner d'un pas chaloupé.

Elle s'arrête sous le chambranle et murmure un mot à l'oreille de Jason, puis disparaît en entraînant avec elle sa consœur aux cheveux multicolores qui proteste comme une mouette bataillant pour une frite.

Est-ce lui? Est-il ce fils qui le poursuit? Est-il cet explorateur secret qui remonte le cours de sa vie et qui a fait de Benjamin, et à son insu, un mystère? En effet, le jeune homme ferait une réplique crédible du doctorant réfugié à Tokyo en agréable compagnie, en l'occurrence celle d'une grande Néerlandaise, fille de diplomate, propriétaire d'un appartement de luxe dans Aoyama, la Mecque des étrangers nantis.

Cet été-là, une chaleur tropicale étouffe la capitale japonaise. Il se rappelle la sensation angineuse qui le saisit en se glissant hors du taxi muni d'une portière à ouverture télécommandée.

Kim règle la course sous l'œil désapprobateur du chauffeur aux gants blancs et immaculés. Les chasseurs

du complexe Sakura Empress, un immeuble moderne de forme résolument phallique, se précipitent à sa rencontre en poussant des chariots. Elle distribue les directives aux employés dans un japonais fluide. Les garçons en uniforme bleu et jaune courbent frénétiquement la tête à mesure qu'elle dévide ses consignes. De son poste d'observation, il remarque qu'elle a opté pour une voix plus aiguë parce que, comme elle le lui expliquera plus tard, les Japonais font une subtile différence entre les excentriques et les anticonformistes, les premières multipliant les valises, les secondes adoptant une attitude hommasse. Elle vise le juste milieu.

La chambre baigne toujours dans la pénombre, tirée in extremis de la nuit par une loupiote au pied d'un vieux secrétaire au bois acnéique.

— Vous êtes un mec intrigant, vous savez, dit-il.

Jason se tient devant lui, mains sur les hanches, joues égayées par un léger rictus. En effet, un accent étranger est nettement perceptible, mais Benjamin n'y dénote aucune trace d'un néerlandais ou d'un turc maternel. Sans trop se creuser le bocal, il miserait sur l'anglais british, à la limite australien.

— Eh bien, pour dire vrai, répond Benjamin, nous avons tous nos secrets, non?

Il plante son regard dans le sien, dont le vert semble avaler la maigre lumière crachée par la veilleuse. Le jeune homme lui sourit, en guise d'acquiescement peut-être. Il se rapproche de Benjamin, qui peut humer son haleine épicée par les rasades de Jägermeister.

— Vous voulez connaître le mien, n'est-ce pas?

Benjamin perçoit les contractions involontaires de son estomac. Une résolution, sent-il, déploie enfin ses

jolies ailes. L'heure des explications, des excuses et, surtout, des retrouvailles imprévues a sonné. Là, derrière son nombril, s'ouvre le grand éventail des espoirs possibles, comme un せんす, l'un de ces magnifiques *sensu* que Kim agite quand le soleil plombe sur Tokyo et que le vent s'absente.

Ses iris jettent un feu de flammes vives et translucides.

– Alors, le voici.

Et il s'approche au point d'être à portée de murmure.

Devant l'immeuble de l'avenue des Érables, un orme maladif agite ses longues branches sèches, comme un squelette dansant et gesticulant dans un défilé de la fête des Morts. Le sextuplex compte deux logements par étage, ceux du dernier desservis par une même porte dont le linteau affiche deux adresses distinctes.

Benjamin ressent encore les effets de la veille, la fumette, les désirs inassouvis, les plaisirs inattendus et un secret surprenant, sans aucun lien avec la quête qui, depuis plus de deux mois, l'obsède.

Ici, hésitant sur ce trottoir typique des quartiers populaires de Montréal, c'est-à-dire crevassé et longé par des façades grises et rouges, les souvenirs se précipitent à l'assaut de sa conscience, comme des pieds d'enfants escaladant les escaliers extérieurs aux marches trapézoïdes et bordées de rampes en fer forgé noir. Les portes, percées de grandes vitres, ont bénéficié d'une couche fraîche de peinture lie-de-vin, la même teinte que celle des jours d'innocence, quand Benjamin, sa sœur et ses parents viennent tuer les dimanches chez Gérard et Rita.

La journée entière se déroule au rythme des parties de cinq-cents, scandées par les annonces que les joueurs lancent entre les tétées de bière : trois piques, trois cœurs, quatre carreaux. Les jeunes gravitent autour des adultes, espérant qu'ils leur accordent le privilège de s'asseoir parmi eux et de tenir leurs premières mains.

Gérard, notaire rescapé par miracle du prolétariat, est propriétaire des lieux, et ses locataires savent qu'ils ont mieux à faire que de se plaindre des cris et des sacres qui retentissent au fil des coups d'éclat et de vagues, de truculentes accusations de tricherie. La Labatt 50 et le Crush coulent à flots, les poings s'abattent sur la table, les *chips* et les *cashews* tressautent, les plats mitonnés par la maîtresse de maison circulent après chaque victoire.

Aujourd'hui encore, les fenêtres sont décorées des mêmes vitraux et Benjamin revoit les losanges turquoise qui, les jours de soleil, glissent presque imperceptiblement sur les lambris en stuc du mur gondolant. Petit garçon, il y lit d'interminables clins d'œil que l'univers lui envoie, un message crypté pour lui seul et l'invitant à faire preuve de patience : son destin, bientôt, lui appartiendra, l'avenir lui livrera enfin ses mille délices et il lancera, un jour prochain, sa première annonce de cinq-cents. La partie sans atout.

L'immeuble de briques châtaines semble avoir été épargné par les ans. Des grilles blanches et serpentines, vissées devant les vitres, se sont ajoutées à la façade, ainsi que l'énorme enseigne « À vendre » plantée sur la pelouse étamée par octobre.

Le froid aidant, les marches craquent sous les pas de Benjamin qui s'arrête sous le porche, prend une profonde inspiration et pince le vieux papillon de métal fiché sous l'adresse, le 3547, pour en extraire un ferraillement aigre et chevrotant.

Au-dessus des toits plats, le vent bouleverse l'air. Sur un champ bleu et infini, les petits moutons se précipitent vers l'est, comme talonnés par une meute de fauves invisibles aux haleines glacées. Le soleil clignote, néon jaune pâle des heures matinales.

La rue, grise et silencieuse, repose sur le dos de la ville, large serpent à la peau sèche, lardé de vélos rouillés cadenassés aux clôtures noires, de poubelles sans couvercle, de grilles et de plaques d'égout, décoré de sacs plastique emprisonnés sous des pains de feuilles mortes et de crasse entremêlées et de quelques voitures aux carrosseries maties par la poussière.

Patientant ainsi sous la corniche, Benjamin ressemble à un *i* majuscule coiffé d'un accent circonflexe. Il s'apprête à cogner sur la vitre, quand le grincement des gonds de la porte intérieure, puis le bruit des bottes dérangées dans le vestibule interrompent son geste. Un œil marron, déformé par le verre épais, se dessine, monstrueux, derrière le carreau, évoquant entre les lents battements des cils un tableau de Dalí. Une exclamation étouffée éclate, la poignée de laiton frissonne, le claquement du pêne dardant la gâche se répète puis s'arrête, et la porte s'ouvre sur le visage anguleux de Bertrand, qu'adoucit l'éclosion d'une joie sincère.

– Le cousin ! lance-t-il comme s'il venait de remporter un gros lot.

Benjamin entre. Depuis le ventre du logement, une odeur tenace faite de désinfectant et d'urine l'accueille. Effacés à jamais, les gras effluves de macaroni au fromage et de ragoût de pieds de cochon, d'oignons rôtis et de farine brûlée. L'endroit pue la mort et l'ennui.

À première vue, il semble que les années ont miraculeusement oublié le passage de Bertrand sur terre, mais à mesure que les deux hommes progressent vers la pièce centrale, elles retrouvent leur poids et, par touches, mordent dans la chair de celui que tout le monde appelait dans son dos Frankenstein. En effet, le cheveu, plus fin que naguère, se raréfie au sommet du crâne qu'une mise en plis experte ne parvient plus à camoufler. L'embonpoint menace de sévir et se manifeste déjà en sourdine avec l'apparition d'un deuxième menton et l'aspect résolument potelé de doigts jadis remarquables pour leur gracilité. Toutefois, la démarche a gardé sa légèreté digne d'une ballerine et les mains dansent toujours habilement autour du corps, malgré leur massivité d'homme bâti pour le travail lourd d'un débardeur ou d'un bûcheron.

Sa voix a descendu d'une bonne octave depuis l'époque et il ne zézaie plus. Il précède Benjamin dans la grande cuisine remodelée, aux électroménagers flambant neufs.

– L'agent d'immeuble ne m'a pas lâché : ce qui vend une maison, c'est l'endroit où on fait la popote, point final. Alors, j'y ai mis le paquet. Un Jenn-Air, tu te rends compte ? Maman, qui se débrouillait avec un bon vieux poêle Bélanger, en encaisserait une autre crise cardiaque, la pauvre. Mais avec l'assurance, je me suis rien refusé. Assieds-toi.

Sans lui demander son avis, il lui prépare une tasse de thé en lui faisant causette.

– J'ai quitté Saint-Liguori le temps de me débarrasser de l'immeuble. Mathilde me manque, c'est sûr, après cinq ans de vie commune sans interruption, mais je ne pouvais pas l'emprisonner ici, avec la cour grande comme un mouchoir, elle qui est habituée de courir librement. Elle a de la Mancha dans le sang, alors imagine-la en ville. Et en plus, c'est illégal. Ce qui fait que je l'ai confiée au voisin, mais elle doit s'y ennuyer à mourir.

Il est toujours célibataire, donc. Benjamin revoit l'adolescent hypertrophié et maladroit qui déplace les meubles d'un coup de hanche involontaire, comme si son corps refusait de lui obéir. Puis, après des années d'efforts surhumains et d'entraînement spartiate, est apparu le jeune adulte au port aérien résigné à passer inaperçu. Le spécimen plaît aux filles, mais leurs relations ne dépassent jamais l'affection rigoureusement platonique, d'où son attachement compensatoire, et vaguement inquiétant, à toute une lignée de chèvres aux oreilles minuscules et à la citerne de lait gigantesque.

Benjamin ressent pour lui, intacte, la même pitié d'antan, engraissée par la personnalité écrasante de l'oncle Gérard, un rondouillard tonitruant et généreux en claques amicales entre les omoplates. Jusqu'à ce que se produise ce que tout le monde s'était entendu pour appeler son «accident».

– Ça, fait Bertrand, je ne sais pas si ça a été une bénédiction. Je pencherais pour le contraire. Imagine : il se réveille de bon matin en bardassant dans la cuisine, comme d'habitude, et en se plaignant d'avoir une migraine d'enfer, lui qui n'a jamais attrapé le moindre

rhume de sa vie. D'un coup, bang, il s'écrase sur sa chaise, puis sur la table, à demi paralysé. Ils lui ouvrent le crâne, paf, paf, paf, trois autres caillots qui éclatent. Ils lui clampent ça et nous préviennent qu'il pourrait nous revenir légume, impotent, ou n'importe quoi de pire encore. Et puis non. Il reprend du poil de la bête, comme un neuf. Enfin, pas tout à fait. Mais ça, toi, tu t'es tenu loin de la famille dès que t'as pu, alors tu ne l'as pas vu. T'en as eu, de la chance.

À la vérité, songe, Benjamin, c'est faux.

C'est l'été des Indiens, octobre écrase la ville. Du bitume monte une haleine fétide et brûlante.

Il arpente la rue Sainte-Catherine en remorquant Béatrice qui s'amuse à contempler les œuvres exposées en kiosque. Le Festival Œuvres Plus se déroule dans l'artère piétonnisée pour l'occasion et Benjamin n'en peut déjà plus de cette succession de croûtes innommables, de nus ridicules, de visages aux yeux immanquablement clos, de lèvres pulpeuses, d'abstractions concrètement indigentes, intellectuellement comme artistiquement.

Béatrice, elle, y trouve matière à s'extasier, notamment devant le culot des barbouilleurs qui exigent un prix effarant pour des trucs qu'ils ont mis deux grosses journées à produire. Lui, il veut simplement atteindre la bouche de métro et retrouver la fraîcheur de la chambre climatisée, mais Béatrice adore flâner au milieu des gribouillis, piquant même une jasette avec des peinturlureurs à béret et parfois dotés d'une morgue que Benjamin juge hilarante. Les répétitions avant le concert de décembre se déroulent, déjà, plutôt mal, et Béatrice

216

a besoin d'être rassurée, lui semble-t-il. Le lit pourrait être un bon endroit pour s'exécuter.

Mais elle s'arrête devant un stand où posent, paisibles et indifférents à l'horreur ambiante, une succession de chiens croisés colley et berger allemand, songe Benjamin qui n'y connaît rien de toute façon. Il compte une vingtaine de mâtins rivalisant de laideur, assis sur une pelouse vert néon, le museau levé résolument vers l'artiste, leurs yeux globuleux, bruns et brillants comme des petites boules de bowling, questionnant un lointain réfugié hors cadre.

Le ciel est trop bleu, les nuages trop blancs, l'écorce des troncs trop grise, chaque élément décliné sur un seul ton, comme si le barbouilleur, qui réclame mille deux cents dollars pour se séparer de la chose, s'était contenté d'extirper la pâte d'un tube et de l'étaler à l'intérieur de lignes tracées au crayon par un écolier plus ou moins appliqué. Chaque œuvre présente, calligraphié au-dessus du prix, un titre évoquant la bonne fortune : *Chance,* 1 200 $; *Étoile,* 1 200 $; *Adon,* 1 200 $. *Grigri, Porte-Bonheur, Hasard, Karma, Talisman* et le reste, truffes à jamais humides et langues éternellement pendantes, toujours et encore 1 200 $.

C'est hideux.

Étrangement, l'ensemble lui fait remonter à l'esprit, comme des nénuphars surnageant dans la fange, ces minuscules fleurs blanches tachetées d'ocelles groseille et marquées d'une larme jaune qu'Odile Le Doaré lui avait montrées dans un grand manuel de botanique. Des désespoirs du peintre, s'appelaient-elles, et Benjamin sourit pour lui-même : en effet,

votre propre mémoire peut vous surprendre, même devant une laideur potentiellement paralysante.

Le responsable des dégâts est sur place, affalé dans un fauteuil metteur en scène, un bob de plage vissé sur le crâne, des jambes boudinées révélées par un short trop ample qui permet aux passants d'apercevoir le gros coton d'un sous-vêtement bon marché. Il lit un épais roman historique doté d'une couverture si laide qu'il aurait pu la torcher lui-même.

Béatrice l'entraîne devant les toiles et les contemple une à une, le menton posé sur les jointures, une expression solennelle glaçant son beau visage. Picasso lève distraitement le nez pour les saluer d'un grognement et Benjamin lui trouve un air familier, comme, justement, une peinture maladroite peut vous en rappeler une autre, plus ancienne, mais réussie.

– Il y a quelque chose là-dedans, fait-elle en agitant son index déplié et coinçant sa langue de chatte entre ses dents.

En effet, songe son compagnon, quelque chose s'y cache, mais doit-on vraiment le débusquer et, si oui, lui donner un nom ? Il reporte son attention sur le coupable avec un torchon beige sur le crâne et, comme si une main divine déchirait le rideau tendu sur la fenêtre empoussiérée des années perdues, des images sépia s'animent sous le petit chapiteau en prélart : la table carrée sur laquelle glissent les cartes à jouer entre les bouteilles de bière trapues, chaudron et presque opaques, les lourds cendriers de faux cristal et les bols débordant de croustilles Humpty Dumpty et de crottes au fromage ; les murs jaunis par les ans aux boiseries

peintes en bleu ; les rires gras des adultes, les cris stridents des enfants qui se tiraillent. C'est l'oncle Gérard, notaire devant l'éternel, recyclé en producteur de navets.

Il est tout content de retrouver son neveu et accueille sa dulcinée, comme il l'appelle, avec force courbettes. Il répète sans s'en lasser qu'il la trouve jolie et racée et insiste pour qu'elle le remplace sur le trône, dont le dossier étale, en lettres brodées, le nom d'un réalisateur, hélas, oscarisé. Il prend de ses nouvelles, lui, le trou noir de la galaxie familiale qui a englouti et néantisé ses souvenirs. Les autres membres du clan l'ont renseigné sur les vives altercations entre sa mère et lui, engueulades qui se sont succédé pour finalement aboutir à une rupture fracassante qui résonne encore dans les ruelles de Hochelaga.

– Je ne la vois plus, fait Benjamin, les yeux flottant au-dessus des kiosques.

Son oncle hoche la tête en plissant les lèvres, comme si on venait de lui annoncer la mort d'un adolescent.

Il se tourne vers Béatrice, lui pose trois questions, approuve son choix d'instrument.

– L'orgue, fait-il, est le souffle de Dieu, même si je ne crois plus en ces balivernes qui puent l'encens et la rapacité. Il faut toutefois donner à l'Église ce qui, rarement, lui revient : elle a du chien dans le domaine des arts, ça oui.

Il leur raconte dans les menus détails les événements de ce matin de décembre, étrangement doux, mais venteux, qui a marqué sa lente et pénible métamorphose. Le mal de tête assommant, à la limite nauséeux,

qui le tire des bras de Morphée pour le blottir dans ceux d'Éris, fille de la Nuit et mère de la douleur. La syncope, l'ambulancier qui lui demande s'il a eu des relations sexuelles dans les heures précédant la crise.

– T'imagines, le neveu, moi qui ne touchais plus à la chose depuis des lustres.

Gérard rosit en jetant un coup d'œil gêné à Béatrice, puis reprend son récit. Il entend encore le hurlement de la sirène, puis connaît une longue absence de ce côté-ci de la terre jusqu'à l'apparition en rêve de chiens au souffle court, comme s'ils revenaient d'une gambade épuisante, des bâtards qui le rassérènent avec leur haleine caractéristique que, jadis, il jugeait dégoûtante, des centaines, des milliers de jappeurs enjoués qui, soudain, se calment et posent pour lui. S'ensuit le lent retour vers notre lumière, le silence malgré l'agitation ambiante, ses membres qui ne répondent plus aux commandes, l'odorat qui renaît avec le goût, puis l'ouïe, enfin le toucher. Les premiers mouvements maîtrisés, la physiothérapie, mais la parole qui résiste, comme si un grand vide séparait sa bouche de son cerveau et que s'y épivardait sa volonté d'expression. Graduellement, il la recouvre, avec une certaine motricité.

Ses nuits sont peuplées de truffes moites et d'yeux ronds, de poils croûteux et de langues pendantes. Des chiens, encore des chiens, qu'il oserait presque qualifier de souriants. Un infirmier lui glisse sous le nez un bloc de papier vélin ainsi qu'un jeu de fusains.

– *The rest is history,* dit Gérard en déployant ses bras de bouddha à pinceaux, embrassant du même mouvement sa galerie temporaire, fichée sur l'asphalte de la rue Sainte-Catherine.

L'histoire en question est son impossibilité à dessiner, puis à peindre d'autres sujets que le meilleur ami de l'homme et encore, que des sangs-mêlés.

– Ne me demandez pas pourquoi, c'est ainsi. Je me suis pratiquement déchiré les yeux devant des afghans et des caniches, rien à faire. Imaginez les chats et le Stade olympique. Mais tu me présentes à un bon vieux Heinz 57, un mâtin pareil à ceux qu'on trouve dans les arrière-cours de chalets, et mon pinceau ne peut plus s'arrêter, c'est comme une imprimante à jet d'encre. Mais il y a pire, si on peut dire.

Il se rapproche du jeune couple devant lui et, en stricte confidence, leur susurre à l'oreille :

– Ils portent chance.

Il écarte les mains et les laisse retomber en les faisant claquer contre ses cuisses, tel un aumônier dépassé par un cas de possession démoniaque. Il s'explique : les gens qui lui ont acheté une œuvre, comme il aime désigner ses crimes contre une forme lointaine d'humanité, ont, par la suite, connu des années de prospérité, d'amour ou de succès, bref, d'allégresse, pourvu qu'ils les accrochent à un mur, dans une pièce habitée, de surcroît.

– Plus ils fréquentent leurs tableaux, plus ils jouissent de la vie et des mille joies qu'elle a à leur offrir. C'est fou, non ? Ceux qui s'en sont rendu compte, comme vous vous en doutez, en ont commandé d'autres, en s'imaginant que, quoi, le bonheur était un bien multipliable comme le vin aux noces de Cana. Pantoute. Les gens sont cupides, les jeunes ! Ils avaient beau avoir une meute entière dans le salon, rien n'y faisait : ils connaissaient un bien-être égal, avec de temps en

temps un petit sursaut de plaisir. Alors, ils les refilaient à prix d'or à des amis en leur promettant mer et monde, mais encore une fois, que dalle, comme disent les Français. Enfin, je pense, on ne sait jamais avec eux.

Au bout du compte, l'artiste se rend compte qu'il doit vendre lui-même pour que le charme opère.

— C'est bête, mais c'est comme ça. C'est ironique aussi, parce que, franchement, ils sont plutôt horribles. Je ne suis pas aveugle. Et quand j'assure les acheteurs potentiels que ce sont des garanties de bonne fortune, ils s'éloignent en riant. Je ne les blâme pas, remarquez.

Or le bouche-à-oreille fait son travail, et voilà que des désespérés et des aventuriers de tout poil cognent à sa porte avec des étoiles dans les yeux.

— Si vous saviez le nombre de mauvais acteurs et de chanteuses épouvantables au sommet de la pyramide de popularité qui ont l'une de mes cochonneries dans le vivoir, vous n'en reviendriez pas, mes amis. Sans parler des personnalités politiques dûment élues malgré une médiocrité qui ne se relâche pas, Montréal peut en témoigner.

L'oncle Gérard, en effet, n'est pas dupe, il reconnaît une croûte quand il en rencontre une, à plus forte raison s'il l'a produite lui-même. De surcroît, en sa qualité de notaire, il a fréquenté la basse comme la haute gomme, dont des galeristes serviables, prêts à vous lessiver un tas d'argent archicrotté en un tournemain. Il sait que ses tableaux sont des sujets de moquerie pour leurs nouveaux propriétaires. Des *conversation pieces*. Des curiosités.

— À la limite, poursuit-il, ils les mettent en valeur avec des spots et des guirlandes et font leurs dévotions

au kitsch, j'imagine. Reste que, en ce qui me concerne, je ne peux rien faire d'autre, c'est une malédiction. J'avais le nez pour les affaires, la spéculation foncière ne recelait aucun secret pour moi, puis, boum, je reprends mes sens dans un lit à manivelles et je perds intérêt à ces choses. Je rêve de ces sales chiens, bout de viarge, je les vois dès que je ferme les paupières, là, haletant sur le fond noir du néant. On peut dire que j'exorcise les démons à quatre pattes en les fixant sur une toile.

Ironie : ils le hantent, le torturent et, en retour, ils apportent la bonne fortune à leurs nouveaux propriétaires. Si vous achetez un de ses tableaux, c'est comme vous faire chier sur le ciboulot par un pigeon : vite au dépanneur et prenez un billet de loto.

– J'exagère à peine. Je vous jure, j'aurais préféré y rester ou être condamné à me baver dessus dans un mégahôpital entouré d'aides-soignants parfaitement indifférents à mon sort. Hélas, mon neveu, mille fois hélas, mademoiselle. Alors, je peins des cauchemars canins, mais je refuse de les vendre à ces imbéciles qui ne s'embarrassent pas de scrupules, ce qui restreint saprément la clientèle.

Une fois le mauvais rêve immortalisé sur le canevas, il lui accole un prix exorbitant, histoire de décourager les farceurs et autres amateurs de blagues qui réservent une surprise désagréable à un jubilaire ou à un couple de nouveaux mariés. Quand un rare badaud s'aventure dans sa galerie improvisée, qu'il fait preuve d'un intérêt sincère et qu'il succombe à une fascination mystérieuse, il l'invite à lui proposer une somme d'argent sans se fier aux chiffres affichés. Et il accepte l'offre sans marchander.

— Usuellement, ça tourne autour du deux cents dollars, des fois moins, genre cinquante. Ça ne paie pas le bacon avec les œufs, mais le *cash* me sort par les oreilles de toute façon.

Béatrice affiche une froide concentration d'épidémiologiste écoutant les ultimes volontés d'un pestiféré, opinant de son beau chef roux à intervalles réguliers, musicienne jusqu'aux limites mêmes de l'ennui. Face à elle, Gérard, avec son chapeau ridicule, ressemble à un pêcheur enthousiasmé par une prise miraculeuse, comme si un cœlacanthe ou un poisson des abysses avait sauté à bord de sa chaloupe.

Un court silence gêné s'installe, et la jeune femme cède à l'impulsion de lui acheter au prix plancher une toile au choix de l'artiste. L'autre s'empresse d'accepter et, en fourrant le billet rouge et or au fond de sa poche, il lui remet sans ménager les courbettes le terrible portrait d'un bâtard à l'air enjoué baptisé *Fétiche*.

Benjamin, après avoir promis à son oncle de le visiter – « Même adresse, le jeune. On se fera un paquet voleur ou une partie de huit » –, entraîne Béatrice et sa détrempe jusqu'à la chambre à coucher, où elle accroche la chose. Les semaines passent et, miracle, les répétitions se déroulent comme dans un rêve, les touches de l'instrument lui obéissent sans rechigner, l'organisateur du concert qui lui donnait du fil à retordre se métamorphose en conseiller patient et consciencieux, et l'église doit imprimer des billets supplémentaires pour répondre à la demande.

Seul irritant, *Fétiche* qui assiste à des parties de jambes en l'air qui, depuis sa présence, se multiplient et atteignent des sommets de durée et d'intensité.

Benjamin porte au compte des séances de travail encourageantes l'enthousiasme renouvelé de sa partenaire pour les exercices horizontaux, et à l'occasion verticaux, qui les gardent occupés et affamés. En vérité, il prend en sérieuse aversion la croûte immonde pendue au-dessus du lit. Béatrice promet de s'en débarrasser, mais une fois le concert bouclé. Le jour même, pendant qu'elle peaufine les derniers détails de la soirée, Benjamin, n'y tenant plus, balance la toile à la ruelle avant de mettre le cap sur le Ty-Breiz et ses crêpes bretonnes.

Et, comme l'a dit si bien son oncle, *the rest is history.*

Bertrand ne sait rien de cette ultime rencontre entre son père et son cousin. Les épaules courbées, il se dandine sur ses jambes dans la chambre du défunt aux murs noirs et nus, sauf pour la trentaine de clous brillants alignés au cordeau. On dirait, songe Benjamin, un ciel étoilé créé par un géomètre.

– C'était un vrai chenil en peintures, ici. Il y en avait partout, même format, même pose, qui avaient l'air de contempler mon père qui, comme on dit, râlait ses derniers râlements. J'en étais à me demander s'ils attendaient qu'il lance son âme au bout de ses bras et qu'il leur donne l'ordre de la lui rapporter. D'ailleurs, ça sentait aussi la niche, avec les couches à changer et cette odeur de mouton mouillé. Parce qu'il transpirait comme un forçat et qu'il était poilu à ne pas croire. Et raciste. Tu vas me dire que l'un n'a rien à voir avec les autres, mais il me semble que les gros poilus suants ont plus tendance que la moyenne à avoir l'esprit fermé aux choses et aux gens différents. À moins que

seuls les notaires reconvertis en peintres souffrent du mal ? Remarque, la vie a de ces ironies.

Malgré ses défauts, ou parmi eux, Gérard était très croyant, même s'il affirmait le contraire pour ne pas paraître, comme il le répétait, jurassique. Bertrand garde les mains soudées en un énorme poing, comme s'il hésitait entre une prière et une partie de bras de fer avec lui-même.

– Ouais, il avait la foi. L'infirmière de garde aussi s'en était rendu compte et un bon matin, elle m'annonce qu'il respire à peine et que ce serait une excellente idée de lui administrer les derniers sacrements au cas où. Lui, il est bourré de morphine, il ne sait plus où sont le sud ni l'ouest, n'empêche que je m'approche de son oreille et je lui murmure : « P'pa, je vais appeler le curé pour l'extrême-onction. Si tu ne veux pas, serre-moi la main. » Rien, bien sûr, comment aurait-il pu lever le petit doigt ? Parfois, on choisit le moment de poser les bonnes questions, hein ? Alors l'infirmière lâche un coup de fil au presbytère et le vicaire rapplique en moins de dix minutes, affamé devant la mort comme un corbeau au-dessus d'un nid d'écureuil. Eh bien, le bonhomme est encore plus noir que sa soutane. Il a un accent africain gros comme ça. Moi qui me tordais les mains en l'attendant, voilà que j'éclate de rire. Je me plie en deux pendant son blabla. Tu imagines, ce vieux raciste doit son entrée au paradis à un Ivoirien pur jus. D'Abengourou, pour être précis. Je lui ai refilé cent dollars avec un tableau en prime. Il était tout content.

Le lit est nu, mais une longue tache grise évoque l'agonie de Gérard, son pauvre corps noyé dans la

transpiration. Un cancer des os, ajoute Bertrand, méchant clin d'œil de la vie à un homme obsédé par les chiens.

– Quand il l'a rendue, l'âme, elle était déjà réduite en poudre, je te jure. Si tu savais, le cousin, ce qu'il a subi comme martyre. Alors, la nuit où il s'est finalement décidé à partir, j'ai poussé un gros soupir de soulagement et, j'aime le croire, lui aussi. Tout ce dont la maladie vous dépouille – dignité, espoir, amour-propre, quiétude, sérénité –, la mort vous le redonne. Il avait recouvré un aspect humain, tu vois, il n'était plus la somme de ses souffrances, mais un être qui, au bout d'un long chemin, avait rejoint la communauté de ses semblables. La fin d'un exil forcé. Ça m'a fait chaud au cœur.

Le grand singe au dos courbé renifle bruyamment, puis décoche à Benjamin un sourire triste d'adolescent pénitent.

Benjamin lui demande si le malade a reçu beaucoup de visiteurs.

– Pas un chat, sans faire un jeu de mots. Oh, minute...

Bertrand semble compter les clous et son regard glisse jusqu'au lit avant de s'arrêter sur la petite chaise rustique calée contre la table de chevet. Il se souvient d'un jeune homme, plutôt beau garçon avec un accent très léger, qui cogne à la porte.

– Ça fait pas plus d'un mois de ça, trois semaines peut-être. Il dit qu'il doit absolument parler à mon père, mourant ou pas. Et le pauvre n'en a plus pour longtemps, alors je pense, *why not*? Il ne s'est même pas présenté d'ailleurs et, franchement, j'en avais par-dessus la tête

avec les arrangements funéraires et la gestion des immeubles qu'il avait négligée depuis qu'il avait découvert les joies du pinceau. Il s'est assis là, le dos droit comme une barre, il a posé la main sur son avant-bras et p'pa a ouvert les yeux. J'en étais le premier surpris, je me suis dit, ce gars-là est un sorcier, c'est sûr, et que peut-être il a un lien avec le don du bonhomme et que j'étais de trop dans la pièce, alors je les ai laissés seuls. Au bout de quinze minutes, il est ressorti, m'a serré la main, puis au revoir et merci, il est retourné là d'où il était venu.

Benjamin a perdu les maigres couleurs que le vent vif d'octobre avait peintes sur ses joues. Bertrand ne sait absolument rien de la teneur des propos échangés entre l'inconnu et le grabataire.

– Comment j'aurais pu ? Quand je suis retourné dans la chambre, le père était retombé dans les bras de Morphine, pour ainsi dire, et il n'a plus dit un seul mot jusqu'à sa mort. Comme on dit, il est parti avec son secret. Oh, et n'oublie pas ton héritage, avant que ça me sorte de l'esprit.

Et il lui indique un grand carré enveloppé dans un drap.

Déballé et posé sur le foyer, le gros cabot mi-saint-bernard mi-labrador assiste, impassible, mais les oreilles dressées, à la manifestation de joie hystérique d'Augustín qui tressaute, jambes repliées, sur le divan en tapant des mains. L'introduction de l'œuvre animalière dans son salon n'y est pour rien, mais la relation détaillée de la soirée de Benjamin chez ses étudiants et, surtout, sa conclusion, oui.

— Il t'a embrassé? Avec la langue?

Benjamin acquiesce, très légèrement amusé par l'enthousiasme de son ami :

— C'était ça, son secret. Je m'attendais à mieux.

— Quoi, fait Shirley en riant, il s'y prenait si mal?

Honnêtement, pourrait-il préciser, Jason est expert en la matière. Des lèvres bien charnues qui laissent passer une langue moelleuse, chaude et attentive aux réactions de sa complice, sans la rugosité des organes asséchés par l'excitation. Elle baigne dans une salive parfumée aux épices du Jägermeister et s'immisce jusqu'à frotter contre l'intérieur des joues du partenaire. De plus, le jeune homme se blottit contre Benjamin qui, comme par réflexe, pose ses paumes de part

et d'autre du thorax, les plante sur les côtes et les muscles fins pendant que le garçon imprime à son corps un léger mouvement de va-et-vient ponctué par des gémissements étonnamment graves.

Le sexe de Benjamin, de nouveau recroquevillé entre les jambes après le départ de Désirée, durcit au point de lui causer un sérieux inconfort, voire une douleur intenable, et l'autre fait glisser la fermeture éclair, y passe une main fraîche et délicate, l'introduit lentement sous l'élastique du slip, agrippe le membre tendu et le déplie. Le gland est humide. Benjamin tente une première fois de repousser Jason qui redouble d'ardeur, imprime à sa paume un mouvement de va-et-vient le long de la queue.

– *Para !* fait Augustín en se trémoussant. Je veux les détails, de A à Z !

– Si tu étais aussi excité quand moi, je t'embrasse, mon petit chou, cinquante pour cent de nos problèmes seraient réglés.

– Resterait l'autre moitié, *porco,* c'est-à-dire toi. Alors, Ben, sois franc, c'était bon ? Allez, c'était bien ?

Perché et sautillant sur son meuble, les yeux ronds, les mains frémissantes, il évoque un lémur devant un panier de figues.

– Pas mal, au bout du compte, lâche Benjamin.

Augustín forme une grosse mûre avec sa bouche. Il est déçu.

– À quoi t'attendais-tu, *Nene* ? À une conversion ? Notre ami a pris une couple de bouffées d'herbe magique et il s'est laissé aller à une petite séance d'escrime lingual. Pas de quoi fouetter un chat. Un baiser n'est qu'un baiser, à la fin ! Et il y a des développements

dans la vie de Benjamin qui me semblent drôlement plus passionnants.

– Comme quoi ? Les histoires de doigts et d'orteils ?

– Oui, par exemple.

Il se tourne vers Benjamin, et :

– Notre majeur est plus long pour faciliter la préhension. Referme ta main comme si tu attrapais un objet et tu t'apercevras que c'est l'annulaire qui descend au plus creux de la paume. Le pied, lui, c'est comme l'homme qui a l'honneur de partager ma vie : il ne saisit rien, sauf exception.

Augustín se laisse couler du divan et quitte la pièce en vrillant un regard assassin sur la nuque de Big Daddy.

– Ne t'en fais pas pour lui, il sait que je l'adore.

De la cuisine leur parviennent les éclats d'assiettes et de verres précipités dans le lave-vaisselle.

– Maintenant, j'aimerais bien comprendre où tu en es avec ta quête puérile de fils suppositoire, reprend Shirley avec un méchant sourire. J'insiste pour que tu me racontes ton histoire avec cette Néerlandaise au Japon et, surtout, que tu nous renseignes, moi et mon volcan, sur ce que tu comptes faire de cette horreur animalière, cette croûte épouvantable que tu as introduite dans mon foyer harmonieux. Tu y vas comme tu veux.

De fait, lui confie Benjamin, il n'y a pas grand-chose à dire sur Tokyo. Le Japon traverse une période de prospérité formidable et sa capitale n'arrive plus à contenir les projets immobiliers. La crise, ils la connaîtront dans les mois suivants, et d'aplomb, mais à l'époque, les gratte-ciel, pour la plupart affreux, poussent comme des shiitakes. De plus, Kim et lui y ont atterri au début de l'été et une chaleur accablante

étrangle la ville. Les ombrelles éclosent de l'aube au coucher du soleil, les Japonais passent le plus clair de leur temps à s'éponger le moindre centimètre de peau exposée aux rayons à l'aide d'un mouchoir en ratine, et les stations de métro, comme les grands magasins, sont de véritables glacières.

Tokyo est une ville verticalement moderne et horizontalement ancienne. Les rues se déversent sur son dos comme autant de ruisseaux capricieux, sinuant sans logique apparente hormis les variations du relief. Souvent elles débouchent sur un boulevard, parfois elles meurent sur le flanc d'un parc de poche, au bout d'une course étourdissante. Et vous devez rebrousser chemin. Un Occidental doit redouter de commettre l'erreur qui ne pardonne pas s'il ne veut pas se pointer à un rendez-vous avec trente minutes de retard : il ne doit pas partir à la chasse aux venelles intéressantes, virer à gauche, par exemple, en se disant qu'il reprendra son itinéraire en tournant à droite à une prochaine intersection qui, fort probablement, se présentera plus loin, qu'à un kilomètre si vous êtes chanceux, sinon jamais.

Il n'y a pas d'adresses en tant que telles, mais des numéros d'édifices, semés dans des quadrilatères, dispersés dans des districts eux-mêmes contenus dans des secteurs. Les Tokyoïtes se perdent dans le dédale et, en parfaite innocence, ils vous proposent une mauvaise direction une fois sur deux. Certains insistent pour vous accompagner jusqu'à destination, comme si vous étiez désormais leur responsabilité, et vous vous retrouvez déboussolés en duo. Votre cicérone arrête alors le premier malheureux qui croise votre chemin

et il l'implore de le sortir du pétrin dans lequel il les a plongés, lui et la fierté nationale.

Même Kim, pourtant une habituée des lieux, s'égare au fil de leurs lentes déambulations, d'ailleurs elle s'y applique, soutenant qu'il s'agit du meilleur moyen d'apprivoiser une ville.

– C'est un luxe qu'on ne peut se permettre nulle part ailleurs sur la planète si on veut revenir chez soi vivant avec son portefeuille, ses verres fumés et son passeport.

Elle l'entraîne donc aux quatre coins de la mégalopole en bringuebalant, accroché à son beau cou basané, un appareil-photo suédois probablement payé un prix fou. Elle a du talent et elle le sait, ses clichés sont présentés dans les meilleures galeries d'Occident et s'envolent dès le vernissage. Les scènes les plus quotidiennes revêtent, au déclenchement de l'obturateur Hasselblad, des attributs de portraits et de paysages inusités, à la limite surréalistes, qui plongent le spectateur dans un état méditatif dont il revient ému au point où l'affection qu'il porte à son prochain semble rehaussée.

En quelque sorte, elle sublime la matière, elle capte le tangible et le dote d'une texture insolite, d'un sens immédiatement insaisissable pour l'esprit. Bref, elle produit le contraire de ce que lui cherchera sa vie durant à accomplir.

Ils font l'amour souvent et à l'improviste, dont cette fois-là dans les herbes hautes du parc Ueno et en une autre occasion dans les toilettes d'un cinéma. Un lien étrange les enchaîne, ni affection ni passion, peut-être

la certitude qu'ils remplissent de façon experte et avec un enthousiasme de boy-scout une mission purement hygiénique. S'ils ne s'ébattaient qu'à la maison, songet-il, on parlerait, à la limite, de cette domotique que les prophètes annoncent sans se lasser.

Elle le prend en photo nu, l'assure qu'elle admire ses lignes et ses rares courbes.

– Tu es un rêve de géomètre, lui répète-t-elle. Tu coupes la lumière comme un hachoir.

Un soir, elle l'entraîne dans un bar minuscule de Shinjuku, où ils fraternisent avec quelques artistes du cru, des hurluberlus pour certains, mais très colorés et amusants. L'un d'eux est un homme mystérieux, dans la trentaine, au teint mat, mais aux sourcils fournis, et le visage tapissé d'un duvet délicat que soulignent une barbe et une moustache noires et drues. De surcroît, il arbore une chevelure épaisse qui ondule librement jusqu'aux épaules. Un Aïnou, leur glisse avec une moue dégoûtée un galeriste nageant dans le saké.

– Il s'appelle Oki, ajoute-t-il. Il vient de Wakkanai, là-haut, à l'extrême nord de Hokkaidō. Vous connaissez les Aïnous, *ne* ? Ils ne sont pas très propres, si vous voulez mon avis, et laissés à eux-mêmes, ils pousseraient leurs femmes à se dessiner pour la vie des lèvres grotesques autour de la bouche. Sans parler des avant-bras et des mains, et vous savez ce que nous, les véritables Japonais, pensons des tatouages : c'est pour les yakuza. Malgré tout, Oki est un artiste de talent. Il faut quand même se rendre à l'évidence, *ne* ? Les collectionneurs s'arrachent ses sculptures à prix d'or et si vous le lui demandez, il jouera même du *mukkuri* pour vous.

Oki est d'une beauté sidérante, le magnifique réceptacle de toutes les tristesses du monde. Il sirote un whiskey, sans glaçons, un Jameson Gold Reserve, selon l'étiquette collée sur le bocal posé sur le bar, en fait un pot de confitures portant le nom du client et la marque de son alcool favori. Il devise avec la patronne, une trentenaire qui soutient brillamment la conversation, peu importe le sujet. Elle en connaît un rayon tant sur le cinéma français que sur l'architecture traditionnelle et elle ne se gêne pas pour déclarer que le jeune Haruki Murakami, qui vient de publier *Noruwei no mori,* est un écrivain de génie.

– *Norwegian Wood,* en anglais. Je me demande s'il doit payer des droits d'auteur à Paul McCartney et à Yoko Ono. Quand il gagnera le Nobel, il pourra les dédommager sans problème, pas vrai?

Elle distille un français remarquable, mais enveloppé d'une voix de contralto qui jure avec son corps de fillette. Elle ne touche à l'alcool que pour le servir à ses clients, des réguliers, et se contente d'avaler des litres de Calpis, du lait fermenté, allongé d'eau de Vichy, ce qui lui donne une haleine de nourrisson.

Oki semble hypnotisé par le liquide cuivré qu'il fait danser dans son ballon. Il grogne un hum rauque comme s'il répondait à une question que lui seul entend, incline la tête d'un côté, puis de l'autre, se penche directement au-dessus du nectar. Il inspire lentement avant de poser délicatement ses lèvres sur celle de son verre et sa langue rose et arrondie vient à la rencontre de l'eau-de-vie.

Ses joues acquièrent la couleur du thé noir longtemps infusé pendant qu'il déglutit et une petite flamme

éclot au creux de ses prunelles. Benjamin s'accoude au bar, commande une Sapporo à madame Matsuoka. Kim prend des photos comme si elle menait un projet d'archivistique sur le Golden Gai, littéralement le quartier d'or des étrangers : chaque centimètre carré de l'endroit est embrassé par l'objectif et immortalisé sur pellicule. La mitrailleuse ne s'arrête que pour recharger le ventre de l'appareil sous le regard goguenard de la patronne qui reporte son attention sur Benjamin et qui ajoute, à voix basse, indiquant son voisin de bar :

— Je crois qu'Okisan vous a adopté, *ne*? Habituellement, il fuit les Caucasiens comme la peste, surtout depuis son retour d'Amérique. Pour dire la vérité, il évite la plupart des gens, à commencer par ce propriétaire de galerie qui vous fait de l'œil depuis votre arrivée. Normal, vous savez, les Aïnous sont généralement traités comme une honte nationale, des sujets de curiosité dans le meilleur des cas.

Le sujet de curiosité en question bafouille son assentiment avant de se lancer, en japonais, dans une longue diatribe aux modulations vocales très accentuées. En fait, Benjamin a l'impression qu'il chante une mélopée qui, bientôt, impose le silence et berce la petite salle au point d'y instiller un certain vague à l'âme, celui de l'enfance perdue et des lendemains aléatoires. Il se tait, vide son verre d'une lampée.

— Il revient de Hokkaidō et veut vous raconter son séjour. Il parle l'anglais comme un Basque espagnol, c'est bien ça l'expression, *ne*? Si vous avez la patience nécessaire, vous en avez pour la soirée, mais vous ne le regretterez pas. Les photos, ajoute-t-elle en indiquant

Kim d'un coup de pouce, c'est bien joli, mais ça ne vaudra jamais les livres et la parole. Si vous ne comprenez pas tout, ne vous en faites pas : je connais son histoire par cœur.

Benjamin se commande une autre bière et, de son anglais pur british, invite Oki à démarrer son récit que, de temps en temps, la propriétaire viendra traduire.

Ainsi, le musée aïnou de Sapporo convie le sculpteur à exposer ses œuvres d'art, mais l'encourage aussi à y jouer de la guimbarde traditionnelle, c'est-à-dire du *mukkuri*. Ils lui paient le train Shinkansen, l'hôtel, lui offrent un cachet faramineux pour, au bout du compte, quelques heures de travail. À la gare de Sapporo, une véritable délégation l'attend, dont font partie le maire, un député, des journalistes et quelques compatriotes en costume folklorique. Lui, il porte un blue-jean Edwin et un tee-shirt acheté dans une boutique Uniqlo de Hiroshima, alors ils le fourrent dans une limousine et l'abreuvent de reproches : quelle idée de se déguiser en Caucasien quand tout le monde vous accuse d'être, justement, issus du Caucase !

– Quand vous êtes minoritaires, les moindres détails prennent des proportions symboliques monstrueuses, vous êtes coupables avant même de faire un geste, l'innocence, la candeur vous sont interdites.

Une fois à l'hôtel, ils lui remettent un vêtement traditionnel qu'il enfile comme un kimono de carnaval. Une des filles payées pour l'accompagner sur scène et au musée interrompt son maquillage pour ajuster son costume, puis retourne à sa besogne : se dessiner un faux tatouage autour des lèvres. Sa mère est une aborigène, mais son père vient de Kōbe. Une sang-mêlé,

comme la grande majorité des derniers représentants de la race. Elle baragouine un minimum de la langue de ses ancêtres maternels, mais elle connaît par cœur les chansons de son idole Yutaka Ozaki, un *bad boy* tokyoïte pur jus. *Les débris du soleil, La mort au crépuscule dans la ville* et, surtout, *Love Way* qu'elle reprend à tue-tête, ne recèlent aucun secret pour la jeune femme.

Une accessoiriste relaie la vociférratrice, pique le costume de bouts d'écorce et de plumes d'oiseaux. Elle va même jusqu'à lui proposer un ridicule relève-moustache en bois, relique du siècle précédent, qu'Oki refuse d'arborer.

Dès que l'équipe l'estime présentable, il est expédié au musée où patientent déjà trois classes de lycéennes. Les adolescentes, qui somnolaient pendant l'allocution d'un pêcheur de saumon, se secouent à son arrivée : quel spécimen magnifique ! Elles le prennent d'assaut pour se faire immortaliser sur pellicule, certaines en profitant pour le peloter. Elles le laissent jouer du *mukkuri* en luttant contre l'ennui, puis elles passent dans la salle des ours empaillés et répètent le manège, photos, tripotage et rires inclus.

Le pauvre homme a tenu trois semaines. À l'origine, il était parvenu à se convaincre qu'à force de témoigner, il finirait par laisser une empreinte ou deux sur leur esprit.

– Eh bien, non. Pour eux, c'est Tokyo Disneyland, mais avec une seule attraction. Alors, je suis revenu ici.

Benjamin le questionne sur la langue, et l'autre agite ses grosses épaules comme pour en chasser un insecte piqueur. Quelle langue ? Elle s'efface, tranquillement,

à mesure que les vieux retournent au Néant. Lui-même n'en connaît plus que des bribes et, à l'heure qu'il est, la sang-mêlé de l'hôtel a probablement expurgé sa mémoire du peu qu'elle avait eu le malheur de retenir.

– Si tu veux entendre un ancien qui la parle encore, tu dois t'y transporter dès demain, mon ami, et je ne te conseille pas Sapporo. Enfonce-toi dans les montagnes, au beau milieu de l'île de Hokkaidō ou mieux, à son extrémité, plus près de la Sibérie que de Tokyo. Tiens, rends-toi jusqu'à Abashiri, où il y a une prison convertie en musée, un autre, des peuples du Nord. En plus, c'est le paradis pour un sculpteur comme moi, l'arbre au caramel y pousse en abondance, c'est le meilleur bois possible et l'odeur qu'il dégage quand je le meurtris me console de mes peines. C'est même mieux que le whiskey.

Il remplit son verre, le vide d'un trait en faisant claquer sa langue. Ses joues mauvissent sous le léger duvet blanc.

Kim s'approche, les prend en photo avant de remorquer Benjamin, lui-même étourdi par la bière, vers l'escalier raide et étroit.

– Un vrai casse-cou, ce truc, lance-t-elle. Je me demande combien de ces alcoolos se sont démoli une hanche avant d'aller embrasser le trottoir.

La ruelle semble suspendue à une lune qui projette sur les façades noires et décrépites une poudre de craie. Des enseignes, poussées par un vent tiède, agitent des noms pour la plupart occidentaux : More, La Jetée, Angel, Pussycat. L'air est lourd et le vieux macadam enveloppe de son haleine brûlante l'ancien quartier des prostituées de Tokyo. Quelques âmes perdues titubent

entre les poubelles, leurs visages grimaçants roussis par la lumière pisseuse crachée par les fenêtres.

Ils se dirigent vers le tertre coiffé du temple shinto Hanazono. Un nuage solitaire passe et, soudain, un noir d'encre les saisit. Le temps semble suspendu, car même les ivrognes observent une parfaite immobilité. Un bruit strident s'élève, un éclair jaillit en lâchant un léger crépitement. Kim ricane, actionne le mécanisme d'entraînement de la pellicule, le sifflement se répète. Flash.

– Je me demande ce que ça va donner, ces photos.

Et, sous la lueur funèbre de la lune retrouvée, elle passe à reculons sous le torii. Benjamin, lui, ressent une irritation aiguë à l'endroit de sa compagne, comme si elle lui volait une partie de son âme à chaque cliché qu'elle prend de lui sans sa permission. Et il se demande si, encore une fois, l'amour vient de les abandonner, pourvu qu'il ne les ait jamais unis.

– Je veux aller à Abashiri.

Elle s'arrête, se retourne :

– Où ?

– Abashiri, dans Hokkaidō.

Elle murmure un truc en néerlandais avant de le traduire, sans doute :

– Tu as reçu un coup de moulin, ou quoi ? Tu ne t'imagines quand même pas m'entraîner vers ce qui risque d'être le trou du cul du Japon parce que tu as échangé trois mots d'anglais avec une loque poilue ? Je te préviens : j'irai quand les veaux danseront sur la glace. Et ne me parle pas de photos magnifiques à croquer, le compte est bon, après la jungle pourrie, j'ai mon trop-plein de nature.

– Il y a des humains, là-bas, tu sais.

– Ouais, eh bien, il s'en trouve mille fois plus ici. Je ne suis pas, quoi, ethnophotographe. Maintenant, tu te magnes ?

Elle l'attend à l'angle d'une autre ruelle, une main sur la hanche.

En effet, songe-t-il, il ne l'aime plus. Pourvu que.

Augustín, revenu de son concert d'assiettes, a posé son petit cul sur une cuisse de sa brute blonde.

– Et alors, demande-t-il, tu es allé les voir ?

En guise d'acquiescement, Benjamin balance la tête à l'indienne, c'est-à-dire en rapprochant une oreille de l'épaule, puis en répétant la manœuvre en sens contraire.

– Une aventure désastreuse. Je me suis fait littéralement dévorer par des moustiques affamés et sans doute endurcis par les nuits glaciales. Je baragouinais trois mots de japonais, et les autochtones n'avaient jamais entendu parler de Shakespeare, et encore moins de sa langue. Mon seul interlocuteur a été un vétéran de la Deuxième Guerre qui nourrissait une hargne particulière à l'endroit des Américains et de leurs alliés, sauf quand je le soûlais à mort. Au bout de quatre jours gaspillés à poursuivre les habitants du village qui me fuyaient comme si j'étais un fou furieux, j'ai dû déclarer forfait : il me restait à peine assez d'argent pour retourner à Tokyo, et on ne peut pas protéger un idiome en allant contre la volonté de son peuple.

– C'est ce que j'appelle se rendre sur la lune quand on a tout ce dont on a besoin sur le pas de sa porte, dit Shirley en écartant les bras.

Benjamin laisse fuser un petit rire. Il se souvient du S.O.S. qu'il avait alors lancé à Big Daddy et de son

soulagement quand, le lendemain, le caissier de l'agence American Express lui avait remis les chèques de voyage achetés le matin même dans leur bureau de Montréal.

Augustín a posé ses jolis doigts en travers des lèvres de Shirley avant d'y apposer un baiser et, sans détourner la tête :

— Et tu crois que c'est elle, la mère ?

— Je ne vois qu'elle comme candidate possible.

— Pauvre *niño* ! Elle ne devait pas être commode, ta photographe.

Plein d'indices qui avaient parfaitement échappé alors à Benjamin lui reviennent en mémoire : des portraits d'enfants qu'elle additionnait sur pellicule sans se lasser ; son irritabilité ; sa sensation de nausée au petit matin et, surtout, le fait qu'elle ne touchait plus à l'alcool.

— Une chose que je ne comprends pas, Ben : si c'est elle, la *madre,* comment elle a pu lui donner le nom de, comment vous dites, tu sais, le bonhomme qui traîne dans les parcs et à la bibliothèque ?

— C'est vrai, ça, *Nene* ! Comment se fait-il qu'elle le connaisse, ce trou du cul en capuche inca ?

— Mystère et boule de gomme, répond Benjamin.

Il ment, car il peut dégager sans trop se creuser les méninges une explication au mystère qui menace de se métamorphoser en épreuve déchirante s'il s'obstine à poursuivre sa quête.

Il revoit Kim qui, le croyant toujours sous la douche, fouille ses papiers et tombe sur son vieux baptistaire. Il le traîne avec lui comme un porte-bonheur servant à éloigner les mauvais esprits, notamment

ceux des âmes perdues dont les noms figurent sur le parchemin froissé.

— Reste que, maintenant, tu te retrouves dans un cul-de-sac, mon homme. Parce que ton oncle, qui a peint cette horreur immonde que tu vas rapporter chez toi, eh bien, tu n'as aucune idée de ce qu'il a dit à celui qui casse nos six couilles depuis trois mois.

— *Puta mierda,* mon homme a raison !

Benjamin garde le silence, en partie admiratif de l'affection qui unit ses deux amis. Une solution à son problème germe au creux de son cerveau.

— *Pulgarcito !* lâche Augustín. Tu n'as pas le choix : tu dois rebrousser chemin comme Pulgarcito. Au lieu d'aller vers l'avant, refais le trajet, mais en sens contraire et en ramassant tes cailloux. Progresse vers le passé.

— Tu te fais chauffeur d'autobus, mon amour. «Avancez par en arrière.»

Shirley récolte une légère tape derrière la tête, puis un autre baiser sur le front.

— Oui, répond le Petit Poucet d'un mètre quatre-vingt-sept, tu as peut-être raison.

Benjamin se lève et époussette ses genoux, comme pour en chasser les mauvaises pensées qui y seraient tombées.

— Je serai un Poucet mésopotamien.

Entre vingt-cinq et trente irréductibles ont résisté à la semaine de relâche, désignée «de lecture» par une administration maladivement optimiste. Les teints hâlés et les cheveux blondis au soleil mexicain prétendent le contraire.

Une heure plus tôt, Benjamin recueillait les observations de Régine, une collègue du Département de sociologie à deux ans de la retraite, sinon d'une dépression carabinée :

– La plupart affirment avoir planché sur leur révision et sué sur leur travail, en retard de toute manière, alors que ce qu'ils veulent dire en vérité, c'est qu'ils ont rôti pendant six jours sur un transat, un *cocoloco* entre les cuisses. Je te le garantis, ceux-là vont te remettre un torchon illisible bourré de fautes avec les mots «peuple», «démocratie» ou «justice» bien en évidence en première page. Verdict : C+ et bonne chance au pauvre chargé de cours qui les prendra sous son aile au trimestre suivant.

Elle remue son cappucino à l'aide d'un bâtonnet de balsa, fait semblant de ramasser sa formidable chevelure poivre et sel. Elle lui relate ensuite l'épisode de

l'exposé oral d'un jeune imbécile qui, croyant l'ama-douer, elle dont la mère figure parmi les rescapés de la Shoah, commence son topo par : «Nous savons tous que les Juifs se sont laissé faire pendant la Deuxième Guerre…»

– Je croyais que la tête allait m'exploser. Petit con. Je l'ai détruit devant tout le monde. C'est peut-être lui qui a préparé mon café, d'ailleurs. Ça expliquerait pour-quoi ce truc est imbuvable.

Elle balaie des deux mains le cauchemar qui se des-sinait devant elle, laisse fuser un rire strident, l'étouffe aussitôt en se calant sur sa chaise.

– Mais ça, c'est la jeunesse, reprend-elle, et les jeunes sont bourrés de cellules grises en condition optimale. Les baby-boomers, eux, ce sont les pires. J'en sais quelque chose, je figure au palmarès. Même s'ils n'ont compris archi-rien à ce que tu t'es ruiné la santé à leur balancer par la tête, ils croient être en posses-sion d'une vérité universelle et indécrottable depuis le tournant des années 70. Un pied-de-biche, que dis-je, une pelle hydraulique ne parviendrait pas à les arra-cher à leurs certitudes. Les papys, tu leur donnes un A, sinon tu n'es pas au bout de tes peines. Ils vont faire le pied de grue devant la Cour suprême s'il le faut, parce que ton stylo, le papier sur lequel tu inscris la note, ton pupitre en mélamine, voire l'air que tu respires, c'est à eux que tu les dois.

Parmi les rescapés, Éric et Dahlia, qui arborent des sourires espiègles. Bien entendu, songe Benjamin, quelqu'un les a renseignés sur le baiser qu'il a échangé avec Jason, et ils se font gloire de l'avoir perverti ou, mieux, de lui avoir révélé un lui-même gardé trop

longtemps dans l'obscurité. Au fond de la salle, les tire-au-flanc pianotent sur leurs tablettes numériques ou sur leurs téléphones et, aux rires qui éclatent en cascade régulière, Benjamin déduit qu'ils s'envoient des textos amusants. Il se racle la gorge et pose la main droite sur la pile de travaux comme un témoin devant le greffier. Ils s'attendent à une présentation des langues disparues au fil des siècles et, quelque part, ils ne seront pas déçus.

– Je vous remercie d'avoir remis vos textes. Permettez-moi de vous rassurer : selon l'une des cultures les plus anciennes que notre bonne vieille planète a connues, les résultats sont derrière vous.

Certains se retournent pour regarder vers un mystérieux tableau qu'un méchant esprit aurait affiché au-delà des tire-au-flanc, mais il poursuit :

– Les Mésopotamiens entretenaient avec le temps une relation qui nous paraît, jugerait-on aujourd'hui, désarçonnante. Pour eux, le passé est devant vous et l'avenir, dans votre dos. Ainsi le radical *pān,* à la source des termes reliés au concept d'antériorité est dérivé de l'akkadien *pānum,* c'est-à-dire «devant soi». Leur futur, *arka* est associé à *arkatu,* derrière soi.

«Pour nos lointains ancêtres, riverains de l'Euphrate et du Tigre, le temps n'est pas un long fleuve tranquille, mais un genre de ruban de Möbius sans début ni fin. Un éternel recommencement. Demain s'adapte au passé et le répète, comme le jour et les saisons. Demain, le soleil se lèvera avant de se coucher. L'année commence avec l'apparition des premiers bourgeons et non à date fixe. En cas de besoin, un mois intercalaire est décrété par l'autorité suprême, qui lui

donne un nom de circonstance, et la vie reprend son cours, plus ou moins semblable à celles des années précédentes. Si l'homme et les autres choses vivantes vieillissent, il ne s'agit que d'un cycle parmi d'autres, à la limite d'un segment de celui-ci.

« Si un Mésopotamien se soucie de son avenir, il se questionne sur les épreuves derrière lui et ses semblables, car devant lui se déploie le monde connu. Et des solutions éprouvées. Globalement, rien ne change de façon significative au fil des années qui s'égrènent et les événements imprévus représentent simplement des déviations dans le circuit sinusoïdal des années. Autrement dit, le défilement du temps s'apparente à un électrocardiogramme dont on aurait uni les extrémités. »

Certains jettent furieusement des notes sur un calepin, d'autres se contentent de l'observer en attente d'une conclusion prégnante, ce qui voudrait dire qu'ils n'ont rien compris à ses propos.

Il ne va nulle part. Et, songe-t-il, ainsi sont les étapes les plus intéressantes, les plus importantes de l'activité intellectuelle des hommes depuis, mettons, l'avènement de la Shoah et de la bombe atomique.

Aux petits malins qui tireraient la conclusion que, à ce compte-là, rien ne sert de pondre des travaux de recherche, il répliquerait qu'en fait ils reculeraient et, de ce fait, se précipiteraient vers leur pâle avenir. Il ajouterait que, en théorie, un homme qui se déplace vers l'ouest à la vitesse de rotation de la Terre fait du surplace, mais qu'il voit le monde entier en quoi? Douze heures. Le voilà en train de jongler avec des x et des y pendant qu'il tente désespérément de développer son propos.

– Vous vous plongez dans un roman qui, en Occident du moins, cherche par tous les moyens possibles à vous transporter d'un point A à un point B. Une fois à bon port, êtes-vous plus avancé, avez-vous accompli votre mission? Dans ce cas, pourquoi relire un livre? Peut-être en va-t-il ainsi des langues? Meurent-elles ou sommes-nous des zombis qui, empoisonnés par l'obsession d'efficacité et de progrès, errent dans un désert de sens mille fois rebattus, piétinés par nos semblables à des milliards de reprises? Un Sahara aux paysages de moins en moins variés, aux mirages rétrécis.

Il songe que, en effet, notre salut se trouve peut-être dans une *revisite* de ces années presque oubliées qui renferment les secrets de notre présent et de notre avenir. Nos naissances et nos enfances se seraient plantées ainsi devant nous dans le but de nous narguer, car elles recèlent la clé de nos mystères révolus et à venir, qu'ils soient individuels ou communs.

– Notre erreur, en tant qu'espèce étourdie, réside sans doute dans cette négation du passé possible. Pour ma part, je considère qu'il y a des courses qui méritent d'être stoppées et que la seule manière de remplir cette mission est de remonter à la source des choses et, si besoin est, de la boucher d'une pierre.

Perdu dans ses pensées, Benjamin distingue avec peine les disciples effarouchés qui échangent des regards inquiets. À vrai dire, en lieu et place de spéculations philosophiques, des épisodes de sa vie défilent là devant lui. Il ressent comme neufs les élans d'affection et de rancœur mêlées qui ont ponctué sa présence sur la planète bleue, cette boule qui, en ce moment, tourne sur elle-même à quelque mille kilomètres par

heure et autour d'une minuscule étoile à une trentaine de kilomètres par seconde.

Une émotion l'étreint et elle semble se fondre en une masse presque magique qui relie son premier cri au baiser de ce Jason providentiel.

Elle l'attend depuis des semaines, dit-elle.

Elle habite le même quartier depuis sa naissance, elle occupe la même rue, elle loge à la même adresse. Les meubles de style colonial chevauchent la moquette rouge et or d'où s'élève une odeur de moisi que les passages répétés de l'aspirateur ne parviennent plus à étouffer. Aux fenêtres flottent des voilages de nylon transparent qui ont succédé aux lourdes bandes de calicot brun et fripé pareilles à des traînées de boue. Le miroir rhomboïde, œil brillant tourné vers la grande chambre, laisse percer sous la tête des vis une auréole lépreuse, la sueur des ans. Derrière la porte entrouverte, le lit bateau, placé dans l'angle des murs, semble échoué sur une carpette pétrole, ses gros pieds posés sur des patins de feutre noirs comme des récifs. La travailleuse aux tiroirs débordant de bobines et de rubans trône au milieu de la pièce où Benjamin dormait, et celle qu'occupait sa sœur ne sert plus que d'antichambre au balcon suspendu entre ciel et rue Sainte-Catherine. Le plancher de bois franc craque à chaque pas, malgré la démarche traînante de la maîtresse des lieux et ses pantoufles épaisses.

Le parfum du thé infusé à longueur de journée flotte dans la cuisine, natté à ceux du tabac blond, des soupes et de la moutarde américaine. Une nappe à carreaux en toile cirée recouvre la table, hormis le petit triangle effiloché par la fourchette qu'elle pose toujours à l'envers, comme la tasse dans sa soucoupe qui exhibe un *made in Japan* presque effacé.

Elle est sa mère.

Elle a revêtu une de ses inusables chemises de nuit, sa jaquette à motif fleuri réservée, comme elle aime le dire, «à la grande visite». Ses chevilles, enflées, semblent déborder de ses chaussons de feutre sur lesquels éclosent des marguerites follement orange. Elle a passé ses cheveux courts au fer à friser pour leur donner un peu de bouffant et des touffes, grises et drues, rebiquent vers des oreilles disproportionnées pour un bout de femme comme elle, de véritables portes de grange. Une fine couche de poudre matit sa peau et un fard grenat avive ses lèvres minces d'où rayonnent des ridules de fumeuse impénitente. Dans la vieille montre d'homme qui danse sur son avant-bras, l'aiguille des secondes avance pesamment comme si elle cherchait un endroit où s'arrêter pour reprendre son souffle.

Elle ne sourit pas. Ses yeux, deux billes glauques chargées de copeaux de fer, sont secs, deux galets sur une plage cuite. Elle pose le gros cendrier de strass sur la table, revient avec deux tasses fumantes dans lesquelles flotte un sachet de Red Rose Orange Pekoe. D'ailleurs, sur le dosseret de la cuisinière, de minuscules figurines, jardinières, semeuses, couseuses et nourrices de porcelaine, repêchées dans des emballages de thé, semblent épier de loin la conversation.

Benjamin se remémore sa dernière visite. Il a besoin de son acte de naissance pour sa demande de passeport, mais elle ne peut trouver que son baptistaire. Son père vient de mourir, et Gemma lui reproche de les abandonner, elle et sa sœur, pour sillonner des pays de sauvages.

– Tout ça pour te promener avec des péteux de broue. Tu t'es toujours pris pour un autre.

Il aurait pu lui dire que l'altérité est à la base de notre société avant de lui balancer Lévinas et Goethe par la tête, avec Foucault pour lui en boucher un coin avec du lut.

Il sait qu'elle lui en veut d'avoir tourné le dos à sa condition et à sa destinée. D'ailleurs, elle ne se gêne pas pour lui rappeler à la moindre occasion que ces choses-là ne sont pas pour des gens comme eux. N'eût été la présence paternelle, il aurait fait un homme de lui dès ses seize ans et décroché son premier emploi derrière un marteau, piqueur ou non, sinon devant un évier bourré d'assiettes sales et de casseroles à récurer.

Pour son malheur, croit-elle, il excelle sur les bancs d'école et il se berce d'illusions que des bourses s'entêtent à engraisser. Pire encore, Gérard, son beau-frère ennemi, lui refile en douce des enveloppes qui, en complément de petits boulots de rédaction, puis de correction, lui permettent de quitter la rue Joliette pour un studio du Quartier latin et de joindre les deux bouts. Et même de faire un nœud.

Benjamin retrouve donc une Gemma inchangée, hormis la patine grise, un dos légèrement courbé et les chevilles débordant des pantoufles comme de la cire molle.

– Ta sœur non plus ne vient plus me voir, dit-elle en s'allumant une cigarette avec son mégot. Mais elle, au moins, elle vit à Plessisville avec j'sais plus qui. De toute façon, moi, je ne m'ennuie jamais. La solitude, ça fait bien mon affaire.

Elle écrase le cadavre de sa vieille du Maurier et prend une longue bouffée de la nouvelle en plissant les paupières. Elle s'assoit. Elle semble le jauger, comme si elle cherchait à trouver une faille dans son armure, puis :

– On est pareils pour ça, tous les deux. On est mieux de lever les pattes sur le trottoir ou au dépanneur, sinon ils vont nous retrouver sur le plancher de la cuisine, mangés par les vers.

En présence de son fils, elle exsude un venin qui, d'ordinaire, se contente de mijoter au fond des prunelles. De son côté, il ne parvient pas à mettre le doigt sur le moment exact où il a cessé de l'aimer pour la prendre en pitié. Voilà, songe-t-il depuis, une créature qui est convaincue d'avoir raté sa vie, une femme qui a mille fois trébuché sur un chemin plongé dans la pénombre et semé d'embûches. Il les revoit assis seuls à cette même table, elle encore droite avec son air faussement amadoué et lui au seuil de l'adolescence.

Elle tire alors sur sa cigarette et lui confie, sa main déjà fripée refermée sur son avant-bras :

– Tu en as, de la chance. La pilule me rendait malade et, à l'époque, l'avortement, on n'y pensait pas, c'était avant Morgentaler. Mais je suis contente de t'avoir eu, maintenant.

Et elle relâche sa prise pour aller mettre le feu sous la bouilloire.

Il réalise aujourd'hui qu'il s'agissait alors d'une façon maladroite de se confier et que la cruauté n'est souvent qu'une violente supplication, qu'un appel à la commisération, voire rien de plus qu'un désespoir altéré.

Il connaît son histoire par cœur : sa propre mère, redoutable distributrice de claques, qui la jette dans les bras d'une brute; le nouveau marié qui la viole, puis l'abandonne quand elle lui apprend qu'elle est enceinte; les terribles épreuves d'une mère célibataire que les voisines toisent comme elles le font avec les traînées; la rencontre de son deuxième époux, un homme de bonne famille qui croit être stérile et qui se trompe; ses belles-sœurs qui la méprisent; la nouvelle grossesse, le rêve d'une vie sereine qui s'évapore et va retrouver les autres déceptions.

Une quinte de toux la secoue comme un *jack-in-the-box*. Elle fait descendre une gorgée de thé en allongeant le cou, évoquant l'image d'une grue prenant son envol, puis :

— Il te ressemble, c'est sûr, surtout quand tu avais son âge. Un accent en plus, comme s'il cassait ses mots au milieu à mesure qu'il parle. Il est arrivé au Québec en juillet avec mon nom sur un bout de papier. Une bonne chose pour lui que je m'appelle Gemma Paradis au lieu de Ginette Tremblay. De toute manière, ils nous retrouvent toujours avec leurs maudits ordinateurs. Il s'est assis là, exactement à la même place que toi. C'est lui qui m'a appris que t'étais revenu au pays, que tu donnais des cours. Ça lui en a dit pas mal sur nous deux, tu trouves pas?

Benjamin se sent parcouru par une onde lente et puissante, un courant électrique de basse intensité qui

déferle de son ventre vers les extrémités. Il a l'impression, ou l'illusion, que son corps absorbe les fines particules laissées derrière par le visiteur.

— Kurt. C'est son nom. Il a loué une chambre en ville, aucune idée où. Il fume des cigarettes qui puent, mais pas beaucoup. Je lui ai demandé ce qu'il me voulait parce que, si c'est de l'argent, il perd son temps. Si c'est toi qui l'empêches de dormir, il n'a qu'à cogner à ta porte. Mais il est pas prêt, qu'il me dit. Je serais plutôt portée à croire qu'il a de grosses hésitations sur, tu sais, l'intérêt à aller te voir. Il cherche à te connaître avant que tu deviennes ce que tu es maintenant, c'est ce qu'il me répète. Alors, je lui parle de toi quand tu étais petit.

Elle écrase sa du Maurier, saisit le cendrier, se rend à l'évier, mouille la cigarette, la jette, lave le récipient, l'essuie, revient, se rassoit devant Benjamin qui, muet, songe sérieusement à retrouver la rue et l'air froid, à courir à perdre haleine et à se réfugier dans son appartement pour y tirer les rideaux et sombrer dans son lit sous une déferlante de draps et de couvertures.

Gemma a passé le bras sur le dossier de sa chaise : on dirait une vieille Marlene Dietrich dans un mauvais remake de *L'ange bleu*.

Kurt l'observe sans piper mot pendant qu'elle évoque l'enfance de Benjamin. Elle peint le portrait d'un garçon renfermé, qui rit aussi souvent qu'il pleure, c'est-à-dire jamais. À l'école, les autres le martyrisent parce qu'il accumule les zéro-faute.

— Les humains sont tellement cruels et la vie, eh bien, elle vaut pas beaucoup plus cher qu'eux. Tu t'alignais sur pire avec tes rêves, c'est ce que je pensais.

Il fallait t'endurcir, c'était pas ton père, avec ses idées d'études, qui allait le faire. Ç'a été ma manière de vous protéger, toi et ta sœur. Elle, elle est bien, paraît, elle a deux petits. Elle me donne un coup de fil le quinze du mois, fait semblant de me demander de mes nouvelles et raccroche au bout de trois minutes. Je la blâme pas, au fond. Je ne m'appellerais pas non plus.

Elle grasseye un rire comme pour en extirper la morosité.

– Parole que t'étais triste à mourir, à croire que tu devinais déjà ce qui t'attendait. Et tu restais muet comme une carpe, comme si ni les mots ni les phrases ne servaient à rien. Quand je pense que t'en as fait ta vie, si j'ai bien compris. Tu te couchais sans chigner. Je jetais un coup d'œil dans ta chambre, parce que je m'inquiétais, malgré ce que je t'imagines dans ta petite tête de génie. Des fois, je me demandais si tu ne trafiquais pas toutes tes affaires joyeuses en cachette, si tu vois ce que je veux dire. Mais non, t'étais allongé sur le dos comme une momie, les bras de chaque côté et tu regardais le plafond, à croire que t'attendais seulement que le temps se dépêche et qu'il échappe le sommeil en passant.

Kurt veut qu'elle lui passe le témoin.

– Le témoin de quoi, fouille-moi. Quelqu'un d'autre qui t'a connu ferait l'affaire. Le problème, c'est que t'avais pas d'amis, à part le gros lard de Michel qui vient faire des tours dans le quartier, déguisé en suceur de flûte. Alors, je lui ai donné son nom. C'est comme jouer à la tague, j'imagine. Peut-être qu'il en connaît plus que moi à ton sujet. Paraît qu'il traîne dans le coin de la bibliothèque.

Elle prend une gorgée de son thé au lait, ses yeux terribles vissés sur Benjamin qui cherche une occasion pour s'évader.

– T'as embelli en vieillissant. T'as toujours l'air triste, mais ça te va bien. Je réchauffe ta tasse ?

Elle déglutit, soudain pâle, le regard tamisé, presque doux. Elle sait qu'il aimerait s'enfuir. Pire, elle le comprend. Il se lève, donc, très lentement, comme s'il s'arrachait à une force magnétique qui le cloue à sa chaise. Il lui annonce qu'il doit partir et elle agite les épaules.

– Qu'est-ce que tu vas faire avec lui ?

Il hésite. Veut-elle dire avec le fils retrouvé ou avec celui qui gravite autour de lui sans oser l'approcher ? Il s'éloigne de la table, pose un pied hors de la cuisine.

– Tu sais, sa mère est morte. Elle l'a laissé seul au monde et je crois qu'il est, comment vous nous tournez ça, vous autres, les smattes ? Désemparé. Ça te rappelle quelqu'un ?

Elle arrache une cigarette de son étui, l'allume et adresse à Benjamin un dernier nuage de nicotine.

É baubi et Estupefacto, voilà ce que pourraient être les nouveaux surnoms de Shirley et d'Augustín. Ils le contemplent, bouche bée, qui sirote un cappuccino, aspirant avec une concentration d'astrophysicien le tourbillon de café que Régis, le patron de La mie matinale, a dessiné sur la mousse.

– Tu abandonnes tes étudiants ? T'es fou ?

Big Daddy est, étonnamment, le plus secoué par la nouvelle.

– Ils sont majeurs, tu sais. Et ce n'est pas comme si leur vie dépendait de trois heures déprimantes de linguistique par semaine. J'avais une assistante, et elle est plus que contente de prendre le relais. Je suis persuadé qu'elle saisit très bien la logique des A et des B+ à distribuer coûte que coûte, et je lui ai laissé en cadeau mes notes de cours.

– Mais, fait Estupefacto, tu n'as plus de travail. À mon avis, une université va y regarder deux fois avant de t'offrir une classe, tu ne crois pas ?

– Premièrement, Tito, je ne suis pas le pédagogue du siècle. Que mes étudiants comprennent, qu'ils se perdent dans le noir, je m'en tape comme c'est pas

permis. Je constate, je note et c'est l'avant-dernière chose qu'une université recherche, après un empêcheur de tourner en rond qui, lui aussi, constate, fiche la note appropriée et écrit des lettres aux journaux.

— Et tes jours, tu prévois les remplir comment, exactement?

— Je me propose d'aller de l'avant, j'imagine, c'est-à-dire vers mon passé. Ou plutôt, de le laisser venir à moi. J'en ai les moyens, je suis économe et, de plus, je n'ai jamais touché aux indemnités d'incendie de ma maison de Sabrevois. Pour tout vous avouer, j'ai ce livre à écrire qui me trotte dans la tête depuis des mois. Un roman, je crois.

— Il croit! *Dios mio! Pelón,* fais quelque chose : un roman!

Shirley enfourne l'autre moitié de son financier et frotte son index contre son pouce pour en expulser les miettes.

— Si notre ami a besoin d'un modèle pour un personnage de Latino hystérique, il sait où le trouver.

— S'il préfère un gros couillon bourré de Viagra, je peux l'aider aussi.

Régis accoste la table en détresse pour y repêcher l'assiette vide et, en se suçant les joues :

— Dire que j'ai presque demandé le statut de réfugié à cause des Parisiens qui se bitchent jusqu'au sang.

— La différence, Bernadette, c'est que nous, c'est du bitchage consensuel, répond Shirley en riant. Mon *Nene,* je l'adore au point de me vasodilater à mort.

Régis s'éloigne en se dandinant, trop content d'avoir enfin exprimé une irritation trop longtemps réprimée, c'est-à-dire dix grosses minutes.

Le tourbillon de lait est disparu de son épais nuage. Benjamin vide sa tasse et ramasse son anorak.

Dehors, l'hiver sévit et novembre vient à peine de commencer. Une première bordée de neige blanchit les arbres où des feuilles brunies frissonnent sous un vent cru. Les piétons courbent sous les assauts du nord, certains marchent même à reculons, leurs longs cheveux plaqués sur les joues comme des lianes collées sur de vieux troncs.

— Tu es sûr que ça va?

Benjamin fait un clin d'œil à la Tornade blonde qui a vissé sur lui des iris grisés par le temps maussade. Il ramasse son bonnet de laine, ses gants de feutre et leur offre son sourire le plus large et, peut-être, le plus faux.

Augustín pose sa petite main sur son poignet.

— Tu sais que nous sommes chacun de ton côté, hein, Ben?

— Bien sûr. Me reste à définir ce qui se trouve entre les deux.

Il s'éloigne de la table, salue Régis et ouvre la porte en faisant tinter la clochette. Sur les trottoirs gris et crevassés, la neige semble mourir par pains entiers. Dans le parc d'en face, le gros Michel croque un sandwich, assis sur l'un des tombeaux de pierre noire. Le vent glacial solidifie les larmes qui lui montent aux yeux.

Il fait un froid à pleurer.

La rue Dandurand lance ses trottoirs vers le centre-ville qui se noie dans la grisaille d'avril. La neige a disparu, hormis quelques îlots de dentelle sale accrochés aux pieds des lampadaires. Le soleil allume les queues-de-vache allongées au-dessus des gratte-ciel et la lumière donne à la scène des attributs d'hologramme : les bleus s'ourlent d'or, la perspective paraît instable, soumise aux caprices des yeux, les immeubles semblent découpés dans du carton.

Benjamin contemple par la fenêtre le tableau qui chatoie. Une barbe de trois jours barre ses joues et son menton comme une épaisse traînée de suie. Il a posé un coude sur sa table de travail. L'ordinateur ronronne le temps de graver sa mémoire dans un au-delà binaire, le bien et le mal, le zéro et l'unité.

Il a traversé un hiver fait de ressassements et d'attente. Il a dressé une liste des humains qu'il a eu le privilège de connaître depuis son retour de près de vingt ans de fuite, magnétophone au cou. Au retour des beaux jours, le Pulgarcito de Rosemont fera demi-tour et partira à la rencontre, inévitablement, de son

avenir. Il se demande si l'ogre continue de faire son bout de chemin en sens inverse.

Il a écrit une centaine de pages d'un roman qui, sans doute, ne verra jamais le jour.

Il a déserté le gym pour se rendre, chaque matin, à la piscine pour y faire une quarantaine de longueurs dans la solitude et dans l'eau froide.

Il a repeint l'appartement, qui affichait un beige uniforme, en coquille d'œuf, sauf pour son petit bureau, tout bleu.

Il a croisé par hasard Désirée qui dévalisait friperies et bazars de la rue Ontario. Elle s'est invitée chez lui à quelques reprises, puis est disparue sans lui donner de nouvelles après avoir dit qu'il était un homme triste.

Augustín et Shirley le visitent fréquemment, prétextant une course à faire dans le quartier, ce qui est un mensonge monumental. Ils s'inquiètent pour lui et s'engueulent, laissant derrière eux un logement anormalement silencieux, comme un océan dans l'œil d'un cyclone.

Benjamin attend, surtout. Il attend que des pas résonnent sur les marches, que la sonnette l'avertisse de l'arrivée de l'étranger.

Benjamin, alors, quittera sa chaise ou son lit, il longera le couloir blanc pour s'approcher de la porte vitrée où se dessinera, déformée, la silhouette de son visiteur.

Il saisira la poignée avec une extrême précaution, comme une poire trop mûre, et le vent se glissera, vif et frais, dans sa maison des pluies.

Sur les carreaux de la fenêtre, de grosses gouttes.

TABLE

ROMANS, RÉCITS, NOUVELLES ET JOURNAUX

Germaine Beaulieu	*Sortie d'elle(s) mutante*
Claude Bertrand	*Le retrait*
Louise Bouchard	*Décalage vers le bleu*
	Les images
Monique Brillon	*La fracture de l'œil*
Nicole Brossard	*Journal intime* suivi de
	Œuvre de chair et métonymies
Marie-Geneviève Cadieux	*Ne dis rien*
Hugues Corriveau	*Les chevaux de Malaparte*
Bianca Côté	*Carnets d'une habituée*
	Cher Hugo, chère Catherine
	Faux partages
Carole David	*Histoires saintes*
	Impala
Michael Delisle	*Drame privé*
Jean-Simon DesRochers	*La canicule des pauvres*
	Demain sera sans rêves
	Le sablier des solitudes
Roger Des Roches	*La jeune femme et la pornographie*
	Le rêve
France Ducasse	*La double vie de Léonce et Léonil*
	Le rubis
	La vieille du Vieux
Jean-Pierre Guay	*Bungalow*
	Le cœur tremblant
	Démon, la voie royale
	Flâner sous la pluie
	Fragments, déchirures
	et déchirements
	François, les framboises et moi
	Le grand bluff
	J'aime aussi les bisons

Roger Magini

Saint Cooperblack
Un homme défait
Un voyageur architecte

Alain Bernard Marchand

C'était un homme aux cheveux
et aux yeux foncés
Le dernier voyage
L'homme qui pleure
Lettres d'un cracheur d'étoiles

Carole Massé

Dieu
L'ennemi
L'existence
Hommes
Nobody
Qui est là ?

Albert Martin

Knock-out

André Martin

Crimes passionnels
Darlinghurst Heroes

Dominique Robert

Chambre d'amis
Jours sans peur

Danielle Roger

Est-ce ainsi que les amoureux
vivent ?
Le manteau de la femme de l'Est
Petites fins du monde
et autres plaisirs de la vie
Petites vies privées
et autres secrets
Que ferons-nous de nos corps
étrangers ?

(Pauline Harvey)

Lettres de deux chanteuses
exotiques

Pierre Samson

Arabesques
Catastrophes
Il était une fois une ville
Le Messie de Belém
Un garçon de compagnie

Elizabeth Smart

À la hauteur de Grand Central
Station je me suis assise
et j'ai pleuré

Éditions Les Herbes rouges
C. P. 48880, succ. Outremont
Montréal (Québec) H2V 4V3
Téléphone : 514 279-4546

Document de couverture :
illustration : Gustave Courbet, *Marine* (détail), 1865

Distribution : Diffusion Dimedia inc.
539, boulevard Lebeau
Montréal (Québec) H4N 1S2
Téléphone : 514 336-3941

Diffusion en Europe : Librairie du Québec
30, rue Gay-Lussac
75005 Paris (France)
Téléphone : (01) 43-54-49-02
Télécopieur : (01) 43-54-39-15

Cet ouvrage a été achevé d'imprimer
sur les presses de l'Imprimerie Gauvin
à Gatineau en mars 2013
pour le compte des
Éditions Les Herbes rouges

Imprimé au Québec (Canada)